Hej Denemarken

SVEA ERSSON

Hej Denemarken

DE CRIME COMPAGNIE
CRÈME DE LA CRIME

Omslagontwerp: Margo Togni
Boekverzorging: Michiel Niesen, ZetProducties, Haarlem
Foto omslag: © Des Panteva / Trevillion Images

ISBN 978 94 6109 610 4
NUR 332

Meer informatie over De Crime Compagnie op www.crimecompagnie.nl

VOORWOORD VAN BESTSELLERAUTEUR MARELLE BOERSMA

Hej lezers,

Voor veel mensen is vertrekken naar het buitenland een droom. Een prachtig huis, goed klimaat en vooral ook veel ruimte is natuurlijk een ideaalbeeld. Het is alsof je dan elke dag vakantie hebt. Natuurlijk zijn er mensen die iets realistischer in het leven staan en die nadenken over werk en een sociale omgeving. Zelf ben ik ongeveer zes jaar geleden nogal naïef naar Portugal vertrokken. De taal sprak ik (nog) niet, maar ik zag gouden bergen voor me aan zon, rust en ruimte. Dat laatste kwam helemaal uit, we hadden namelijk een eigen berg. Het landgoed dat we kochten was geweldig, alleen ons droomhuis had nog wel wat liefde nodig. Het duurde uiteindelijk jaren om een bouwvergunning rond te krijgen, bovendien bleek het Portugees en de andere cultuur wel een 'dingetje'.

Wonen in het buitenland is een avontuur, en het vraagt om lef om je vertrouwde leven achter te laten en iets op te bouwen in een totaal vreemde omgeving. Als ik één ding geleerd heb van ons buitenlandavontuur is het wel dat het hard werken is, dat je er vaak alleen voor staat. Het is bikkelen en dus zeker geen vakantie! Maar ik heb ook ontdekt dat ik geniet van het ontdekken van de vele mogelijkheden en dat ik ervan houd om steeds nieuwe ideeën uit te werken. En een van die ideeën is een prachtige nieuwe serie thrillers.

De Vertrekthrillers zijn allemaal uitgebracht bij De Crime Compagnie, en mede dankzij het team van deze uitgeverij is het inmiddels een populaire serie geworden onder de lezers. De redenen om te vertrekken zijn eindeloos. Een Bed & Breakfast starten of een hotel, maar je kunt ook vertrekken vanwege de liefde, om je roots terug te vinden of een bijzondere business op te starten. Het liefst zou ik twee of zelfs drie Vertrekthrillers per jaar schrijven, maar dat lukt me helaas niet.

Nu heb ik als auteur het geluk dat ik bij een Compagnie zit, daardoor weet ik dat ik deel uitmaak van een uitgeversteam én een groep Nederlandse auteurs. Ik hoef het dus niet allemaal alleen te doen. Samenwerken loopt als een rode draad door De Crime Compagnie, en zo kwam er een idee voor een samenwerking op het gebied van Vertrekthrillers.

Na de korte zomerthriller *Vlucht naar Kos* heeft Svea Ersson de winterthriller *Hej Denemarken* geschreven. Een superspannend verhaal dat zich afspeelt in het winterse Denemarken. Het is echt een pareltje! Ik ben er zo trots op dat Svea ook aan de Vertrekserie meeschrijft!

En wie weet gaan straks ook andere auteurs meeschrijven aan deze bijzondere serie. Elke auteur kan zo een eigen invulling geven aan het thema Ik-vertrek en kan kiezen voor zijn of haar eigen bestemming. En dan komt het ineens allemaal bij elkaar: de Vertrekserie voelt als thuiskomen, waar ter wereld ik ook ben. Ik hoop dat je net zo gaat genieten van *Hej Denemarken* als ik, en natuurlijk van alle andere Vertrekthrillers die al geschreven zijn en nog gaan volgen.

Veel leesplezier,
Marelle Boersma
auteur van de Vertrekthrillers *Enkele reis naar de Algarve*, *Chateau de Provence*, *Ciao Sicilia*, *Terug naar Cornwall* en *Het Moezelmeisje*

PROLOOG

Utrecht, 4 juni 1991 22.35 uur

De houten zolen van Hilda's Zweedse klompen maken een kletterend geluid als ze met hoge snelheid de traptreden af rent. Angst balt zich samen in haar buik. Wordt ze gevolgd? Ze probeert over haar schouder omhoog te kijken en mist prompt een tree, waardoor ze struikelt en op handen en knieën belandt. Hijgend blijft ze even zo zitten, haar oren gespitst. Hoort ze iets? Nee, het lijkt erop dat hij haar niet achterna komt. Een beetje gerustgesteld staat ze op en ze trekt haar uniform recht. Het smetteloze wit is bezoedeld op de plekken waar zijn handen haar hebben vastgegrepen. De smeerlap! Ze heeft hem al een paar keer tijdens de nachtdienst naar haar zien loeren, maar hier was ze niet op voorbereid. Het schokt haar dat een arts zoiets in zijn hoofd haalt en ze weet dat ze zich binnen de muren van het MCMN, het ziekenhuis waar ze werkt, nooit meer veilig zal voelen. Tranen wellen op. Ze volgde de opleiding tot verpleegkundige met zoveel plezier – en dat heeft hij nu helemaal verpest. Met de punt van haar uniform veegt ze een ontsnapte traan weg. Langzaam vervolgt ze haar weg naar beneden. Wanneer ze langs de toegangsdeur naar de eerste verdieping loopt, vliegt deze open. Haar hartslag verdubbelt als ze ziet wie er het trappenhuis in komt. Met twee passen is hij bij haar, grijpt haar beet en duwt haar achteruit de hoek in. 'Zo,' zegt hij als hij vlak voor haar staat, een wellustige grijns om zijn lippen, 'jij dacht zeker dat ik je zomaar liet gaan?' Tot haar afschuw ritst hij zijn gulp open. Vlug sluit ze haar ogen om maar niets te hoeven zien. 'Wij gaan samen eens wat lol beleven,' zegt zijn stem vlak bij haar oor. 'En je vertelt niemand hierover, anders kun je je verdere carrière wel vergeten. Iedere arts heeft het over jou als "die hitsige zuster", dus er zal toch geen collega geloven dat je het niet zelf wilde.'

Een rilling golft over Hilda's rug. Het is zijn woord tegen het hare, en zij weet ook wel wie geloofd zal worden. Zijn mond op haar lippen smoort haar eventuele protest. Machteloos voelt ze zijn vingers over de huid van haar dijen omhoogkruipen. Ze weet nu al dat ze de gevolgen van deze avond de rest van haar leven bij zich zal dragen.

1

Een onverwachte hand op mijn schouder bezorgt me een schokje in mijn lijf. Door het volume van mijn oortjes heb ik niet gehoord dat iemand me van achteren naderde. Wanneer ik me omdraai, zie ik een collega van mijn vriend staan. Ik heb hem een keer ontmoet toen ik Robin van zijn werk ophaalde en weet dat hij Dennis heet, maar echt kennen doe ik hem niet.

'Hi,' zeg ik, nogal schaapachtig. Dennis knikt me toe, maar zegt niets. 'Ben je vrij vandaag?' vraag ik daarom maar.

Hij schudt zijn hoofd. 'Nee,' zegt hij dan, 'ik was bij een klant en ben nu weer op weg naar de zaak.'

Zijn hand maakt een gebaar in de richting van het bedrijventerrein waar *Spa4U* zijn onderkomen heeft. Robin en Dennis verkopen de luxe whirlpoolbaden waarin het bedrijf gespecialiseerd is. Er valt opnieuw een stilte en ongedurig verplaats ik mijn gewicht naar mijn andere been. 'Nou, ik hoop dat je goede zaken hebt gedaan. Doe Robin de groeten van me; ik moet weer verder.'

'Hoe gaat het eigenlijk met Robin?' vraagt hij dan.

'Goed. Maar dat moet jij toch weten? Je zit vier dagen per week tegenover hem.'

Dennis kijkt me bedachtzaam aan. 'Ja, dat is zo. Hij is in ieder geval lekker sportief bezig de laatste tijd.'

'Zeker, hij traint echt keihard.'

Onverwacht begint Dennis te lachen. Niet zomaar een beetje, nee, hij schatert het uit. 'Tot ziens, Merel,' zegt hij als hij is uitgelachen en hij draait zich om.

Terwijl ik hem nastaar hoor ik hem nog steeds grinniken.

Lacht hij Robin nou uit vanwege zijn veelvuldige sportschoolbezoek? Het zou hem anders geen kwaad doen om ook wat meer te bewegen, hij heeft een dikke pens gekregen sinds die keer dat ik hem zag. Ach, wat boeit het. Ik haal mijn schouders op en loop door. Het is waar dat Robin de afgelopen maanden heel wat uren in de sportschool heeft doorgebracht.

Hij is ermee begonnen nadat zijn vader te horen had gekregen dat hij ongeneeslijk ziek was. Een wake-upcall had hij het genoemd. 'Vanaf nu ga ik meer dan goed voor mijn lichaam zorgen.' Mijn tegenwerping dat iedereen ziek kan worden, werd weggewuifd. 'Natuurlijk kan dat, maar ik wil mezelf niet hoeven verwijten dat ik meer aandacht aan mijn gezondheid had moeten besteden. Ik ga ervoor zorgen dat ik topfit word!'

Hij houdt woord en is minimaal vier keer per week in het fitnesscentrum te vinden. Zijn harde werken wordt steeds beter zichtbaar en tegenwoordig voel ik stevige spieren wanneer mijn vingers hun weg vinden over zijn buik en zijn borstkas. Niet bepaald onaangenaam, moet ik zeggen, en waarschijnlijk is Dennis gewoon jaloers.

'Ik kwam Dennis vanmiddag tegen,' zeg ik 's avonds. We zitten tegenover elkaar aan de eettafel en ik heb net mijn bord vol macaroni geschept. 'Hij herkende me blijkbaar.'

'O?' Robin fronst zijn wenkbrauwen. 'Dan heb je vast indruk op hem gemaakt. Hij heeft je maar één keer gezien, toch?'

'Ja, toen ik jou kwam ophalen. En hij zag me vandaag nog op de rug ook. Ach ja,' ik trek een komisch bedoeld gezicht, 'één blik op mij en je vergeet me nooit meer.'

Robin grijnst. 'Je bent dan ook behoorlijk onweerstaanbaar.'

Wanneer ik een halfuur later de vaatwasser inruim, komt Robin in zijn sportkleren de keuken in lopen. 'Ga je nu alweer weg?'

'Hoezo?' Zijn gezicht krijgt een afwerende uitdrukking. 'Ik ga alleen maar een uurtje trainen.'

'Maar je hebt net gegeten, straks krijg je last van je maag.'

'Jemig, en daar maak jij je druk over? Waarom zeg je het niet gewoon als je wilt dat ik thuisblijf?' Ik zie een spiertje bij zijn kaak trillen.

'Nee hoor, ga gerust je gang.' Ik wuif nonchalant in de richting van de deur en buig me weer over de afwasmachine. Zonder nog iets te zeggen, verdwijnt Robin naar de hal. Pas als de voordeur met een harde klap achter hem sluit, kom ik overeind. Mijn onderrug doet pijn van het voorovergebogen staan en ik bijt op mijn lip. Voelde hij zich nou aangevallen? Hij is de laatste tijd vaker snel geïrriteerd door dingen die hem vroeger onverschillig lieten. Niet dat ik hem niet begrijp. Zijn vader is nog maar kortgeleden overleden en Robin heeft het daar nog erg moeilijk mee. Het is ook niet niks om iemand van wie je houdt binnen een halfjaar te moeten verliezen. Bovendien was het al het tweede grote verdriet waarmee hij in zijn leven te maken kreeg, want zijn moeder is gestorven toen hij nog maar elf was. Zijn vader en hij zijn daarna erg naar elkaar toe gegroeid en ze deden heel veel samen, wat het gemis extra groot maakt.

Met een kop thee op het tafeltje naast me en in mijn hand mijn e-reader ga ik op de bank liggen. Ik open het bestand van een nieuw boek, *Ciao Sicilia*, een Vertrekthriller over een vrouw die naar Sicilië verkast. Naar het buitenland verhuizen, dat lijkt me zo spannend. Verwachtingsvol begin ik dus te lezen en al na één bladzijde slokt het verhaal me helemaal op. Ik ben dan ook verbaasd dat het al halfelf is als ik opsta om wat te drinken te halen. Door het keukenraam kijk ik de straat in om te zien of Robin er al aan komt. Hij is wel erg laat vandaag. Overdrijft hij dat sporten niet een beetje? Hoe dan ook, ik ga mijn rust pakken, want morgen wacht me een spannende dag op het werk.

Voor mijn gevoel slaap ik al uren als Robin het dekbed omhoogtilt en eronder kruipt. Zijn koude hand op mijn heup zorgt voor een definitieve terugkeer uit dromenland. 'Sorry dat ik vanavond zo kribbig reageerde,' hoor ik hem fluisteren. 'Soms ben ik iets te fanatiek in het sporten. Maar ik wil gewoon niet dat mij hetzelfde overkomt als mijn vader.'

Ik was van plan me slapende te houden, maar bij de laatste woorden draai ik me naar hem toe en druk een kus op zijn mond. 'Dat weet ik toch en het geeft niets. Ga maar lekker slapen.'

De zon piept net tussen de wolken door als ik om kwart voor negen op mijn fiets stap om naar mijn werk te gaan. In mijn buik is een lichte kriebel voelbaar. Ik ben een halfjaar geleden in deze baan begonnen en heb vandaag mijn eerste functioneringsgesprek. Het winkelcentrum ligt een goede kilometer verderop en even later zet ik het reclamebord buiten, zodat ik precies om negen uur de winkeldeur opendoe. Het gaat de laatste tijd slecht met de speelgoedwinkels, maar die van ons draait nog steeds verbluffend goed. Waarschijnlijk komt dat doordat we ons onderscheiden met de verkoop van mooi houten speelgoed en een groot assortiment Lego. Klanten uit de hele regio en van ver daarbuiten komen speciaal naar ons toe. Ik plaats de levensgrote pop van Legoblokjes naast de ingang en aai hem even liefkozend over zijn bol. Het is half oktober en de drukste tijd van het jaar, met het sinterklaasfeest en Kerstmis in het vooruitzicht, is aangebroken. Algauw druppelen de eerste klanten binnen, waarna de uren voorbijvliegen. Als mijn collega me om twaalf uur komt assisteren, heb ik niet eens een kop koffie kunnen drinken. Het gesprek is een uur later gepland en ik voel dat de zenuwen mijn maag binnensluipen, waardoor ik de lunch ook maar aan me voorbij laat gaan. Om één uur is er echter geen ontkomen meer aan en klop ik op de deur van het kantoortje van meneer Meier, de eigenaar van de winkel.

'Zo, Merel, ons eerste functioneringsgesprek sinds je hier in dienst bent gekomen.' Van over de rand van zijn leesbril kijkt meneer Meier me goedmoedig aan. 'Hoe bevalt het je hier?'

Ik zeg dat ik het erg naar mijn zin heb, dat ik het leuk vind om de klanten te helpen en dat de samenwerking met mijn collega's prima is.

Hij knikt. 'Ik heb wat rondgevraagd en krijg ook positieve berichten over jou te horen. Dat bevestigt de indruk die ik zelf van je heb. Je bent een goede kracht op wie ik eigenlijk niets heb aan te merken.' Zijn waarderende woorden laten mijn wangen gloeien. Hij schraapt zijn keel. 'Helaas is het zo dat de situatie zoals die nu is niet zo kan blijven.'

Wat? Nee! De blijdschap die ik net nog voelde, stroomt uit me weg. Opeens prikken de tranen achter mijn ogen. Moet ik hier nu alweer vertrekken?

'Ik ben natuurlijk al wat ouder,' gaat de eigenaar verder, 'en mijn gezondheid laat me in de steek.'

'Wat vervelend voor u,' weet ik eruit te persen.

'Ik denk er daarom over een flinke stap terug te doen en de dagelijkse leiding over te dragen.'

Ik knik routinematig en luister nauwelijks. Mijn gedachten slaan meteen op hol. Waar kan ik hierna terecht? Zal ik een baan in een andere branche kunnen vinden? Er sluiten zoveel winkels de laatste tijd. Zit er nog toekomst in de retail of kan ik maar beter proberen terug te keren naar mijn oude vakgebied? Bij de gedachte weer als directieassistent aan de slag te moeten gaan, vliegt de paniek me bijna aan.

'Zou je daarvoor voelen?' Met een verwachtingsvolle blik in de ogen nu neemt meneer Meier me op.

'Eh, sorry, ik heb u even niet gevolgd.'

Zijn lippen krullen zich tot een glimlach. 'Ik vroeg of jij ervoor voelt de dagelijkse leiding van de winkel op je te nemen, zodat ik wat meer op de achtergrond kan blijven.'

Ik knipper ongelovig met mijn ogen. 'Ik? U wilt mij daarvoor? Maar ik werk hier net, de anderen zijn er al veel langer.'

'Dat klopt, maar in jou heb ik alle vertrouwen. Denk er rustig over na, je hoeft niet meteen "ja" te zeggen.'

Ergens onder mijn middenrif voel ik een kleine explosie van geluk. Het liefst was ik meneer Meier om zijn hals gevlogen, maar ik weet me te beheersen. Laat ik het maar eerst met Robin bespreken voor ik de baan aanvaard. We spreken af dat de eigenaar een voorstel op papier zet waarop ik deze week nog zal reageren.

Zo licht als een veertje dans ik bijna het kantoor uit. Dan bedenk ik dat ik nog niet wil dat mijn collega's van iets weten en ik plooi mijn gezicht tot een hopelijk neutrale stand, terwijl het binnen in me zingt.

Een halfuur voor sluitingstijd stuurt Robin me een whatsappje.

Liefje, je hoeft straks niet te koken, ik neem je mee uit eten. Heb iets te vieren.

O? Ik bedwing de neiging om terug te appen dat hetzelfde voor mij geldt. Om klokslag zes uur sluit ik af en haast me naar huis. Na een vlugge douche kleed ik me om in een jurk die ik pas heb gekocht en maak me licht op. Niet veel later hoor ik de sleutel in het slot. Robin komt binnen.

'Wat zie je er mooi uit,' zegt hij, nadat hij me een kus heeft gegeven. 'Ik fris me ook snel even op, dan kunnen we daarna gaan.'

Als hij tien minuten later in zijn boxer de badkamer uit komt valt me nog eens op hoe breed hij de laatste tijd is geworden. 'Hunk,' zeg ik en ik steek mijn hand tussen het elastiek.

'O nee,' zegt hij met een lach, 'hier hebben we nu echt geen tijd voor, we worden om zeven uur verwacht.'

Robin heeft bij een veel duurder restaurant gereserveerd dan de eetcafés waar we meestal heen gaan en ik neem me voor volop van ons dinertje te genieten. Bij de ingang worden we formeel maar hartelijk begroet. We schuiven eerst aan de bar aan voor een drankje en toosten op – ja, op wat eigenlijk? Vragend kijk ik Robin aan. 'Straks,' zegt hij, 'in ieder geval: op de toekomst.' We klinken met onze glazen en kletsen ontspannen wat tot de ober meldt dat onze tafel gereed is.

Als we aan het voorgerecht zitten, kan ik mijn nieuwsgierigheid niet langer bedwingen. 'Nou, vertel! Wat heb je voor nieuws?'

Robin steekt zijn hand uit en legt hem over die van mij. 'Zoals je weet, gaat het de laatste tijd erg goed met Spa4U. We zijn volop aan het uitbreiden en nieuwe afzetmarkten aan het aanboren.' Zijn ogen glanzen. Hij kan ook promotie maken, schiet het door me heen, wat een toeval! Ik knik, maar zeg niets. 'Recent is er een vestiging in Duitsland geopend en nu willen we verder noordwaarts oprukken, naar Scandinavië. Te beginnen met Denemarken.'

'Wat een mooie ontwikkeling,' zeg ik en ik neem nog een slokje van mijn witte wijn.

'In Denemarken heb je heel veel vrijstaande woningen waar onze spa's prima bij zouden passen. Wat je nu vaak hebt zijn bubbelbaden in de huizen, maar we willen de Denen, en de toeristen natuurlijk, graag buiten laten genieten.'

Ik frons mijn wenkbrauwen. 'Leent het land zich daarvoor? Het is er toch best wel vaak koud en regenachtig?'

'Dat klopt, maar de zomeravonden zijn lang en het kan er echt ook flink warm zijn tegenwoordig. Bovendien hebben we een innovatie doorgevoerd die onze spa's ook aantrekkelijk maakt voor landen met een wat minder warm klimaat.'

'Nu klink je als een echte verkoper,' zeg ik met een grijns.

Robin grijnst terug. 'Ik zal mijn verkooptalent hard nodig hebben. De leiding van Spa4U Nederland heeft namelijk gevraagd of ik de Deense vestiging wil gaan opzetten.'

'Zo hé, dat is goed nieuws.' Ik buig me over de tafel heen en druk een kus op zijn lippen. 'Gefeliciteerd schatje, dat lijkt me een geweldige uitdaging. Maar dan zul je dus vaak op en neer naar Denemarken moeten?' De gedachte dat ik veel meer alleen zal zijn staat me niet echt aan, maar ik besluit er niet negatief over te doen. Niets zo erg als een zeurende vrouw thuis. En bovendien zal ik als filiaalleidster zelf ook weleens langer moeten werken. 'Niet dat ik dat erg vind, hoor. Ik gun je deze kans van harte.'

Robin kijkt me verbaasd aan. 'Eh, Merel? Ik geloof dat je het niet goed begrijpt. Ik ga de Deense vestiging niet vanuit Nederland opzetten; het is de bedoeling dat ik me in Denemarken vestig. Dat wíj daar gaan wonen.'

Zijn woorden landen in mijn maag als stenen in een vijver en zinken er diep in weg. Mijn mond valt open, terwijl in mijn hoofd de gedachten over elkaar heen buitelen. Weg uit Nederland, naar Denemarken, en ik dan? Hoe moet het met mijn promotie? 'Maar... maar ik ben vandaag gevraagd om de dagelijkse leiding van de speelgoedzaak over te nemen,' zeg ik verbouwereerd. 'Ik kan ook promotie maken!'

Robins gezicht betrekt. 'Oei, daar is dit niet het juiste moment voor. Dat van mij gaat natuurlijk voor.'

Even ben ik stil om goed door te laten dringen wat hij nu eigenlijk zegt en dan ontplof ik. 'Hoezo? Waarom staat het al vast dat jouw promotiekans belangrijker is dan die van mij? Wie zegt dat ik met jou meega?'

'Je bent mijn vriendin; natuurlijk ga je mee.' Het klinkt kortaf.

'Jij bent mijn vriend; natuurlijk steun je mij,' zeg ik met dezelfde intonatie.

'Kom op, Merel. Je gaat hier toch niet serieus een punt van maken? Dit is een geweldige kans voor ons.'

Ik sla mijn armen stuurs over elkaar. 'Voor jou misschien, voor mij ligt dat anders. Wat moet ik daar doen? Als het nou nog een aantrekkelijk land was, maar Denemarken is koud en nat, dat gaf je net zelf toe.'

'Alsof het in Nederland altijd stralend weer is. Ik snap dat het je overvalt, het was voor mij ook een verrassing.'

'Kan Dennis er niet heen gaan?' Laat Dennis met zijn dikke pens lekker naar Denemarken op bonjouren.

Robin schudt zijn hoofd. 'Het management wil dat ik het doe.' Zijn ogen boren zich in die van mij, ongetwijfeld in de hoop daar een vleugje meegaandheid te vinden.

'En mijn baas geeft de voorkeur aan mij.'

Hij slaakt een diepe zucht. 'Je kunt er een wedstrijd van maken, maar weet dat de uitslag al bekend is. Ik ga naar Denemarken en ik verwacht van jou dat je meegaat.'

'Dat slaat toch nergens op? Je kunt niet zo'n belangrijke beslissing nemen zonder die eerst met mij te overleggen. Als jij dit een normale manier van doen vindt, moeten we onze relatie nog maar eens goed overdenken,' zeg ik mompelend en met neergeslagen blik. Ik haat confrontaties, maar het is echt van de gekke dat hij mij niet naar mijn mening heeft gevraagd.

'Dat meen je niet!' Robin grijpt opnieuw mijn hand vast en kijkt me oprecht geschokt aan.

Ik staar terug zonder te knipperen. 'Toch wel.'

'Dit had ik nooit verwacht. Ik dacht dat... Nou ja, het was naïef wat ik dacht, dat is me nu wel duidelijk.' Plotseling glimlacht hij. 'Ik had geen idee dat je zo'n carrièretijger bent.'

Opgelucht omdat hij weer wat inbindt, zeg ik: 'Er is nog wel meer dat jij niet weet.'

De ober arriveert met het hoofdgerecht en de volgende minuten eten we zwijgend.

'Hm, de zalm is echt heerlijk.'

'Mijn biefstuk is ook verrukkelijk, proef maar.' Ik snijd een stukje vlees af en prik het aan mijn vork.

'Lekker zeg. Nu jij.' Hij beweegt zijn vork in de richting van mijn mond, maar voor ik een hap kan nemen, laat hij hem vallen. Het bestek landt in de cognacsaus en de spetters vliegen in het rond, waarbij mijn jurk niet wordt gespaard.

'Wat doe je? Wat is er aan de hand?' sis ik hem toe.

Robin is bleek geworden en zijn blik is gefixeerd op iets of iemand achter mij. Zijn hand hangt nu werkeloos in de lucht en dat ziet er zo dwaas uit dat ik er bijna om moet lachen. Maar iets in zijn gezichtsuitdrukking verontrust me zo dat ik me omdraai om erachter te komen wat zich daar bevindt. Het eerste wat ik registreer is de omvang van de man die op nog geen meter bij me vandaan staat. Ik geloof niet dat ik ooit eerder iemand zag met zulke gespierde armen. Zijn colbert spant gevaarlijk om zijn biceps en lijkt ieder moment te kunnen knappen. Hij doet me een beetje aan de Hulk van vroeger denken, zij het dat deze man veel aangenamer is om naar te kijken – en groen is hij ook niet.

‘Dag Robin,’ zegt hij met een hoge stem die totaal niet bij zijn uiterlijk past. ‘Zit je lekker te eten met je meissie?’ Hij komt naast me staan en steekt een vereelte hand uit. ‘Hoe heet je, schoonheid?’

‘Merel van Os.’

Er verschijnt een geamuseerde trek om zijn mond. ‘Robin en Merel, twee vogels die samen een nestje vormen, wat leuk. Ik heet trouwens Jacko.’ Hij loopt direct door naar Robin en gaat achter hem staan. Jacko’s enorme handen dalen neer op Robins schouders en ik zie dat hij de monnikskapspier beetpakt en er flink in knijpt. Robin hapt naar adem en stoot de lucht vervolgens met een scherp gesis uit, terwijl alle kleur opnieuw uit zijn gezicht trekt. ‘Doe maar duur. Lekker hoor, als je je dat kunt veroorloven.’ Jacko knijpt zijn ogen tot spleetjes en hij maakt zich extra breed. Zijn houding vormt zo’n contrast met zijn amicale toon dat ik het er warm van krijg. Ik ben getuige van iets wat me vooralsnog ontgaat.

‘Loop je even met me mee?’ brengt Robin met ook al zo’n hoge stem uit.

‘Goed hoor, wat jij wilt. Dag schoonheid, geniet van je maal en je mannetje. Ben je blij met zijn spieren?’

Jacko wacht mijn antwoord niet af en beent met grote passen voor Robin het restaurant uit. Jakkes, wat een griezel. Als de sportschool bevolkt wordt door dit soort types, begrijp ik niet goed dat Robin er zoveel tijd doorbrengt. Met mijn servet probeer ik eerst de vlek van mijn jurk te poetsen en loop dan naar de toiletten om het daar met water en zeep te proberen. Wanneer ik het herentoilet passeer, klinken van daaruit luide stemmen.

‘Denk je dat, wijsneus? Nou je gaat er snel genoeg achter komen. Dit pik ik natuurlijk niet!’

Mijn hart begint als vanzelf sneller te kloppen en opnieuw breekt het zweet me uit.

‘Ach, teringlijer, hou toch je kop,’ pareert Robin. ‘Ik laat me niet bang maken.’

‘Natuurlijk niet, zo’n stoere jongen als jij kan iedereen aan, niet? Nou, wacht maar af, je zult het binnenkort wel gaan merken.’ Ik kan niet verstaan of Robin iets terugzegt; het geluid van de blower die wordt ingeschakeld overstemt alles.

De vlek kan me op dit moment even gestolen worden. Met een pirouette op mijn hakken maak ik rechtsomkeert en loop terug naar onze tafel, waar ik doelloos wat in mijn inmiddels koud geworden vlees ga zitten prikken. Robin zal zo toch wel terugkomen? Ik staar naar mijn horloge en zie de minuten verstrijken. Net als ik het niet langer uithoud en op wil staan, komt hij het restaurant weer binnen.

‘Zullen we gaan?’ zegt hij wanneer hij naast me staat.

‘Nu al? We hebben het hoofdgerecht nog niet eens op.’

‘Ach,’ hij haalt zijn schouders op, ‘de lol is er voor mij af na de ontmoeting met die lul van een Jacko.’

‘Wat is dat voor iemand? Hij komt behoorlijk intimiderend over.’

‘Een pitbull die wel blaft, maar nooit bijt. Denkt dat hij macht over mensen heeft omdat hij zo gespierd is. Laten we maar gaan, de avond was toch al een fiasco voor hij binnenkwam.’

Ik frons mijn wenkbrauwen. ‘Ja, en door wie kwam dat?’ Teleurgesteld sta ik op om mijn jas te pakken, terwijl Robin naar de bar loopt om af te rekenen. Ik kijk hem na. Wat is er vanavond met hem aan de hand? Dat hij niet eerlijk is, zoveel is me wel duidelijk. Want waarom giert de angst hoorbaar door zijn keel als hij zich niet bang laat maken?

2

‘Alsjeblieft, blijf bij me.’ ’s Avonds in bed klonk Robins stem nog steeds niet normaal toen hij me bijna sméékte om met hem mee te gaan naar Denemarken. ‘Ik kan niet zonder je.’ Zijn woorden streelden mijn ijdelheid. Mijn opmerking dat we onze relatie misschien moesten heroverwegen had ik in een opwelling gemaakt, maar was wel degelijk gemeend. Nu was het wel fijn om te horen dat hij me echt niet kwijt wilde. Mijn voorzichtige vraag of er niet meer meespeelde bij zijn wens om naar Denemarken te gaan dan alleen werk had hij afgedaan als onzin. ‘Maar die Jacko dan, het is toch niet normaal zoals hij deed?’

‘Ach,’ Robin haalde zijn schouders op, ‘dat is stoere jongens onder elkaar, daar moet je niet te veel achter zoeken. Ik ben de laatste tijd behoorlijk gegroeid en dat levert scheve gezichten op. Er zijn er altijd die je dat misgunnen. Maak jij je maar geen zorgen, dat is helemaal niet nodig.’

Zijn woorden stelden me gerust en ik was heus graag met hem meegegaan, als ik niet juist gisteren het aanbod had gekregen om de speelgoedwinkel te leiden. Die kans niet pakken voelt aan als ondankbaarheid, buiten dat het me gewoon erg leuk lijkt. Ik draai me op mijn andere zij en direct weer terug. Stel dat ik Robin naar Denemarken volg, wat moet ik daar dan doen? Ik kan toch moeilijk de hele dag gaan zitten wachten tot hij ’s avonds thuiskomt. Kon ik de speelgoedwinkel maar meenemen…

Nee, maar natuurlijk, dat is het! Ik schiet overeind en staar in het donker voor me uit. Ik kan daar mijn eigen winkel beginnen, misschien wel als filiaal. Er bestaat prachtig Deens houten speelgoed dat we graag in onze collectie wilden hebben, maar we mochten het niet verkopen, omdat een andere winkel het alleenrecht had. Hoe mooi zou het zijn als ik iets vergelijkbaars zelf kan inkopen bij een andere fabrikant? Misschien kan ik wel als tussenpersoon fungeren, of een handeltje beginnen via een webshop. Ik voel het ineens overal in me kriebelen en bedwing met moeite mijn neiging om Robin wakker te schudden. Morgen zal ik het er met hem over hebben, en ook met de winkeleigenaar. Ik ruik weer kansen en met een tevreden gevoel laat ik mijn hoofd op mijn kussen zakken.

De volgende dag laat ik meneer Meier direct weten dat ik niet op zijn aanbod in kan gaan. Vol enthousiasme vertel ik hem wat ik vannacht heb bedacht, maar tot mijn teleurstelling is zijn reactie lauw. Iemand vinden aan wie hij de winkel kan toevertrouwen is zijn eerste prioriteit, en dat begrijp ik ook wel. Het spijt me dat ik niet diegene kan zijn; helaas is het niet anders.

Nu ik mijn besluit heb genomen, popel ik om het aan Robin te vertellen. Hij is laat vandaag, constateer ik als de klok zeven uur slaat. Meestal komen we tegelijk thuis of is hij er zelfs eerder. Direct voel ik me zenuwachtig worden. Er zal hem toch niets overkomen zijn? Hoewel ik het overdreven vind van mezelf, bel ik hem op zijn mobiel. Als mijn oproep niet wordt aangenomen, word ik pas echt ongerust. Ik probeer het algemene nummer van Spa4U en krijg een bandje te horen: morgen vanaf acht uur zijn ze weer bereikbaar. Met mijn oren gespitst op ieder geluidje roer ik in de pannen. Net als ik het gas uitdraai, hoor ik het karakteristieke motorgeluid van Robins Golf. Ik haast me naar de voordeur. 'Waar bleef je?' zeg ik en ik val hem om zijn hals.

Hij lacht. 'Wil je zo graag dat ik thuiskom?'

'Het is al hartstikke laat, ik dacht dat er iets gebeurd was.'

Hij legt zijn handen om mijn gezicht. 'Maak je je nog steeds zorgen? Echt niet doen hoor, dat is nergens voor nodig. Ik ben wat later omdat ik nog een bespreking had over Denemarken.

Het is de bedoeling dat ik er begin volgende week al heen ga.'

'Wat! Zo snel al?'

Hij knikt. 'Ik kan natuurlijk de eerste tijd alleen gaan. Ik bedoel, omdat jij nog niet weet of je mee wilt.' Zijn blik is onzeker.

Vlug omhels ik hem. 'Nee,' zeg ik met mijn gezicht in zijn hals. 'Dat is al van de baan; ik heb vannacht besloten dat we er samen voor gaan.'

'O echt? Dat is geweldig!' Ik hoor hem diep zuchten. 'Dan kunnen we volgende week dus weg?'

'Als meneer Meier me niet aan een opzegtermijn houdt wel.' Het voelt alsof iemand me opeens hard met beide benen op de grond zet. 'Maar hoe wil je het doen? We hebben nog niet eens een huis, toch? En moeten al onze spullen dan ook mee? En is het voor tijdelijk of voor altijd?'

Kort na het overlijden van Robins vader zijn we gaan samenwonen in mijn tweekamerappartement. Robin mocht van de woningbouwvereniging niet langer in het huurhuis blijven waar hij met zijn vader woonde en dreigde op straat te komen staan. Omdat we toch al plannen hadden om te gaan samenwonen trok hij bij mij in, ook al is het wel wat erg krap met zijn tweeën. Veel huisraad hebben we dan ook niet.

'Het is voorlopig voor een jaar. Spa4U gunt zichzelf een jaar om de Deense markt te veroveren. De huisvesting is al geregeld, we kunnen in een gemeubileerde vakantiewoning terecht.' Blijkbaar kijk ik nogal bedenkelijk. 'Geen houten hutje hoor, maar een volwaardig huis. Wacht, ik laat je foto's zien.' We lopen naar de eettafel. Robin pakt zijn laptop erbij en toont me afbeeldingen van een witgepleisterd huis met een rieten dak dat boven op een duintop ligt. In de begeleidende tekst staat dat het honderdvijftig vierkante meter woonoppervlak heeft en dat de tuin meer dan drieduizend vierkante meter beslaat. Er is een grote, lichte woonkamer met raampartijen tot aan de grond en het interieur is modern met warme accenten. De keuken is compleet ingericht en heeft een deur naar de tuin.

‘Er zijn drie slaapkamers en twee badkamers, waarvan er een ook als washok wordt gebruikt. En buiten zijn een schuur en carport,’ zegt Robin, die het lezen kennelijk te lang vindt duren. Hij klinkt alsof hij ons er al bijna ziet wonen. ‘Dit zijn wat plaatjes van de omgeving,’ vervolgt hij enthousiast. ‘Zo te zien komen we vlak bij zee te zitten.’

Ik haal me de kaart van Denemarken voor de geest. Het enige andere land waar het direct aan grenst is Duitsland, en verder wordt het omgeven door water. Een groot deel van het oppervlak is schiereiland en aan de rechterzijde liggen talloze kleine en grotere eilanden, met op het grootste eiland de hoofdstad Kopenhagen. Ik weet dat er bootverbindingen zijn naar Noorwegen en Zweden, en het laatstgenoemde land is ook via een brug over de Sont te bereiken. ‘Aan welke kant van Denemarken is het?’

Robin opent Google Maps en wijst een gebied aan de westkust aan. ‘Hier, in het westen van Zuid-Jutland. De plaats heet Blåvand en ligt zevenhonderdveertig kilometer hiervandaan.’

Ik bestudeer de kaart. ‘Dan zitten we dus vlak bij de Noordzee.’

Robin knikt. ‘Lekker vertrouwd, toch? Ik zie het helemaal zitten.’ Hij kijkt me vragend aan. ‘Op naar Denemarken?’

De minieme aarzeling die ik voel omdat ons vertrek wel erg snel is, duw ik weg en ik zeg: ‘Op naar Denemarken!’

Nog diezelfde avond gaan we bij mijn ouders langs. Eigenlijk zijn zij mijn adoptieouders, want ik ben niet hun eigen kind. Mijn adoptievader is in het begin van hun huwelijk door een auto-ongeluk vanaf zijn middel verlamd geraakt en ze hebben nooit eigen kinderen gekregen. Ik ben als paar weken oude baby al door hen geadopteerd, waardoor ik ze altijd als mijn ouders heb beschouwd. De behoefte om mijn biologische vader en moeder op te sporen heb ik tot nu toe niet gevoeld, maar ik weet dat mijn adoptieouders bang zijn om me kwijt te raken als ik ze ooit mocht vinden. Dat ik al ontelbare keren heb gezegd dat mijn gevoel voor hen nooit zal veranderen, heeft die angst niet kunnen wegnemen.

Ik vind het daarom best spannend hoe ze op mijn vertrek zullen reageren. Ze wonen op een kwartier rijden van ons vandaan en tonen zich verrast over het onverwachte bezoek op een doordeweekse dag.

'We moeten jullie iets vertellen,' zeg ik direct als we in de woonkamer zitten. Mijn vader heeft zijn rolstoel naast mij geparkeerd en ik leg mijn hand op die van hem, terwijl ik naar mijn moeder kijk, van wie de ogen hoopvol oplichten. Ik weet meteen in welke richting haar gedachten gaan en zeg vlug: 'Robin is gevraagd om een vestiging van Spa4U in Denemarken op te zetten en ik ga met hem mee. We vertrekken volgende week al.' Mijn moeders mond zakt open en mijn vader laat een ongelovig gesnuif horen. Ik kan me hun reactie voorstellen. Op dit moment kan ik zelf amper geloven dat dit misschien wel de laatste keer in maanden is dat ik hier ben. Waar hebben we 'ja' tegen gezegd? Wat moeten we doen als het ons daar niet bevalt? Ik kijk naar de gezichten van mijn adoptieouders, die me zo lief zijn. Zal ik hen niet veel te erg gaan missen? Met een driftig gebaar veeg ik de tranen van mijn wangen. Ik wil dit! Toch?

Ook bij mijn moeder stromen de tranen over haar wangen en schokken haar schouders.

'Kijk nou wat je ons aandoet,' zegt mijn vader met een van emotie trillende stem. 'Ons enige kind.'

'Waarom zo ver weg?' valt mijn moeder hem snikkend bij. 'Ik dacht dat je ging zeggen dat je zwanger bent, en nu dit.'

'Het spijt me,' zeg ik bedremmeld. 'Ik vind het ook helemaal niet leuk om jullie veel minder vaak te zien, maar het is een prachtige kans voor Robin.'

'Ja,' mengt Robin zich in het gesprek. 'En Merel verheugde zich er, tot uw zelfzuchtige reactie, ook erg op.' Er valt een pijnlijke stilte.

Mijn keel voelt dik aan en mijn tranen zitten hoog, zoveel medelijden heb ik met mijn ouders. Nog even en ik blaas zo alles af, want dit is het niet waard. Heb ik niet beloofd hen nooit in de steek te laten? Het voelt alsof ik die belofte nu zomaar breek. Ik wil er voor hen zijn en ze geen verdriet doen, maar aan de andere kant kan ik mijn hele leven toch ook niet op hen afstemmen?

Mijn moeders blik rust op mij en ik zie dat ze worstelt met haar gevoelens. Maar dan schenkt ze me een liefdevolle glimlach die zegt dat ze het wel begrijpt.

'Ik snap heel goed dat jullie je overvallen voelen, maar probeer alsjeblieft blij te zijn voor mij,' zeg ik vlug. 'Ik kom van de week terug en dan hebben we het er uitgebreid over. Jullie zijn me echt niet kwijt; Denemarken is niet het einde van de wereld.'

'Voor mij wel,' bromt mijn vader.

'Jemig, wat een zielig gezeur,' zegt Robin als we weer in de auto zitten. 'Ik wist wel dat jouw ouders mij niet zien zitten. Dat hebben ze nooit gedaan.'

Verbaasd kijk ik hem aan. 'Hoe kom je daar nou bij? Dat is helemaal niet waar.'

'Natuurlijk wel. *Ons enige kind*,' bauwt hij mijn vaders stem na. 'En nu neemt die nare Robin haar zomaar mee. Als je nou nog eigen was...'

Bezeerd kijk ik hem aan. Vindt hij echt dat mijn ouders minder om mij zouden moeten geven omdat ik niet hun dochter ben? 'Ik kan werkelijk niet geloven dat je zoiets zegt. Ze betekenen zo veel voor me – meer dan mijn echte ouders zouden kunnen, mocht ik hen al ooit leren kennen.' Niet dat er veel kans is dat dat zal gebeuren, want ik heb helemaal niets waaruit ik mijn afkomst zou kunnen herleiden. Dat mijn moeder ongewenst zwanger was geraakt en ze me niet kon houden, is het enige wat we weten. 'Of ik wel of niet hun vlees en bloed ben, dat doet er niet toe. Zij zijn mijn ouders en ze voelen zich net zo voor het blok gezet als ik. Ik moet ook opeens mijn hele leven overhoopgooien en mijn ambitie opgeven.'

'Ambitie? We hebben het hier niet meer over je baan als directieassistent hé, maar over de verkoop van speelgoed.'

‘O!’ Ik ben zo verontwaardigd dat ik even niets meer weet uit te brengen. Toen ik Robin een jaar geleden leerde kennen, had ik net maanden thuisgezeten met een burn-out van mijn stressvolle baan als directieassistent bij een multinational. In het kader van mijn re-integratie werkte ik een paar uur per week in de speelgoedzaak; iets wat me zo goed beviel dat ik er niet meer weg wilde, waarna ik in vaste dienst trad. ‘Als dit werk, en daarmee ik, in jouw ogen niets voorstelt, is het vast ook geen ramp als ik niet met je meega. Weet je wat? Vertrek jij maar lekker naar Denemarken, dan zet ik mijn miezerige leventje wel alleen voort. Stop de auto, ik wil er nu uit.’ Mijn stem slaat over en ik grijp de deurhendel beet.

‘Nee joh, doe nou niet!’ Robin stuurt de wagen naar de kant en zet hem stil. Hij draait zich naar me toe en grijpt me bij mijn schouders. Tot mijn verrassing glanzen zijn ogen vochtig en kijkt hij me schuldbewust aan. ‘Jij hoort bij mij, ik wil je niet kwijt. Echt, ik weet niet wat me daarnet bezielde, en ook niet waarom ik dat over je ouders zei. Ik…’ Ineens schokken zijn schouders en hij slaat zijn handen voor zijn gezicht. ‘Ik denk dat ik jaloers was omdat jullie elkaar tenminste nog hebben. Mijn vader en moeder zijn dood; ik ben helemaal alleen.’

Geroerd trek ik hem tegen me aan en streel zijn haren. ‘Dacht je nou echt dat ik of mijn ouders dat niet zouden begrijpen? Ik weet dat je het nog heel moeilijk hebt met je vaders dood, maar je bent niet alleen, onthou je dat? Ik ben er voor je en je hebt óók nog een heel lieve zus.’

‘Ja,’ zegt hij en hij veegt zijn tranen weg. ‘Ik weet ook niet waarom ik de laatste tijd soms zo bot reageer. Dan is het net of er een duiveltje in me is gevaren.’

Ik schud mijn hoofd. ‘Wees niet zo hard voor jezelf, we komen er wel uit met mijn ouders, maak je nou maar geen zorgen. Wij gaan gewoon naar Denemarken! Samen!’

We kussen elkaar in de wetenschap dat we straks thuis onze liefde gaan vieren.

Wanneer Robin de auto op de parkeerplaats voor het appartementencomplex heeft gezet en ik al ben uitgestapt, gaat zijn telefoon. Hij neemt het gesprek aan, luistert even en vloekt dan luidkeels. 'Doe het portier dicht!' roept hij tegen mij. Verbaasd doe ik dat, waarna hij tot mijn verbijstering zo hard achteruitrijdt dat ik van schrik opzijspring. Een tel later verdwijnt hij met gierende banden en gedoofde koplampen in de nacht.

3

Shit! Shit! Shit! Robin slaat zo hard met zijn knokkels op het stuur dat het pijn doet, terwijl hij ondertussen de auto met een roekeloze vaart door de straten van zijn woonplaats stuurt. Hoe is Jacko in hemelsnaam aan zijn telefoonnummer gekomen? Hij schrok zich rot toen hij bijna gedachteloos het gesprek aannam en de afschuwelijk hoge stem van Jacko dreigend in zijn oor schreeuwde. Tot nu toe maakte hij voor het contact met die griezel gebruik van een prepaid simkaart die hij speciaal voor dat doel heeft aangeschaft. De oproepen van het daaraan gekoppelde telefoonnummer negeert hij echter al een tijdje en blijkbaar kreeg Jacko daar zo genoeg van dat hij zijn andere nummer heeft achterhaald. Voor de tweede keer binnen een paar dagen is de man dichter bij hem gekomen dan zijn zenuwen kunnen verdragen. Na de confrontatie in restaurant The Rosary, waar hij en Merel zaten te eten, heeft hij er alles aan gedaan om Jacko te mijden en hij dacht dat hij daarin geslaagd was, maar het telefoontje van daarnet heeft die illusie wreed verstoord. In niet mis te verstane krachttermen, gevolgd door dreigen met geweld, maakte Jacko duidelijk dat zijn geduld met Robin op is en dat hij geld wil zien. Het zorgde voor zoveel paniek dat hij halsoverkop is weggevlucht, en hier rijdt hij nu doelloos in het donker. Nu hij weer helderder kan nadenken, betreurt hij zijn overhaaste vertrek. Voor zover hij weet, is zijn adres niet bij Jacko bekend en daarmee is de kans dat hij verhaal komt halen niet erg groot. Verdomme! Wat is het toch kut dat het allemaal zo gelopen is. Het aanbod om op een makkelijke manier wat geld bij te verdienen leek zo mooi, maar door zijn eigen stommiteit is hij zwaar in de shit beland. Hij ademt een paar keer diep in en weer uit en voelt de rust in zijn lijf enigszins terugkeren. Als hij Jacko nog een paar dagen van zich weet af te houden, is hij veilig. Dan zijn Merel en hij vertrokken en bevinden ze zich op voldoende afstand van Jacko en die al even enge maten van hem.

Zijn gedachten aan Merel brengen hem bij zijn tweede stommiteit. Wat bezielde hem toch om zo bot te reageren? Hij had alles er zomaar mee kunnen verpesten. En waarom? Normaal kan hij het best met Merels ouders vinden en hij wist al van tevoren dat ze hun vertrek niet zouden toejuichen. Vanaf het begin was duidelijk dat Merel en zij een drie-eenheid vormen en hij begrijpt best dat het moeilijk voor hen is om hun enige kind naar het buitenland te zien vertrekken. Hij had zich daarom voorgenomen begrip te tonen, maar het was net of er een duiveltje in hem opstond dat zijn empathisch vermogen de nek omdraaide. Ineens stoorde hij zich vreselijk aan de egoïstische reactie van zijn schoonouders. Zij hadden elkaar en Merel tenminste nog, terwijl hij er helemaal alleen voor staat. Stom genoeg deed hij met zijn uitspraken niet alleen haar ouders pijn, maar ook zijn Merel, die hij zo nodig heeft. En net toen de boel weer een beetje gesust was, beging hij een nieuwe blunder. Wat ze op dit moment van hem vindt, nadat hij haar zomaar achterliet, daar durft hij niet eens over na te denken. God, wat is hij soms toch een klootzak.

Plotseling vastbesloten haar van zijn liefde en toewijding te overtuigen, mindert hij vaart en keert de auto zo gauw hij kan. Hij moet haar tonen dat hij haar vertrouwen waard is. En hij moet een gebaar naar haar maken. Geen cadeautje of een mooie bos bloemen, al zal hij die ook natuurlijk kopen, nee, het moet iets groters zijn, iets overweldigends. Hij weet al wat hij wil, maar laat zijn hersens nog even flink werken om toch nog iets anders te bedenken. Nee, steeds weer komt hij uit bij een huwelijksaanzoek. Een briljante optie, ware het niet dat ze helemaal geen tijd voor een bruiloft met alles erop en eraan hebben. In gedachten vervolgt hij de ingeslagen weg. Na een huwelijk volgt logischerwijs een baby. Ze hebben het nog niet zo lang geleden over kinderen krijgen gehad en Merel heeft toen gezegd dat ze, als het mogelijk is, graag jong moeder wil worden. Het vaderschap leeft niet erg bij hem, maar hij heeft er ook geen bezwaar tegen. Als hij een kind moet maken om Merel van zijn goede bedoelingen te overtuigen, zal hij dat met liefde doen. Tevreden parkeert hij een kwartier later de auto op de parkeerplaats van het appartementencomplex en stapt uit.

Hij moet wachten tot de volgende dag voor hij Merel kan spreken. Gisteravond bleek ze al te slapen en hij besloot haar niet te storen. Onderweg van zijn werk is hij bij een bloemenstalletje gestopt om het grootste boeket dat ze hadden staan te kopen.

Duidelijk verrast neemt Merel de bloemen van hem aan. 'Prachtig,' zegt ze, terwijl ze haar neus in het boeket steekt om de geur op te snuiven. 'Ik heb nog nooit zo'n grote bos gehad.'

'Ik heb dan ook wel iets goed te maken. Sorry voor mijn onbeschofte gedrag van gisteravond, ik weet niet wat me bezielde.'

Haar blik wordt duister. 'Ja, dat was echt erg en dat vonden mijn ouders ook.'

'Ik zal het ook met hen goedmaken. En verder heb ik iets bedacht waardoor het voor jou makkelijker wordt om je leven van nu hier achter te laten.' Hij vangt haar blik en kijkt haar diep in de ogen. 'Ik ga jou een baby geven.'

'Een baby? Je hebt diep nagedacht over waarmee je me kunt paaien en komt hierop uit?' Ze schudt haar hoofd. 'Echt Robin, je valt me heel erg tegen.'

'Maar je wil toch graag een kind? Dat heb je laatst zelf gezegd.' Soms begrijpt hij helemaal niets van haar.

'Dat klopt, maar dat was vóór de emigratieplannen. Ik moet

er niet aan denken om zwanger te zijn in een land waar ik niemand ken, ver van mijn ouders, en waar ik de taal niet spreek. Bovendien lijkt het erop dat je mijn zwangerschapswens gebruikt om me over te halen met je mee te gaan. Niet erg chic, vind je wel?' Hij moet toegeven dat het inderdaad niet de schoonheidsprijs verdient. 'Mooi, dan hebben we het er het komende jaar niet meer over. Ik heb namelijk ook nagedacht en iets heel anders bedacht om te gaan doen in Denemarken...'

4

Een paar dagen later is de dag van vertrek al aangebroken. De tijd is werkelijk omgevlogen en het moment van wegrijden breekt voor mijn gevoel veel te snel aan. We hebben de laatste dagen bij mijn ouders in huis gewoond om zo het gemis van de komende maanden een beetje goed te maken. Gelukkig hebben we fijne gesprekken met elkaar kunnen voeren en hebben zij inmiddels vrede met ons besluit. Samen met Robins zus Mara zwaaien ze ons aan het einde van de ochtend uit. Ik kijk net zo lang over mijn schouder tot de achterblijvers niet meer dan stipjes zijn en veeg mijn ogen droog.

'Het komt allemaal goed, schatje,' verzekert Robin me, terwijl hij zijn hand op mijn knie legt.

De eerste paar honderd kilometer die volgen verlopen probleemloos. We hebben ervoor gekozen om te overnachten in een Duits hotelletje en gaan de volgende ochtend na het ontbijt weer op weg. Er is weinig verkeer en het lijkt erop alsof we ook in één keer door hadden gekund, maar als we Hamburg naderen rijden we zo een file in. Pas twee uur later maken we weer vaart en na nog eens anderhalf uur te hebben gereden, kondigen borden langs de kant van de weg aan dat we de Deense grens naderen. Ik voel een kriebel van spanning in mijn buik nu de eerste kennismaking met ons voorlopige thuisland zo dichtbij is.

Eerst komen we echter opnieuw stil te staan. De Deense douane blijkt controleposten te hebben ingericht en er worden diverse auto's aan de kant gezet voor nadere inspectie. Ik draai me om naar onze tot aan het dak volgeladen achterbak. Het is niet te hopen dat we eruit worden gepikt en alles moeten uitladen. De urn met de as van Robins vader staat klem in een van de hoeken en ik zie al voor me hoe de inhoud door de douane wordt geïnspecteerd. Het is intussen gaan miezeren en ik moet er ook niet aan denken dat onze spulletjes nat worden.

Stapvoets rijden we verder en onwillekeurig houd ik mijn adem in als we aan de beurt zijn en de douanier zich naar ons toe buigt. Zijn blik richt zich eerst op ons en daarna op de bagage. Hij fronst zijn wenkbrauwen. '*What are you here for? Holiday?*' bast zijn stem.

'*No Sir, we are moving to Denmark*,' zegt Robin op uiterst beleefde toon.

De gezichtsuitdrukking van de man verstrakt. '*This way please.*' Een dwingend handgebaar naar rechts begeleidt zijn woorden.

'O nee,' mompel ik zachtjes. 'Waarom wij?'

Robin grijnst. 'Wat denk je? De wagen zit propvol, wie weet wat we meesmokkelen.' Hij parkeert de auto achter een andere wagen die uit de rij is gehaald.

Eerlijk gezegd snap ik niet dat hij erom kan lachen. 'Nou, leuk welkom in ons nieuwe woonland.'

Robin haalt zijn schouders op. 'Ach, het zal wel meevallen, ik kan bewijzen dat ik hier voor mijn werk moet zijn.'

Het wachten op de douaniers duurt lang. De auto voor ons wordt helemaal leeggehaald en minutieus doorzocht. De bestuurder, een vrouw en een klein kind staan er beteuterd bij te kijken tot de kleuter het blijkbaar zo koud krijgt dat hij begint te huilen en zijn moeder hem oppakt en beschermend tegen zich aan klemt. Als we plek hadden gehad, had ik ze onmiddellijk gevraagd met zijn allen bij ons te schuilen, maar dat gaat niet. Ik open het portier en stap op de moeder af. Hun wagen heeft een Hongaars kenteken en ik vraag in het Duits of het jongetje in ieder geval zolang bij ons wil kunnen zitten. Helaas, de ouders begrijpen me niet en ik druip af, waarna me niets anders rest dan kijken naar het trieste plaatje dat het gezin biedt. Eindelijk lijken de beambten tevreden te zijn en geven ze het sein dat de bagage kan worden ingepakt. Laat ons dit alsjeblieft bespaard blijven. Wanneer de douanebeambte bij ons komt overhandigt Robin hem een aantal documenten. De man leest de papieren aandachtig door en zegt dan tot mijn onuitsprekelijke opluchting, en ook wel ongeloof, dat het akkoord is en dat we door mogen rijden. En zo passeren we de grens.

'*Hej* Denemarken,' zeg ik tegen het landschap buiten.

De eerste indruk, gezien vanaf de snelweg die we volgen, is dat Denemarken veel weg heeft van Nederland en zeker lijkt op het dunner bevolkte Noord-Duitsland. Zelfs het weer is hetzelfde. Een grijs wolkendek hangt laag boven het land. Ik zie veel akkers, waarvan de meeste er nu kaal bij liggen, en weides waarop straks in het voorjaar vast koeien zullen grazen. Het is een vertrouwd beeld, maar ik ben ook wel een beetje teleurgesteld omdat het er zo hetzelfde uitziet. 'Het landschap verderop moet anders zijn,' meent Robin. 'De foto's die ik heb gezien, gaven toch wel een ander beeld.' Hij klinkt mat, wat ik toeschrijf aan vermoeidheid. Het stemmetje in mijn hoofd dat zich afvraagt wat we moeten doen als het ons alle twee heel erg tegenvalt, negeer ik manhaftig. Het is een lange reis geweest en we verlangen beiden naar het einde ervan. Na iets minder dan een uur geeft het navigatiesysteem aan dat we de E45 moeten verlaten en links de E20 richting Esbjerg volgen. Esbjerg heeft ongeveer net zoveel inwoners als Gouda, maar is toch de vierde stad van het land. Spa4U heeft hier een kantoorruimte gehuurd vanwaaruit Robin zijn verovering, om in Vikingenstijl te spreken, zal beginnen.

Ons tijdelijke huis ligt in de plaats Blåvand, wat blauw water betekent, op ongeveer drie kwartier rijden van Esbjerg. Naarmate we onze bestemming dichter naderen voel ik de spanning in mijn buik toenemen. We rijden al een poosje langs een groot bosgebied en ik stel me voor dat we hier in de weekends lekker gaan wandelen. Heel voorzichtig begin ik me iets optimistischer te voelen. Vergeleken met Nederland is het heel rustig op de weg en ook is er veel minder bebouwing. Af en toe zie ik tussen de bomen een vrijstaand huis liggen waarvan ik vermoed dat het een vakantiewoning is. Mensen zijn er niet te bespeuren, alles ligt er verlaten bij. In het zomerseizoen ziet het er hier vast heel anders uit. Alsof ik alvast iets van de sfeer mag proeven, breekt het grijs van het wolkendek plotseling open en komt de zon tevoorschijn. Het landschap licht op en oogt meteen een stuk vriendelijker.

'Tot nog toe vind ik het helemaal niet verkeerd,' verwoordt Robin mijn gevoel.

'O kijk, daar ligt de Tirpitz–bunker,' zeg ik en ik wijs naar rechts, 'daar heb ik over gelezen.' Robin kijkt me vragend aan. 'De bunker maakte deel uit van de Duitse verdedigingslinie in de Tweede Wereldoorlog, maar de bouw is nooit voltooid. Het is nu een museum, dat heel interessant moet zijn om te bezoeken.'

'Cool, daar gaan we zeker een keer kijken.'

'Wanneer begin je eigenlijk met werken? Er is hier ook een dierentuin waar ik heen wil.'

'Ergens volgende week ga ik starten. Pascal ziet het liefst dat ik maandag al begin, maar ik vind dat we ons eerst moeten settelen en dat we daarna best nog wat leuke dingen mogen ondernemen.'

Tien minuten later rijden we het centrum van Blåvand binnen en vrijwel direct ontdek ik een slagerij en een supermarkt. Als ik Robin er enthousiast op wijs, lacht hij me uit. 'Wat had jij dan gedacht? Dat ze in Denemarken geen supermarkten kennen?'

Ik lach met hem mee. 'Nee, natuurlijk niet, maar het is toch fijn dat we nu al weten waar er een zit?'

De hoofdweg leidt ons dwars door Blåvand en ik ben aangenaam verrast. De vele winkeltjes aan weerszijden van de straat en een aantal restaurants maken dat de plaats er als een gezellige badplaats uitziet. 'O, kijk dan,' roep ik, terwijl ik bijna mijn nek verrek in mijn poging over mijn schouder te kijken. 'Volgens mij stond daar iets leeg. Kun je misschien even stoppen?' Zodra dat mogelijk is parkeert Robin de auto en we wandelen een stukje terug naar waar ik het leegstaande pandje gezien denk te hebben. Al snel blijkt dat ik me niet heb vergist en met mijn handen tegen de ruit gedrukt tuur ik nieuwsgierig naar binnen. Wat ik zie maakt me direct enthousiast. De winkelruimte is niet al te groot, maar perfect geschikt voor een start-up. Tegen de muren staan roomkleurig geverfde houten stellingen en achterin bevindt zich de eveneens houten toonbank met kassa. De vloer is van grenenhout, evenals het balkenplafond. 'O wat knus. Vind je het er niet geweldig uitzien?'

Robin knikt. 'Een heel leuke ruimte. Zou het te huur staan?' Hij doet een paar passen naar achteren en inspecteert de gevel. Ook ik scan het pand op een bord met TE KOOP of TE HUUR, maar kan niets ontdekken. Ah nee, straks is het al van iemand anders. 'We moeten erachter proberen te komen of het nog op de markt is. Dit is mijn winkel, dat voel ik gewoon.'

Robin lacht. 'Jij bent wel heel snel overtuigd. Maar het is een leuk pandje, dat geef ik toe. Laten we uitzoeken of het beschikbaar is en aan welke eisen je moet voldoen om hier een winkel te beginnen.'

Ik knik. Het gaat me lukken, hoe dan ook.

Het verhuurbedrijf van ons huis blijkt iets verderop in de straat te zijn gevestigd, zodat we er lopend naartoe kunnen. We halen de sleutels op en vijf minuten later zitten we weer in de auto. Na nog een supermarkt te zijn gepasseerd, laten we de bebouwing achter ons. Het landschap hier is tamelijk vlak en we passeren enkele bedrijven en huizen en boerderijen aan weerszijden van de weg, waar ook een vrij liggend fietspad langs loopt.

Opeens doemt in de verte de witte vuurtoren van Blåvand, de Blåvandshuk Fyr, op. De wat saaie omgeving verandert nu snel naarmate de weg zich door een duingebied slingert waarvan mijn hart sneller gaat kloppen. Als kind brachten mijn ouders en ik de zomervakantie meestal aan het strand van Egmond aan

Zee door en deze omgeving roept dan ook warme herinneringen bij me op.

'Hoe ver zou het nog zijn?' vraagt Robin zich hardop af. 'Ik dacht dat Blåvand bijna aan zee lag.'

Ik wijs hem de routeplanner op het dashboard aan die hij om een of andere reden altijd negeert. 'We rijden parallel aan de kustlijn. De zee ligt links van ons, maar is net te ver weg om hem te kunnen zien. Volgens de navigatie moeten we over vijfhonderd meter rechtsaf.' Tussen de lage duinen door rijden we verder. Van de huizen die niet direct aan de weg staan steken alleen de daken erbovenuit. 'Hier moet je naar rechts.' De weg die we moeten inslaan is zo smal dat twee auto's elkaar niet kunnen passeren. Gelukkig zijn er geen tegenliggers. 'Is het hier?' vraagt Robin zich na vijftig meter fronsend af. We staan bij een brievenbus met daarop een naam en nummer 91 gekalkt. De weg gaat over in een grindpad waar grote plassen op staan.

Ik schud mijn hoofd. 'Het huisnummer is 91A, ik denk dat we verder door moeten.'

'Dan hoop ik maar dat we niet vast komen te zitten in de modder.'

Van de zenuwen begin ik te giechelen. Er is geen enkel ander huis te zien hier in de wijde omgeving en ik vraag me af in wat voor gribus we in hemelsnaam terechtkomen. Robin draait de wagen het pad op dat na een tiental meters naar rechts afbuigt, om daarna het laatste stuk steil omhoog te lopen. 'Daar!' roep ik en ik wijs. Ik herken het witgepleisterde huis met het rieten dak direct van de afbeelding die ik op internet heb gezien. 'Daarboven is het huis.' De motor loeit als Robin gas bij geeft in een poging vaart te maken. Dat mislukt jammerlijk; de wielen draaien woest rond en graven zich in. Als we uitstappen, zien we diepe sporen in de grond. 'Ai, daar zal de eigenaar niet blij mee zijn.'

Robin haalt zijn schouders op. 'Jammer dan, ík baal ervan dat we niet verder kunnen. Verdomme, wat een teringzooi hier.' Volkomen onverwacht schopt hij hard tegen de auto.

‘Wat doe je nou? Straks trap je er een deuk in.’

‘Je ziet toch dat het hopeloos is? We komen nooit boven op deze slechte ondergrond.’ Zijn gezicht staat op onweer en ik onderdruk mijn neiging terug te foeteren. In plaats daarvan sla ik mijn armen om hem heen. ‘Hé, relax een beetje. Het is onze eigen oprit, er komt verder niemand hier. Het is geen enkel probleem om de auto halverwege te laten staan. De grond is drassig omdat het blijkbaar veel heeft geregend. Als het droger is gaat het vast wel goed. En anders kijken we of we het pad kunnen verstevigen.’ Ik voel Robin in mijn omhelzing ontspannen.

‘Je hebt gelijk,’ mompelt hij in mijn haren, ‘ik maak me druk om niets. Kom, wie het eerst boven is.’

Hij maakt zich van me los en zet het op een lopen.

Ik volg hijgend op enige afstand.

‘O,’ stoot ik uit. Het heuvelopwaarts rennen heeft me van mijn adem beroofd en met een in mijn borstkas fladderend hart kijk ik als betoverd om me heen. Het huis – nee, óns huis – staat op de top van een duin en biedt aan alle kanten een wonderschoon uitzicht. We worden omringd door een landschap dat kleurschakeringen vertoont van bijna zwart tot lavendelblauw, waarachter de zee zich in al haar weidsheid uitstrekt. Ik adem diep in, leun tegen de wind en proef het zilt op mijn lippen. Een groots geluksgevoel trekt door me heen. Kijk mij hier nou staan, midden in de natuur in Denemarken, omringd door een puurheid die ik zelden eerder zo sterk heb ervaren. Het is net of alleen ik en het landschap om mij heen bestaan. Diep vanbinnen herken ik iets, wat maakt dat ik volschiet.

‘Wat is er? Valt het tegen?’ Robin strijkt een traan van mijn wang die kennelijk aan mijn oog is ontsnapt.

Ik schud mijn hoofd, nog niet tot spreken in staat, zo overweldigd voel ik me. ‘Nee, het is fantastisch,’ stamel ik ten slotte. ‘Zoveel mooier dan ik me had durven voorstellen. We kunnen vanaf hier gewoon de zee zien. Kijk dan, die wolken erboven en de schuimkoppen op de golven. Ik kan gewoon niet geloven dat wij hier mogen wonen.'

'Het is inderdaad geweldig.' Hij slikt. 'Ik weet zeker dat mijn vader het ook prachtig had gevonden als hij het had kunnen zien. Ik ben blij met de keuze die ik heb gemaakt.'

Ik druk me tegen hem aan en zoen hem op zijn mond. 'Ik ook,' fluister ik, 'nu al.'

'En dan heb je het huis nog niets eens gezien.'

Hand in hand lopen we verder. Boven aan de oprit ligt een vooralsnog met de auto onbereikbare carport en daarnaast sluit een houten hek de toegang af. Het zit niet op slot en via een stenen pad komen we bij de achterkant van de woning uit. Onder een afdak zo groot dat het een compleet terras overkapt, bevindt zich de 'voordeur'. Robin overhandigt mij de sleutel en met mijn hart bonkend van verwachting draai ik hem om.

We komen binnen in een lange gang met aan weerszijden een zestal deuren. Twee staan er open en blijken toegang tot kleine slaapkamers te verlenen. Achter de derde deur bevindt zich de master bedroom – met dubbele deuren naar buiten. De andere deuren ontsluiten twee badkamers en de meterkast. Aan het einde van de gang ligt de woonkamer, die nog veel groter is dan de foto op internet deed vermoeden. Hij is gemeubileerd met een grote loungebank, bekleed met antracietkleurige velours, met daarop talloze felgekleurde kussentjes. Er staan twee tafeltjes van steigerhout voor. Aan de muur ertegenover hangt een nieuw model flatscreentelevisie en langs de wand staat een groot dressoir vol met prachtig blauwgrijs aardewerk servies en aan weerszijden stoere vloerlampen. De wanden zijn van wit gebeitst grenenhout en de vloer is een gietvloer met betonlook. Het grote wollige witte vloerkleed dat erop ligt verleent aan de ruimte een warme comfortabele uitstraling. Door de kamerhoge ramen valt een zee van licht naar binnen en ook van hier af is tot mijn geluk de zee te zien. Er hangt iets aan de muur wat eruitziet als een airco, maar wat bij nadere bestudering ook als verwarming moet dienen. Veel Deense huizen zijn met een warmtepomp uitgerust en ik ben benieuwd of het in de winter wel behaaglijk zal aanvoelen. Mocht dat niet zo zijn, dan is er gelukkig ook nog een open haard. Doordat het huis in een L-vorm is gebouwd is de lange, zespersoonseettafel niet direct zichtbaar vanuit de zithoek. Daar weer naast ligt de keuken met een deur die toegang geeft tot de zijtuin. Als ik naar buiten kijk, zie ik halverwege het duin een ander huis liggen. We hebben vrij zicht op de achterkant en de tuin ervan. Juist op dat moment gaat de deur open en komt een vrouw met grijs haar naar buiten.

'Wat denk je? Zul je hier culinair uit de voeten kunnen?' vraagt Robin grappend.

Ik draai me om. 'Ach, het is behelpen, maar het zal me wel lukken,' zeg ik met een grijns. De keuken is bijna net zo groot als de woonkamer in mijn appartement en is uitgerust met alle denkbare apparatuur. Wie weet krijgen mijn kookskills er een enorme boost van. Ik draai de keukendeur van het slot. 'Laten we buiten kijken.'

We komen uit op een klein terras. Ik werp nog een vlugge blik op het buurhuis, maar de vrouw is verdwenen. Vanaf het huis loopt een stenen pad naar een houten gebouw. Ik vermoed dat het een schuur is en sla bijna steil achterover als ik er naar binnen ga. 'Een sauna! We hebben onze eigen sauna,' jubel ik.

Robin lacht. 'Kijk eens achter die andere deur.'

Ik trek hem open en staar stomverbaasd naar een zwembad. Opnieuw ben ik even sprakeloos. 'Wist jij dit?'

Robin knikt me stralend toe. 'Een kleine verrassing. Heerlijk overdekt, en bij mooi weer kun je de deuren openzetten en loop je zo naar buiten.' In de tuin staan vier ligbedden en ik zie mezelf er al zonnebaden op een wolkeloze dag.

'Ik ben helemaal perplex. Zoveel luxe voor ons alleen.'

'We gaan er lekker van genieten; dit is ook waar ik het voor gedaan heb.'

'Ik ben je er nu al dankbaar voor.' We zoenen uitgebreid en lopen dan via de tuin naar beneden naar de auto. De grond is grotendeels met gras bedekt, maar er staan ook struiken en bomen. Fruitbomen, zie ik als ik eronder sta. Op de grond liggen nog wat restanten appels, peren en pruimen. Ik raap er een paar op die nog niet verrot zijn en leg ze apart om ze straks op te halen.

Maar eerst wacht ons de klus van het leeghalen van de auto. Na drie keer op en neer naar het huis te zijn gelopen, hijg ik ervan en kriebelt het zweet me op de rug. Ik blijf even staan om uit te puffen en te genieten van het uitzicht. Nog niet eens de helft van de bagage is overgebracht en zodra ik op adem ben, ga ik weer door. We lopen nog minstens vijf keer heen en weer voordat Robin als laatste voorzichtig de urn oppakt en hem naar boven draagt, waar hij hem een plekje op het dressoir geeft en er stil naar blijft staan kijken.

Het is een beeld wat mijn keel dichtknijpt. ‘Zo is hij er toch een beetje bij,’ zeg ik en ik wrijf hem troostend over zijn rug.

5

Ik ben bezig met onze spullen in het dressoir te zetten als er tegen het glas in de voordeur wordt getikt. Wanneer ik erheen loop, zie ik door het ruitje een grijze haardos dansen in de wind.

'*Hej*,' zegt de vrouw die ik eerder in de tuin zag. Ze is langer dan ik en op het magere af. Haar leeftijd valt moeilijk te schatten. Weliswaar zijn haar haren grijs, maar in haar gezicht ziet ze er nog tamelijk jong uit. Ze zou in de zestig, maar evengoed al begin zeventig kunnen zijn.

'*Hej*,' zeg ik terug. Vooralsnog is dit het enige Deens dat ik ken. Hopelijk spreekt de vrouw ook wat Engels of Duits.

'Ik zag jullie langsrijden en dacht: laat ik ze even gedag gaan zeggen.'

Verbluft kijk ik haar aan en ik voel mijn mond openzakken. 'U spreekt Nederlands!'

Ze knikt. 'Maar niet meer zo goed.'

'U maakt zeker een grapje?' zeg ik met een lach. 'Ik kan alleen maar hopen dat ik ooit zo goed Deens zal kunnen praten. Hoe komt het dat u Nederlands spreekt?'

'Mijn man en ik hebben een aantal jaren in Nederland gewerkt en gewoond. Het is lang geleden; ik ben bang dat mijn spreekvaardigheid behoorlijk is weggezakt.'

'Helemaal niet, u bent echt veel te bescheiden! Maar wat leuk u te ontmoeten. Mijn naam is Merel van Os.'

Ik steek mijn hand uit, en ze grijpt hem met een glimlach. 'Rebecka Pedersen.'

'Dan woont u zeker op nummer 91? Ik zag uw naam op de brievenbus staan.'

'Dat klopt, mijn man heet Jorg.'

'Mijn vriend heet Robin.' Ik draai me om en roep hem. Hij moet ons allang gehoord hebben, maar wacht kennelijk op het juiste moment om zijn entree te maken. Ik glimlach als hij vrijwel direct tevoorschijn komt.

'*Hej*,' zegt hij ook. '*Jeg hedder Robin Zwaansma*.'

Ik geef hem een por in zijn zij. 'Mevrouw spreekt Nederlands.'

Robin kijkt me van opzij aan. 'Dat had ik natuurlijk al gehoord, maar aangezien we in Denemarken zijn, moeten wij Deens leren praten,' zegt hij braaf.

Ik steek vlug mijn tong naar hem uit. 'Robin, dit is Rebecka Pedersen, onze buurvrouw.'

Ze schudden elkaar de hand.

'Klopt het dat jullie hier langere tijd komen wonen?'

Ik vraag me af hoe ze dat weet, maar bedenk dan dat Blåvand een kleine gemeenschap is waar nieuwtjes waarschijnlijk vlug hun weg vinden.

'Zeker voor een jaar,' zegt Robin.

'Fijn, het kan hier in de herfst en wintermaanden erg stil zijn. Natuurlijk zijn de vakantiehuizen in de kerstperiode bezet, maar daarbuiten komen de eigenaren vaak alleen in de weekends. Veel huizen zijn in het bezit van Duitsers.'

'Woont u hier wel permanent?' vraag ik.

'Zeg maar "je" hoor. We bezitten een klein appartement in Kopenhagen, maar het merendeel van het jaar zijn we in Blåvand te vinden. Nou, ik hou jullie niet langer op, jullie hebben vast een hoop te doen. Vinden jullie het leuk om binnenkort een keer bij ons te komen eten?'

Ik wissel een korte blik met Robin en zeg dan dat we dat graag doen.

'Meteen morgenavond maar dan? Ik verwacht jullie om zes uur.' Rebecka draait zich resoluut om, recht haar rug en loopt zonder nog iets te zeggen naar het toegangshek. Haar rubberen laarzen maken een zuigend geluid bij iedere stap.

'Juist,' zegt Robin.

'Precies,' bevestig ik. We kijken elkaar aan en barsten in lachen uit.

Die avond koken we voor het eerst in ons nieuwe huis met het maaltijdpakket dat ik van thuis heb meegenomen. Het voelt nog te onwennig om Denemarken als zodanig te bestempelen, maar dat zal hopelijk vlug veranderen nu steeds meer van onze eigen spullen de kamers aankleden.

'Wat is het hier stil,' zeg ik als we om negen uur met een kop koffie op de bank zitten. Ik kijk naar buiten, waar de maan voor het enige beetje licht zorgt. Als ik niet beter zou weten, zou ik denken dat wij de enige mensen in de wijde omtrek zijn.

'Ik kan wel wennen aan de stilte, denk ik. Jij?'

Ik knik na een korte aarzeling. 'Ik ben benieuwd hoe het overdag is. Straks, bedoel ik, als jij aan het werk bent en ik hier helemaal alleen achterblijf.'

'Ik zal je in het begin ieder uur bellen, goed?'

Ik knik opnieuw. 'Doe maar.'

Robin trekt me naar zich toe en ik vlij me tegen zijn brede borstkas. 'Het was een vermoeiende dag,' zegt hij in mijn haren. 'Zullen we naar bed gaan?'

Ook de slaapkamer voelt nog vreemd aan, maar als we ons hebben uitgekleed en naakt onder het dekbed verdwijnen, verdrijft de geur van lust de onbekende lucht. We verliezen ons in het vertrouwde gevoel van onze samensmeltende lichamen en maken ons het plekje eigen.

De volgende ochtend slapen we heerlijk lang uit. Ik ben zo praktisch geweest om een voorraad afbakbroodjes mee te nemen, waarvan we er vier opwarmen. Terwijl de boter op de broodjes smelt, besprenkel ik ze met pure hagelslag en schenkt Robin koffie in. ‘Kijk, de buren zijn buiten,’ zegt hij. Ik kom naast hem staan en samen kijken we naar Rebecka en een man die Jorg moet zijn en die met een krat met boodschappen sjouwt.

‘Ze hebben natuurlijk speciaal inkopen moeten doen voor het etentje vanavond.’

‘Tja, dan hadden ze ons niet moeten uitnodigen. Ze…’

Hij zwijgt abrupt als Jorg de krat zo te zien met een harde klap op de grond zet, zich fel opricht en een dreigende stap in Rebecka’s richting doet. Zijn gezicht is rood aangelopen en zijn vuist gebald. Wat gebeurt daar? Hij zal zijn vrouw toch niet te lijf gaan? Tot mijn verrassing zet Rebecka ook een pas naar voren en is zij het die Jorg een klap op zijn wang geeft.

‘Nou ja, kijk die oude vrouw dan,’ roept Robin met verbazing en ook wel een tikje vermaak in zijn stem. ‘Ik weet dat Deense vrouwen bekendstaan om hun emancipatie, maar dat het zo ver gaat…’

‘We gaan vanavond niet naar ze toe, hoor,’ zeg ik beslist.

‘Juist wel, ik ben nu veel te nieuwsgierig naar wat er daar speelt.’ Jorg heeft ondertussen de krat weer opgepakt en het stel verdwijnt gezamenlijk door de achterdeur naar binnen. ‘Ik hoop niet dat ze hem in elkaar mept.’

‘Niet leuk. Ik vind het al vervelend genoeg dat wij hiervan getuige waren. Als ze tijdens het etentje lelijk tegen elkaar doen, ben ik zo weg.’

Robin haalt zijn schouders op. ‘We zullen het wel zien. Ik laat deze dag sowieso niet door hen verpesten. Zullen wij zo ook boodschappen gaan doen?’

Een bezoekje brengen aan een buitenlandse supermarkt is iets wat ik tijdens de vakanties graag doe. Ik ben altijd nieuwsgierig naar de producten die ze er verkopen en ik verheug me erop hier inkopen te gaan doen. We rijden dezelfde weg als gisteren terug en ik verbaas me erover hoe rustig het verkeer is. Bij de eerste supermarkt die we tegenkomen, een Spar, gaan we naar binnen. De winkel is niet heel groot en ook niet echt klein, maar het assortiment valt me niet mee. De groenteafdeling valt bijvoorbeeld niet te vergelijken met die in een Nederlandse supermarkt. Het aanbod is beperkt en de kwaliteit lijkt me matig. Er liggen diverse soorten kool en sla zie ik ook, maar ik zoek tevergeefs naar zakken met voorgesneden andijvie, boerenkool of hutspot. Misschien kennen ze dat hier ook wel helemaal niet. Ik leg een spitskool en een krop ijsbergsla in de boodschappenkar en Robin laadt een grote zak met aardappelen en even later een bierkrat in. We kopen ook nog appels en peren en gaan dan naar de vleesafdeling. Ook hier vind ik bijna niets terug van wat ik in Nederland gewend was. Van de week zal ik maar eens bij de slager aan de andere kant van het dorp gaan kijken en voor nu neem ik een pond gehakt mee. Gelukkig leveren andere dagelijkse boodschappen geen enkel probleem op en ondertussen vermaak ik me met het uitspreken van Deense productnamen, waarvan sommige lettercombinaties me echt hoofdbrekens bezorgen. Vlak voor de kassa ontdek ik een mand met korte dinerkaarsen in allerlei kleuren en na er een paar in mooie pasteltinten te hebben uitgezocht, ben ik helemaal tevreden. We laden de boodschappen in de auto en sjouwen ze vanaf halverwege de heuvel naar boven. Het kan niet anders of mijn conditie gaat er met sprongen op vooruit.

'Als ik strand zeg, wat zeg jij dan?' vraagt Robin na de lunch.

'Ja!' roep ik volmondig.

Nadat we ons dik hebben aangekleed, gaan we op pad. We lopen over ons eigen terrein naar beneden en volgen dan een paadje dat volgens Google Maps naar het strand leidt. We komen langs een aantal vakantiehuizen die er hetzelfde uitzien als het onze. Ze liggen er vrijwel allemaal verlaten bij. Met de frisse wind die onze oren teistert en de dreigende grijze lucht boven ons is het moeilijk voorstelbaar hoe anders de sfeer hier op een zomerse dag moet zijn. Na de laatste bebouwing slingert het pad zich tussen de duinen door en algauw is het gebulder hoorbaar van de zee beneden ons. ‘O wauw.’ Voor ons strekt zich een brede zandstrook uit en daarachter rollen de golven van de Noordzee het strand op. Zo ver ik kan kijken, is er geen mens te zien. Alsof we het zo hebben afgesproken, hollen we het laatste stuk naar beneden, waar Robin me optilt en in de rondte zwiert. ‘Een heel strand voor ons alleen,’ zegt hij jubelend. ‘Waar in Nederland maak je dat mee?’

Zijn ogen stralen zo dat ik er ook heel blij van word. ‘Wie het eerst bij de vloedlijn is,’ roep ik en ik begin meteen te rennen. Robin volgt me op de voet en we eindigen tegelijk bij het schuimende water. We zoenen elkaar en proeven het zout op elkaars lippen.

‘Dit kan niet meer stuk,’ zegt Robin met een tevreden uitdrukking op zijn gezicht.

Minstens anderhalf uur kunnen we lopen zonder andere mensen tegen te komen. Ik heb gelezen dat er hier soms stukken barnsteen aanspoelen en sta vaak stil als ik geel of rood gekleurde steentjes denk te zien. Eigenlijk is het geen steen, maar hars die miljoenen jaren geleden uit naaldbomen is gedrupt en daarna is versteend. Na ze te hebben opgeraapt kijk ik of het licht erdoor valt. De doorzichtige variant wordt namelijk als het mooist beschouwd. Soms tref je er zelfs insecten in aan die in de hars vast waren komen te zitten, en natuurlijk hoop ik een brokje, of liever nog een flink stuk, te vinden. Helaas is vandaag niet mijn geluksdag.

Thuisgekomen drinken we een kop thee en daarna duik ik de slaapkamer in om verder te gaan met het inruimen van de kledingkasten, iets waar ik gisteren al een begin mee had gemaakt, terwijl Robin achter de laptop gaat zitten om uit te zoeken of, en zo ja hoelang, we met ons Nederlandse kenteken mogen blijven rondrijden.

Om vijf minuten voor zes zijn we klaar om af te dalen naar het buurhuis. We hebben nog een paar keer door het keukenraam gegluurd, maar er viel niets meer te zien. Hopelijk zijn de gemoederen bedaard en wordt het een leuke avond. Ik voel de spanning in mijn maag toenemen als we het pad naar de voordeur op lopen. Het huis is opgetrokken uit baksteen en het dak is bedekt met leisteen, waarmee het afwijkt van de meeste huizen in het duingebied, die rieten daken hebben. Twee keer op de bel drukken levert geen enkele reactie op en daarom bonken we maar op de voordeur, ook al heb ik het idee dat onze aankomst allang is geregistreerd. Misschien vergis ik me wel, want pas na enige tijd wachten zwaait de deur open.

'Goedenavond, kom binnen,' zegt de heer des huizes, tot mijn verrassing, ook al in het Nederlands. '*Hej*, ik ben Jorg.' Hij steekt zijn hand uit en drukt die van mij. 'Merel, is het niet? Becka zei al dat je mooi bent, maar ze heeft je zwaar tekortgedaan. Wat leuk om je te ontmoeten.' Zijn grijsgroene ogen boren zich in die van mij, terwijl zijn hand de mijne nog steeds omsluit. Verbeeld ik het me of oefent hij er enige kracht op uit om mij dichter naar zich toe te trekken? Ik weet me geen houding te geven en staar hem nogal geïntimideerd aan. Dat Jorg een man is die een ruimte met zijn persoonlijkheid kan vullen, is me wel direct duidelijk. 'Ja, ik ben Merel,' zeg ik uiteindelijk. 'Leuk om kennis te maken,' voeg ik er mompelend aan toe.

'Dat is geheel wederzijds! En deze knappe kerel moet Robin zijn.' Eindelijk wordt mijn hand uit Jorgs warme greep bevrijd. Hij richt zich op Robin en tot mijn opluchting verloopt die begroeting net zo joviaal. Gelukkig maar, ik dacht even dat Jorg een speciale belangstelling voor mij had.

'Hallo,' klinkt het opeens, zo zacht dat ik het bijna niet versta. Zonder dat ik haar heb horen naderen, staat Rebecka naast me. Ze draagt een donkergrijs broekpak met een eenvoudige witte blouse en heeft haar haren opgestoken in een knot. Ik kan geen sieraden om haar hals of polsen ontdekken die haar verschijning misschien iets minder zakelijk zouden maken. Ik groet haar terug, wat me op een onverwacht verlegen lachje komt te staan.

Haar bedeesde houding brengt me een beetje in verwarring. Als ik vanmorgen niet met eigen ogen had gezien dat ze haar man sloeg, zou ik iemand die me dat vertelde voor een fantast verslijten. Tersluiks gluur ik naar Jorgs wang, op zoek naar het bewijs dat ik het me inderdaad niet heb verbeeld, maar de klap heeft geen spoor nagelaten. Alsof hij voelt dat ik naar hem kijk, draait Jorg zich om.

'Merel, schoonheid, kom toch verder. En jij ook natuurlijk, Robin.' Hij nodigt ons met een breed handgebaar uit hem te volgen; Rebecka sluit achter ons aan. 'Neem lekker plaats op de bank, dan schenk ik een drankje voor jullie in.' We blijken keuze te hebben uit een ruim drankenassortiment. Ik kies voor rode wijn, Rebecka neemt mineraalwater en Robin en Jorg vinden elkaar in hun liefde voor whisky.

'*Skål!*' zegt Jorg als we allemaal met een glas in onze hand zitten. 'Proost, op jullie, onze nieuwe buren.'

'En op jullie!' zeg ik. 'Ik vind het nog steeds een ongelooflijk toeval dat we gewoon Nederlands met elkaar kunnen praten.'

'We wisten niet wat we zagen toen de auto van de nieuwe huurders een Nederlands kenteken bleek te hebben,' zegt Jorg. 'We hebben jarenlang in Utrecht gewoond en ik ben vanaf 1985 tot midden 1991 verbonden geweest aan het Medisch Centrum Midden-Nederland. Daarna zijn we naar Denemarken teruggekeerd.'

'Dan zijn jullie achtentwintig jaar geleden vertrokken.'

'Dat heb je snel uitgerekend,' zegt Rebecka met een lachje.

Ik lach terug. 'Ha, dat is niet zo moeilijk, ik ben namelijk van 1992. Maar werken jullie nu nog steeds?'

Jorg schudt zijn hoofd. 'Ik ben al twee jaar met pensioen en Becka zelfs nog langer. Zij werkte vroeger als kinderarts.'

Rebecka knikt. 'In Nederland heb ik niet gepraktiseerd, maar eenmaal weer terug in Denemarken heb ik mijn beroep weer opgepakt.'

'Het blijft toch je roeping,' vult Jorg aan.

Robin informeert wat Jorgs werk in het MCMN inhield.

'Jorg was werkzaam als oncoloog,' antwoordt Rebecka in zijn plaats.

'O!' Ik sla mijn hand voor mijn mond. 'Hoe bestaat het... Robins vader is daar behandeld voor kanker. Helaas sloeg de behandeling niet aan; hij is vier maanden geleden overleden.'

Jorg slaat zijn ogen neer. 'Het spijt me dat hij niet genezen kon worden. Wij dokters staan nog te vaak machteloos.'

'Helemaal niemand had wat voor hem kunnen doen, toch, Robin?'

'Nee, het was hopeloos. Hij had leverkanker en toen dat eenmaal ontdekt was, ging het snel.'

'In ieder geval gecondoleerd met je verlies.'

Er valt een stilte waarin iedereen naar woorden lijkt te zoeken.

'Ik ga kijken of het eten al bijna klaar is,' zegt Rebecka ten slotte. 'Loop je met me mee, Merel?' Ik veer op en volg haar. Waarschijnlijk wil ze Jorg en Robin de gelegenheid geven om nog even door te praten.

'Hm, het ruikt lekker,' zeg ik als we even later in de grote woonkeuken staan. Hij is van de kamer afgescheiden met een deur en ligt aan de achterkant van het huis. Van daaruit kun je de tuin in lopen die wij kunnen zien.

'Ik heb gekozen voor een typisch Deens gerecht om jullie welkom te heten: *flæskesteg*. Ken je dat? Nee? Het is varkensvlees met het zwoerd er nog aan. Heerlijk met rode kool en aardappelen.' Ze roert in de pan. 'Hopelijk zijn jullie geen vegetariërs? Stom dat ik dat vergeten ben te vragen.'

Ik schud mijn hoofd. Het eten interesseert me maar matig; mijn gedachten zijn bij heel andere zaken. 'Rebecka,' zeg ik aarzelend, 'Jorg voelde zich toch niet ongemakkelijk toen ik dat zei over Robins vader?'

'Nee meisje, natuurlijk niet. Waarom denk je dat?'

'Het leek erop alsof hij het op zichzelf betrok.'

'Daar hoef je niet bang voor te zijn. Als arts is het nu eenmaal onvermijdelijk dat je patiënten verliest. Ik wil niet zeggen dat je er immuun voor wordt, maar je kunt je dat niet persoonlijk aantrekken. Ik kan je in ieder geval wel zeggen dat Jorg voor niet veel dingen meer gevoelig is.'

'Ook niet voor een klap?' Het is eruit voor ik er erg in heb en ik kan wel door de grond zakken.

Tot mijn verbazing, en opluchting, moet Rebecka erom grinniken. 'Dus jullie hebben ons staan bespioneren.'

Ik voel dat ik bloos. 'We keken toevallig naar buiten.'

'Ik plaag je maar. Het klopt dat ik Jorg een tik gaf, maar hij verdiende die ook. Wil jij me die schaal rechts van je even aangeven?'

Naadloos gaat Rebecka over tot de orde van de dag. Ik twijfel even of ik toch niet moet doorvragen naar het waarom van hun ruzie, maar laat het dan zitten omdat ik niet als een bemoeial wil overkomen. Ik reik haar de schaal aan en ze haalt het vlees uit de pan om het dan in vier porties te verdelen. 'Ben jij links?' vraag ik als ik zie dat ze het vleesmes in haar linkerhand houdt.

Ze knikt. 'Ja, al heb ik mezelf wel tweehandigheid aangeleerd, omdat ik op school niet met links mocht schrijven. Maar het zal altijd mijn voorkeurshand blijven. Ben jij ook linkshandig?'

'Nee, maar Robin wel, daarom valt het me op. Rechts is bij hem volkomen hopeloos, net als links bij mij trouwens.'

Rebecka lacht. 'Niet iedereen is zo handig als ik.'

Vijf minuten later is het eten klaar om op tafel te zetten. Ik dacht dat we de maaltijd in de keuken zouden gebruiken, maar er blijkt ook nog een aparte eetkamer te zijn met daarin een lange tafel en acht stoelen en tegen de wand een grote buffetkast. De tafel is gedekt met een linnen loper met daarop twee Kubuskandelaars van het merk Lassen.

'O, die wil ik ook zo graag hebben,' zeg ik zodra ik ze zie. 'Ik vind dat typisch Deense design prachtig.'

'Dan neem je ze straks toch mee,' zegt Jorg laconiek.

Ik lach om zijn grapje – die kandelaars kosten zomaar tweehonderd euro per stuk – en laat mijn stoel door hem aanschuiven. Robin neemt naast mij plaats en Jorg en Rebecka gaan tegenover ons zitten. Opnieuw brengt Jorg een toost op ons uit. 'Ik vind het heerlijk om contact te hebben met de jeugd, daar blijf je zelf ook jong door.'

'Als we niet oppassen, gaan we alleen nog met oudjes om,' vult Rebecka aan.

'Kom op, Rebecka, jullie zijn helemaal nog niet oud,' zegt Robin. 'Jorg heeft me daarstraks verteld dat hij fanatiek aan fitness doet en dat jij vrijwel dagelijks hardloopt.' Hij wendt zich naar mij en ik zie zijn ogen glanzen. 'Er zit een sportschool midden in Blåvand. We moeten er praktisch langs zijn gereden, maar ik heb hem niet gezien, jij wel?'

Ik schud mijn hoofd. 'Nee, maar ik heb er ook niet speciaal op gelet; er viel zoveel te zien. O, trouwens, weten jullie misschien of de winkel die leegstaat te huur is?' Ik kijk Jorg en Rebecka aan.

'Een lege winkel?' Rebecka wrijft over haar kin. 'Laat me denken... O, ik weet welke je bedoelt. Volgens mij gebeurt daar al tijden niets mee. Hoezo? Heb je interesse?'

Ik knik enthousiast. 'Zeker! Als het kan, zou ik heel graag een speelgoedwinkel beginnen. In Nederland heb ik daar de laatste tijd ook gewerkt en het lijkt me enig om mijn eigen zaak te hebben.'

'Kijk, dat is nou het fijne van nieuwe inwoners: ze brengen direct leven met zich mee. Erg leuk dat je zo ondernemend bent.'

'Ja,' zeg ik bedachtzaam, 'dat vind ik zelf eigenlijk ook wel. Dat is voor mij niet vanzelfsprekend, weet je. Ik heb een burn-out gehad en toen was mijn energievoorraad tot nul geslonken. Als vorm van arbeidstherapie ben ik daarna bij een speelgoedwinkel gaan werken en sindsdien gaat het de goede kant op. Maar pas nu voel ik weer zin om iets te ondernemen. Zou het wel kunnen, denk je? Kan ik hier zomaar een winkel openen?'

'Dat weet ik niet direct, maar ik ga je helpen om het uit te zoeken. Dat lijkt me enig om te doen, als je dat wilt, tenminste.'

'Graag! Wat lief van je. Ik ben nu al blij met onze nieuwe buren.'

Tevreden kijken we elkaar aan. We lijken allebei te voelen dat hier een mooie vriendschap kan opbloeien. Dan vraag ik me af of Jorg en Rebecka kinderen hebben. Hun antwoord is ontkennend, het bleek voor Rebecka niet mogelijk ze te krijgen.

'O, wat verdrietig. Was het niet vreselijk moeilijk om als arts dagelijks met kinderen te werken als je zelf geen moeder kunt worden?'

Rebecka schudt haar hoofd. 'Dat gaf me juist veel voldoening. Hoe mooi is het als je een kind weer een toekomst kunt geven?'

'Dat lijkt me inderdaad heel betekenisvol. Maar ik weet ook dat het ongewild kinderloos zijn vaak als een stil verdriet op de achtergrond aanwezig is. Dat heb ik wel gemerkt bij mijn adoptieouders. Zij konden ook geen kinderen krijgen en hebben mij geadopteerd toen ik een paar weken oud was.'

'De behoefte om te adopteren hebben wij nooit gehad, maar het is fijn dat hun kinderwens met jou is vervuld.'

Ik knik. 'Ik ben ze dankbaar en hoop dat Robin en ik later net zulke liefdevolle ouders zullen zijn.'

'Jullie willen dus kinderen?' vraagt Rebecka met een glimlach.

Onder tafel geeft Robin me een kneepje in mijn been. Als Denemarken niet in beeld was gekomen, hadden we het komende jaar misschien wel geprobeerd zwanger te worden. 'Jazeker,' zeg ik daarom. 'We willen dat heel graag. Ik hoop dat het ons gegeven is, het lijkt me heel erg als blijkt dat je ze niet kunt krijgen.'

Rebecka pakt mijn hand vast en streelt die. 'Jullie krijgen vast een mooi gezin, maar eerst richten jullie je maar op je carrière, dat is ook belangrijk. Wat doe jij precies voor werk, Robin?'

Robin vertelt uitgebreid over de plannen van Spa4U en met name Jorg toont zich geïnteresseerd in de aanschaf van een jacuzzi.

Tegen elven zijn Robin en ik moe en een tikje aangeschoten. We bedanken onze buren hartelijk en nodigen ze uit om de volgende keer bij ons te komen.

De volgende morgen slapen we lang uit. Robin staat als eerste op en kondigt aan dat hij gaat zwemmen en de sauna opstoken. Heb ik zin om mee te doen? Heel even wil ik toegeven aan de lichte kater die ik voel, maar dan stap ik toch maar uit bed. Niet veel later zwemmen we in ons zwembad net zolang tegen de stroom in tot we ervan hijgen. Daarna gaan we de sauna in. Bezweet komen we eruit en omdat de zon zich laat zien, vlijen we ons gewikkeld in een baddoek neer op de ligbedden om af te koelen. 'Heerlijk,' verzucht ik als de stralen op mijn gezicht vallen. 'Hier kan ik best aan wennen.'

'Zullen we vanmiddag een strandwandeling maken? Dan gaan we daarna uit eten bij dat Thaise restaurant dat we gisteren zagen.'

Ik knijp mijn ogen dicht tegen het zonlicht. 'Prima plan.'

Na een late lunch lopen we via de duinen achter ons huis in de richting van Blåvand. We komen helemaal niemand tegen en met een grote omweg bereiken we uiteindelijk het strand.

Ons doel voor vandaag is een aantal bunkers uit de Tweede Wereldoorlog die in het zand zijn achtergebleven. Een kunstenaar heeft ze omgetoverd tot muildieren door middel van metalen platen in de vorm van een kop en een staart. Het idee is aardig, maar ik weet niet goed wat ik ervan vind. Het is nogal onwezenlijk om iets afzichtelijks als een bunker als kunstwerk te zien. Omdat het laag water is staan ze nu droog, maar bij vloed worden ze grotendeels door de zee overspoeld. Wanneer we verder lopen zien we nog meer bunkers. Sommige zijn erg vervallen, in andere kun je zo naar binnen. Na er twee te hebben bekeken, heb ik genoeg van de naargeestigheid ervan en ik spoor Robin aan door te gaan. Een stuk verderop stuiten we op de eerste strandtent die we hier tegenkomen en ik schiet in de lach als ik voor het etablissement een feloranje verkoopwagentje zie staan met daarop de tekst: *Sandkassens Grill & Vaffelbod, sidste madsted før England*, wat ik vertaal als: de laatste eetgelegenheid vóór Engeland. Daar is niets aan gelogen; we bevinden ons hier op de meest westelijke punt van Denemarken.

'Laten we die wafels maar eens proberen,' zegt Robin.

Niet veel later hebben we koffie en een warme wafel met slagroom voor ons staan. Ik merk dat ik het toch wel erg koud heb gekregen en het is heerlijk om hier binnen te zitten. 'Zouden de Denen dit nou onder *hygge* verstaan?'

'Wat betekent dat?'

'Er bestaat geen directe vertaling van, het betekent zoiets als "knus" en verwijst naar de Deense kunst om van het leven te genieten. Samen met je geliefde bij het haardvuur zitten is hygge, eten met vrienden ook en het gevoel van saamhorigheid met je familie.'

'Hm, dan vind ik dit best hygge.' Robin laat zich wat verder onderuitzakken. 'Wij tweeën en dan dat geweldige uitzicht... Wat valt er verder nog te wensen?'

Als we ons een halfuur later weer buiten wagen, vangen we vol de wind en we besluiten de kortste route naar huis te nemen. 'Het is toch best een klim steeds,' zeg ik, licht hijgend door het over de oprit omhooglopen. Gelukkig, daar is ons hek al. Maar wat is dat? Ik blijf staan. Op het hek staat iets geschreven en ik moet er een paar passen naartoe doen voor ik kan lezen wat er staat. Dan zoek ik instinctief steun bij Robin en sta ongelovig met mijn ogen te knipperen. Even weigeren mijn hersens te aanvaarden wat ik lees, maar daarna komt de boodschap keihard binnen. Met rode verf staat op ons hek gekalkt: WE DON'T WANT FOREIGNERS. GO HOME! Daarnaast prijkt een wit doodshoofd.

6

‘Nee maar, wat vreselijk!’ Rebecka slaat haar hand voor haar mond en kijkt met ogen waaruit haar afschuw spat naar de bekladding van ons hek. Ik was zo overstuur door wat ik zag, dat ik meteen naar beneden ben gerend om haar erbij te halen. ‘En dit troffen jullie aan toen jullie daarstraks thuiskwamen?’

Ik knik. ‘De verf is nog nat, kijk maar.’ Ik strijk er met mijn vinger over en laat haar de rode veeg zien. ‘Weet je zeker dat je niets verdachts hebt gezien?’

‘Nee, echt niet. Het spijt me zo. Ik was aan het strijken met de radio aan en Jorg is biljarten met een paar vrienden. Ze kunnen langs ons huis zijn gereden zonder dat ik het gehoord heb. Wat erg dat jullie dit moet overkomen.’

‘Ik begrijp het niet.’ Ik merk dat ik mijn emotie moet wegslikken voor ik verder kan praten. ‘Wie wil ons weg hebben?’

‘Tja, er zijn in Denemarken wel mensen met xenofobe gevoelens, maar meestal richten die zich niet op mede-Europeanen.’ Rebecka staart voor zich uit en slaat dan haar handen ineen. ‘Ik denk dat er maar één ding op zit: wie dit heeft gedaan, moet duidelijk gemaakt worden dat ze verkeerd bezig zijn. De inwoners van Blåvand moeten blij worden van jullie komst en daarom moeten jullie je zo vlug mogelijk onder de bevolking mengen.’ Ze pakt me bij mijn schouders en kijkt me indringend aan. ‘Vanaf nu ga ik iedereen vertellen wat een zegen het is dat jullie er zijn. Ik, en Jorg zeker, geniet wel enig aanzien en dat ga ik gebruiken.’

Opnieuw moet ik slikken, ditmaal vanwege de brok in mijn keel. ‘Dat is heel erg lief van je. Hoor je dat, Robin?’ Robin komt aangelopen na op het terrein naar sporen van de daders te hebben gezocht. 'Rebecka en Jorg gaan ons helpen onze plek binnen Blåvand te veroveren. Heb je nog iets gevonden?'

'Alleen dit.' Robin toont ons een kwast met rode verf. Hij houdt hem vast met zijn zakdoek eromheen. 'Ik doe hem in een plastic zak en lever hem in bij de politie.'

'Heel verstandig,' zegt Rebecka. 'Ik denk niet dat je direct bang hoeft te zijn, maar het kan geen kwaad om de politie op de hoogte te stellen. Vanaf nu zullen we dubbel zo goed opletten als we vreemde auto's of personen zien. Houd moed, vrienden, we laten jullie niet wegpesten!' Met deze woorden neemt ze afscheid.

Vertwijfeld blijven we achter. 'O Robin,' zeg ik en ik verberg mijn gezicht tegen zijn borstkas. 'Vanmiddag voelde ik me zo gelukkig en nu dit.'

Hij slaat zijn armen om me heen en wiegt me zacht heen en weer. 'We laten ons niet klein krijgen. Ik heb geen idee wie erachter zit, maar we gaan ze bewijzen dat er geen enkele reden is om ons weg te willen hebben.'

'En wat als ze terugkomen terwijl jij er niet bent?' Ik wil best optimistisch zijn, maar de angst die mijn hart samenknijpt valt niet te negeren.

'Zorg dat je telefoon altijd is opgeladen en bel mij, of desnoods de politie, als je je niet veilig voelt.'

'Ja, dat zal ik doen. Bah, wat een nare toestand. Ik heb helemaal geen zin meer om naar de thai te gaan.'

'Dan blijven we vanavond lekker hier, maar morgen gaan we wel gewoon naar de dierentuin zoals we eerder hebben besloten; we laten ons niet intimideren.'

'En donderdag krijg je de sleutel van het kantoor, toch?'

Robin knikt. 'Dan kunnen we gaan inrichten.'

Opeens zie ik op tegen zijn eerste werkdag. Dan zit ik hier alleen. Wat als die lui dan langskomen? Ik heb ineens behoefte aan de vertrouwde stem van mijn moeder en besluit haar te bellen om haar te vertellen wat ons is overkomen. Zoals verwacht leeft ze erg mee en ze zegt dat we geen moment moeten aarzelen om terug te komen als er nog zoiets voorvalt; we kunnen altijd bij hen terecht. 'Bedankt mam, maar ik ga er niet van uit dat het nog een keer gebeurt,' zeg ik met een overtuiging die ik niet voel. 'Het is vast een loze waarschuwing.'

De volgende ochtend worden we gewekt door de zon. Ik open mijn ogen en zie op de wekker dat het halftien is. Wat? Hebben we bijna twaalf uur geslapen? En ik dacht nog wel dat ik geen oog dicht zou doen en van ieder geluidje wakker zou schrikken. Ik sta op en verdwijn onder de douche. Robin voegt zich bij me en begint me te strelen. 'We kunnen ook weer naar bed gaan,' zegt hij met zijn mond bij mijn oor.

Ik schud mijn hoofd. 'Vanavond. We mogen de dieren niet laten wachten.'

Een halfuur later zitten we in de auto en rijden naar Blåvand Zoo. Het is nog dichterbij dan ik dacht en we parkeren de auto op een vrijwel verlaten terrein. Het enige andere voertuig is een bestelbus met daarachter een paardentrailer waaruit juist een pony wordt uitgeladen. 'Ze hebben zeker ook een kinderboerderij,' zeg ik en ik geef de pony bij het langslopen een aai over zijn neus.

Blåvand Zoo blijkt een kleine dierentuin te zijn. Er is een gedeelte waar dieren zoals apen en vari's loslopen, en vogels kunnen er vrij rondvliegen in een overdekte volière. Verder zijn er vooral herkauwers te vinden zoals zebra's, dromedarissen en andere grazers. De leeuwen zijn de enige grote roofdieren. We hebben geluk, ze krijgen vandaag te eten – iets wat volgens het bordje maar twee keer per week gebeurt. Een medewerker betreedt het lege verblijf en bevestigt iets aan een ketting wat daarna omhoog wordt getrokken. Ik loop erheen om te kijken wat het is en moet mijn ogen half dichtknijpen. Op dat moment gaat het hek open en de leeuwen, een wit mannetje en twee wat donkerder gekleurde vrouwtjes, stormen naar buiten om zich op het vlees te storten. In een mum van tijd hebben ze het met hun kaken losgescheurd van de ketting en slepen het met zich mee naar de plek waar ze gaan liggen. Het mannetje is duidelijk de baas en eet eerst, daarna zijn de dames aan de beurt. Het geknars van de tanden op bot bezorgt me kippenvel. Brr.

'Zullen we verder?' Robin pakt mijn hand vast. Ik kijk nog even fronsend over mijn schouder. Dat is toch een hoef, of niet? Opeens moet ik weer aan de pony van zojuist denken. Nee! Het zal toch niet? Maar ik vrees het ergste.

Na een bezoek aan een aantal binnenverblijven met onder meer schildpadden, slangen en parkieten, maar ook minivarkens, beëindigen we ons uitje en keren we terug naar huis. Het voorval met de pony zit me niet lekker. Omdat Robin rijdt, googel ik op mijn telefoon en als ik lees dat mensen inderdaad hun overbodig geworden pony's bij Blåvand Zoo kunnen brengen om ze te laten slachten als voer voor de leeuwen, voel ik me licht onpasselijk in mijn buik worden. Naarmate we dichter bij huis komen neemt het nare gevoel toe en raak ik steeds meer gespannen. Hopelijk is er niets loos. Maar meteen als we het huis van onze buren naderen, waar Rebecka en Jorg ons pontificaal staan op te wachten, weet ik dat dat ijdele hoop is.

'Geen goed nieuws,' zegt Jorg met een grafstem zodra we zijn uitgestapt.

'Is er weer iets gedaan?' vraagt Robin.

Jorg schudt zijn hoofd. 'Nee, dankzij Becka. Zij is heel dapper geweest.'

Mijn ogen schieten naar mijn buurvrouw. Zo te zien is ze in orde.

'Ik zag vanuit de huiskamer twee jongens langslopen. Ze droegen capuchons en hadden in hun handen allebei een stuk hout. Ik ben zo snel als ik kon naar de voordeur gelopen en heb gevraagd wat ze gingen doen. Ik kon zien dat ze schrokken. Ze bleven staan, draaiden zich om en kwamen toen met geheven handen op me af. Waarschijnlijk dachten ze dat ik naar binnen zou vluchten, maar ik liep ze juist tegemoet en schreeuwde dat ze weg moesten gaan en het niet in hun hoofd moesten halen ooit nog terug te komen. Ze trokken hun capuchons hoger op en liepen toen met gebogen hoofd met een grote boog om me heen, terug naar beneden.' Rebecka kijkt me verontschuldigend aan. 'Helaas heb ik ze niet goed kunnen zien; ik heb geen idee wie het waren. Sorry daarvoor.'

Ik loop op haar af en omhels haar. 'Je bent een held. Menigeen, inclusief ikzelf waarschijnlijk, was direct het huis in gevlucht.'

'Of niet eens naar buiten gegaan,' vult Robin aan. 'Tjee Rebecka, we zijn je echt dankbaar hiervoor. Jorg, je mag trots zijn op je vrouw.'

'Dat ben ik zeker. Al vind ik het ook heel vervelend dat we niet hebben kunnen achterhalen wie jullie wilden belagen.'

'Ik ga zo meteen op internet zoeken naar beveiligingscamera's. Ik ben niet van plan me te laten verjagen door een stel onverlaten. We zullen ons er een stuk veiliger door voelen. Vooral Merel; als ik straks aan het werk ben en zij alleen thuis is.'

Bij die laatste woorden loopt er een rilling over mijn rug. Rebecka lijkt te zien dat die gedachte me helemaal niet aanstaat en wrijft eroverheen. 'Als Robin weg is, kom jij zo veel mogelijk bij mij of ik naar jou. Heus, dit houdt op zodra mensen jullie beter kennen.'

'Ik had dit nooit verwacht,' mompel ik ongelukkig. 'We hebben toch niets kwaads in de zin, waarom wil iemand ons in godsnaam wegpesten?'

'Maak je nou maar geen zorgen, Becka waakt als een terriër over je,' zegt Jorg met een lachje. 'En wat dat kennismaken betreft stel ik voor dat Robin en ik morgen een bezoek brengen aan de sportschool.'

'O ja, heel graag!' Robin leeft helemaal op bij het vooruitzicht weer te gaan trainen. 'Ik kom morgenochtend naar je toe.'

We nemen afscheid en proberen het laatste stuk naar boven te rijden. Hoewel de grond wel wat droger is dan de eerste dag, graven de wielen zich nog steeds in als Robin verder omhoog probeert te komen. Met een diepe zucht zet hij de wagen in zijn achteruit en rijdt slippend uit de kuilen om halverwege de heuvel te parkeren.

Als ik het hek wil openen, blijkt dat niet gesloten te zijn, terwijl ik zeker weet dat het vanochtend achter me in het slot viel nadat we erdoorheen waren gelopen. 'Het zit niet dicht,' zeg ik fluisterend. 'Misschien was er nog een derde persoon bij.'

Robin vloekt binnensmonds. 'Ik heb ook helemaal niets om ons te verdedigen.'

Ik kijk rond in de hoop iets te ontdekken. Dan krijg ik een ingeving. 'De krik, pak die.'

Robin haalt hem uit de wagen en samen lopen we behoedzaam richting de voordeur.

Aan de buitenkant valt niets bijzonders te ontdekken en ook als we binnen zijn lijkt alles te zijn zoals we het achterlieten. 'Laten we voor de zekerheid de sauna en het zwembad ook even checken,' zegt Robin, net als ik ervan overtuigd begin te raken dat de wind het hek los heeft gewrikt. Nog steeds gewapend met de krik lopen we naar het zwembadgebouw.

'Shit!' Robin staat abrupt stil.

'Wat?!'

'Het glas is ingeslagen.' Hij wijst op de ruit naast de deur.

Als ik naast hem ga staan, zie ik het ook. Robin verstevigt zijn greep op het ijzer als ik de sleutel in het slot steek en hem omdraai. Hij stapt over de drempel, loopt door naar het zwembad en blijft daar opnieuw staan. 'Nee!' Hij schreeuwt het uit.

Ik wurm me langs hem heen en staar ontzet naar het water.

De gil die ik wil slaken, blijft steken in mijn keel.

7

Van achter de wolken komt een voorzichtig zonnetje tevoorschijn. Op slag voelt Robin zich lichter. De zwaarte van de afgelopen avond en nacht lijken zomaar van zijn schouders te glijden. De afschuwwekkende ontdekking dat het water van het zwembad bloedrood was gekleurd, had een hele heisa tot gevolg gehad. Merel was in huilen uitgebarsten en had het zwembad halsoverkop de rug toegekeerd, waarna ze half struikelend naar de auto strompelde, ondertussen schreeuwend dat ze onmiddellijk terug wilde naar Nederland. Het had hem de grootste moeite gekost om haar tot bedaren te brengen. Pas toen hij haar verzekerde dat het rood vrijwel zeker geen bloed was maar door kleurstof werd veroorzaakt, was ze bereid mee terug te gaan naar boven. 'Kijk maar.' Hij had het blik verf opgepakt dat achteloos in het gras was achtergelaten. Samen waren ze vervolgens naar het zwembad gelopen, waarna ze met bonkende harten de afdekking verder hadden weggedraaid om er zeker van te zijn dat er echt niemand onder dreef. Gelukkig was dat inderdaad niet het geval. Ze waren het slachtoffer geworden van iemand met een ziek gevoel voor humor – als je het zo mocht noemen. 'Wat nu?' had Merel gevraagd, terwijl de tranen weer tevoorschijn kwamen. 'Waarom doet iemand ons zoiets aan?' Hij had geen ander antwoord gehad dan haar stevig vasthouden.

Het zwembad was compleet onbruikbaar en er zat niets anders op dan de verhuurder op de hoogte te brengen. Nog diezelfde avond was die komen kijken. Met duidelijk ongeloof had hij hun verhaal aangehoord. Alles aan hem straalde uit dat hij hen ervan verdacht deze schade zelf te hebben veroorzaakt. Met zichtbare tegenzin zette hij zich samen met hen aan de enorme klus om het zwembad leeg te laten lopen, de tegels te reinigen en het bad te vullen met schoon water. Het liep al tegen middernacht eer het karwei was geklaard en Merel en hij uitgeput hun bed konden opzoeken.

De ochtendzon werpt een helderder licht op de zaak. Feitelijk is er niets ernstigs gebeurd, maar het moet maar eens uit zijn met de constante dreiging dat dat ieder moment kan omslaan. Hij heeft geen idee uit welke hoek de weerstand komt, maar is niet van plan zich te laten verjagen. Niet dat hij een andere keuze heeft. De gebeurtenissen in Nederland die hem hebben doen besluiten zo snel mogelijk te vertrekken, zorgen ervoor dat hij zich daar voorlopig niet kan laten zien. Wat een makkelijke manier leek om wat extra's te verdienen, gaat hem veel geld kosten in plaats van dat het hem een cent oplevert. Waarom heeft hij dan ook niet veel beter opgelet? Hij heeft het geld niet en kan alleen maar hopen dat hij het snel bij elkaar kan verdienen, zodat hij Jacko terug kan betalen. Die begon bepaald ongeduldig te worden en stuurde zoveel dreigappjes dat Robin zijn nummer heeft geblokkeerd. Plotseling lijkt het of er een stroomstoot door zijn lichaam jaagt. Hij staat stil en hapt naar adem. Shit! Zijn voormalige 'sportvriend' zal zijn verblijfplaats toch niet hebben opgespoord? Hij merkt dat zijn handen beginnen te trillen en stopt ze diep in de zakken van zijn sportjack. Kalm, Robin, spreekt hij zichzelf toe, denk na. Zou Jacko de moeite nemen om naar Denemarken te komen om hier met rode verf aan de slag te gaan? Maar hij weet best dat Jacko direct de fysieke confrontatie zou zoeken. Die gedachte stelt hem toch wel enigszins gerust; het moeten lokale bewoners zijn die dit hebben gedaan. Hij loopt door en spant zijn armspieren aan. Als het moet, zal hij zich met blote handen verdedigen.

‘*Godmorgen, Robin!*’ Jorg komt hem met een brede glimlach tegemoet. Hij is gekleed in een nauwsluitend trainingspak en heeft een sporttas in zijn hand. ‘Ben je er klaar voor?’

‘Helemaal.’ Even later zit hij naast Jorg in diens Mercedes en rijden ze in de richting van het centrum van Blåvand, waar de sportschool is gevestigd. Zodra ze het fitnesscentrum betreden begint zijn bloed sneller te stromen. De lichte zweetgeur die altijd in zo’n gebouw schijnt te moeten hangen prikkelt zijn neusgaten en hij kan niet wachten om de halters weer op te pakken. God, wat heeft hij het trainen de afgelopen week gemist. Merel leek het wel fijn te vinden dat het onderwerp ‘sportschool’ al een paar dagen niet ter sprake is gekomen, maar vanaf nu zal ze er weer aan moeten wennen dat een groot deel van zijn week zich hier afspeelt.

Een vriendelijk meisje achter de balie biedt aan hem eerst een rondleiding te geven, maar die slaat hij af, hij wil zich direct inschrijven als lid. De formaliteiten nemen weinig tijd in beslag en algauw begeven Jorg en hij zich naar de kleedkamer. Terwijl hij zich van zijn trainingspak ontdoet, gaat zijn blik naar Jorg en zijn mond valt open. Tjonge, wat is die man in vorm. Het is hem van de week niet zo opgevallen, maar in het mouwloze shirt en de korte broek die Jorg draagt is goed zichtbaar hoe gespierd hij is. En dat voor iemand van dik in de zestig. ‘Je ziet er goed uit,’ zegt hij.

Jorg glimlacht. ‘Jij ook,’ geeft hij het compliment terug.

Robin voelt dat hij bloost. Het is duidelijk dat hij mijlenver achterligt op zijn buurman. ‘Ik train nog niet zo heel lang.’ Het klinkt als een excuus.

‘Het valt ook niet mee om spieren te kweken. Hoelang ben je bezig?’

‘Iets meer dan een halfjaar.’ Voor het gemak snoept hij er drie maanden af.

‘Dan ben ik beslist onder de indruk.’ Jorg geeft hem een speelse kneep in zijn biceps. ‘Puur op eigen kracht?’

Hij voelt dat hij een beetje begint te zweten. 'Ik heb ooit weleens een kuurtje gedaan,' geeft hij toe als hij Jorg ziet fronsen.

Onverwacht slaat Jorg hem hard op zijn schouder, en hij schrikt ervan. 'Wie niet, jongen, wie niet,' zegt hij hartelijk. 'Ben je zo ver? Dan gaan we los.'

Opgelucht loopt hij achter zijn buurman aan de gang op.

Het is rustig in de *gym*. Een aantal vrouwen van middelbare leeftijd is bezig op de loopband en de crosstrainer. Gezien het gemak waarmee ze praten is hun inspanning niet al te zwaar. Jorg en hij doen een korte warming-up op de roeitrainer en zoeken dan het gedeelte met de krachtapparatuur op. Hier ligt een man ruggelings op een bank, de *benchpress*, met in zijn uitgestrekte armen een halterstang met daarop gewichtsschijven. Naast hem staat een boomlange vent met lang blond haar en een indrukwekkende torso hem aanwijzingen te geven. In het voorbijgaan zegt Jorg iets tegen de blonde reus, waarop die zich naar hen toe draait zodra de man die hij begeleidt de stang in de standaard heeft laten zakken. 'Hello.'

'Robin, mag ik je voorstellen aan Jens. Jens is personal trainer en instructeur en je zult hem hier vaak tegenkomen. Jens, this is Robin.'

De man steekt zijn enorme klauw uit en ongewild zet Robin zich schrap voor de handdruk. De verwachting fijngeknepen te worden komt echter niet uit; Jens voelt zich kennelijk niet geroepen een krachtmeting aan te gaan. 'Leuk dat je hier komt trainen, Robin. Ik wens je succes en als ik je ergens mee kan helpen, zeg je het maar.'

De woorden worden zo oprecht uitgesproken dat het niet anders kan of ze zijn gemeend. Hij herademt, al begrijpt hij niet helemaal waarom het zo belangrijk voelt dat Jens hem vriendelijk gezind is. Met de ogen van Jens en Jorg op hem gericht, groeit het verlangen indruk te maken. Hij loopt naar de dichtstbij liggende halterstang en zet er gewichten op tot honderddertig kilo, het maximum van wat hij ooit heeft gelift. Zijn handen zoeken en vinden grip, hij buigt door zijn benen en recht zijn rug. Hij trekt even aan de stang zonder hem op te tillen, ademt diep in en zet zich schrap. Maximale kracht puttend uit zijn benen en billen lukt het hem de barbell te liften en zijn lichaam overeind te brengen. Yes! Hij strekt zijn lijf... Bam! Met een dreun landt de stang vlak voor zijn voeten op de mat. Verdwaasd kijkt hij eerst naar de barbell en dan naar zijn lege handen. Hoe kon dat ijzer er zomaar uit glippen? Dit is hem nooit eerder overkomen, en juist nu... Vanuit zijn nek slaan de vlammen van schaamte omhoog. Hij kijkt besmuikt naar Jorg, die een beetje meewarig terugblikt en vriendelijk zegt: 'Het overkomt ons allemaal weleens.'

'Ik heb dit gewicht vaker gelift, heus.'

'Natuurlijk jongen, en de volgende keer lukt het je weer.'

Het irriteert hem dat Jorg hem op vaderlijke toon toespreekt. De behoefte zich te bewijzen is zo groot dat hij zichzelf na een korte rust opnieuw in positie brengt. Voortgestuwd door adrenaline en schaamte lukt het hem de deadlift uit te voeren en met een voldaan gevoel laat hij de stang langzaam richting de grond zakken. Zie je wel dat hij het best kan.

De rest van de training brengt geen verrassingen en ze eindigen de sessie met een bezoek aan de sauna.

'Hoe vond je het gaan?' informeert Jorg vanaf zijn handdoek, waarop hij languit ligt uitgestrekt.

'Wat denk je? Ik liet die barbell verdomme zo uit mijn vingers glippen.'

'Maar daarna ging het toch goed?'

'Jawel, dat viel best mee. En jij? Ik moet zeggen dat ik onder de indruk ben van de gewichten die jij wegzet.'

'Voor zo'n oude man als ik, bedoel je.' Jorgs toon is plagerig.

'Nee, echt niet. Menig jongere doet het je niet na. Je was mij trouwens ook de baas.'

Tot zijn verrassing gaat Jorg er niet op door. 'Wat vind je van Jens?'

'Indrukwekkend. Die biceps, wauw.'

'Ja, Jens is een gezegend man. Sommigen hebben die aanleg voor spiermassa van nature, anderen moeten er meer moeite voor doen.'

Robin humt instemmend. Het is hem niet helemaal helder waar Jorg naartoe wil. 'Zoals ik, bedoel je?'

'Ik zie ruimte voor verbetering.'

Het is een droge constatering die van alles in hem losmaakt. Hij denkt te begrijpen waar Jorg op doelt, maar is het niet veel te vroeg om het daar met zijn nieuwe buurman over te hebben? Hij kent de man tenslotte nauwelijks. En had hij zichzelf niet beloofd het voortaan op eigen kracht te doen? Nou dan! Hoewel de zandloper nog niet is doorgelopen, wordt de warmte hem te veel. De hitte ligt als een zware deken op hem. Hij grijpt zijn handdoek en gaat naar buiten, afkoelen onder de douche en daarna in het ijskoude dompelbad. Net zolang tot zijn gevoel van onrust is gedoofd en zijn lichaam verkleumd aanvoelt.

8

Robin is amper een kwartier weg als ik het hek hoor klapperen. Meteen schiet mijn hartslag de hoogte in. Verstijfd blijf ik naar de deur staan kijken en ik heradem pas als ik een grijs hoofd zie verschijnen.

'Hej Merel!' Rebecka kust me hartelijk op mijn wangen als ik de deur open om haar binnen te laten. 'Hoe is het met je? Ben je alweer een beetje bijgekomen?'

Ik knik. 'Ja, het gaat wel weer. Al moet ik zeggen dat ik me doodschrok toen het hek dichtklapte.'

Rebecka slaat haar handen ineen. 'Daar had ik aan moeten denken, stom van me. Weet je wat? Voortaan bel ik voor ik naar je toe kom. Geef je nummer maar.' Ze pakt haar mobiel uit haar handtas en tikt de cijfers in die ik opnoem. 'Ik bel je even, dan kun je mij ook toevoegen.' Ik sla haar nummer op bij mijn contacten en kijk haar afwachtend aan. 'Nu onze mannen zich aan het vermaken zijn, kunnen wij niet achterblijven. Als je het goedvindt, neem ik je mee naar mijn bakclubje. Moet je je nog omkleden of kun je zo mee?'

Ik proest het uit. Lekkere indruk zal ik maken als ik in mijn versleten maar o zo zalig zittende joggingpak mijn opwachting maak. 'Leuk, maar geef me een kwartier. Maak het je ondertussen vooral gemakkelijk.' Ik schiet de badkamer in voor een vlugge douche en aarzel even voor mijn kledingkast voor ik een zwarte skinny jeans, een simpel wit T-shirt met V-hals en een kort roze jasje uitkies. Het is kleding waarin ik er goed uitzie zonder dat het de indruk wekt dat ik er veel moeite voor heb gedaan. Ik maak mijn ogen op met eyeliner en mascara en stift mijn lippen. 'Kan ik er zo mee door?'

In Rebecka's ogen verschijnt een bewonderende glans. 'Wat zie je er mooi uit. Een echte dame ben je zo. Als ik vroeger weleens make-up opdeed, werd het altijd een kliederzooi.'

Ik lach om haar woorden en bied aan haar ook op te maken, wat ze kordaat afwijst. 'Aan een oude vrouw als ik valt geen eer meer te behalen. Laten we gaan.'

Omdat de mannen weg zijn met Jorgs auto, zal ik rijden. Een beetje nerveus neem ik plaats op de bestuurdersstoel. Het wordt mijn eerste ritje in Denemarken, maar al snel ontspan ik. Het is ook nu weer heerlijk rustig op de weg en Rebecka loodst ons vlot naar onze bestemming: een laag houten gebouwtje in het bos, net buiten de bebouwde kom van Blåvand. GAMLE KAGER staat er op een bord boven de ingang. 'Oude taarten,' vertaalt Rebecka met een grijns. Ze haalt een sleutel uit haar jaszak en opent de deur. 'De andere vrouwen komen over een halfuur. Het is deze week mijn taak om het deeg alvast te bereiden. Help je mee? Hier, een schort. Het zou zonde zijn als je kleren vies worden.'

Niet veel later sta ik de boter door het meel te kneden dat inmiddels tot aan mijn polsen zit. Volgens Rebecka gaat er niets boven handwerk en moet het gebruik van een mixer tot het minimum worden beperkt. Het is de bedoeling dat het deeg als het klaar is in zes gelijke porties wordt verdeeld en ieder lid haar eigen bakje krijgt. Rebecka zet ondertussen koffie en om halfelf is alles klaar, juist als de vrouwen een voor een aankomen. Ze stellen zich voor en ik probeer hun namen direct te onthouden. Gelukkig spreken ze op een na allemaal Engels, wat de kennismaking vergemakkelijkt. 'Wil je ons iets over jezelf vertellen, Merel?' vraagt Rebecka, of Becka, zoals ook deze vrouwen haar noemen.

Ik glimlach welwillend. 'Mijn naam is Merel van Os en ik ben zevenentwintig jaar. Ik kom uit Nederland en ben hier samen met mijn vriend Robin komen wonen. Robin werkt voor een bedrijf dat jacuzzi's verkoopt en gaat een Deense vestiging opzetten. Het is de bedoeling dat we hier een jaar blijven en dan zien hoe het loopt. We wonen zolang in een vakantiehuis.' Van alle kanten word ik welkom geheten, behalve door de vrouw die geen Engels spreekt. Ze kijkt stug voor zich uit en lijkt mijn aanwezigheid het liefst te negeren. 'En wie zijn jullie?' Om de beurt vertellen de vrouwen kort iets over zichzelf.

De meesten zijn in de zestig en al gestopt met werken, één vrouw is vijftig en de stugge, die Ditte heet, blijkt dertig te zijn. Jammer dat juist zij van mijn leeftijd is. Raar ook dat ze geen Engels spreekt, dat moet ze toch op school hebben geleerd? Ik gluur tersluiks naar haar en sla vlug mijn blik neer als ze me onverwacht aankijkt. Dan is de koffie op en gaat iedereen aan de slag. Becka, zoals ik haar voortaan ook maar zal noemen, legt uit dat je zelf de ingrediënten meeneemt die je wilt gebruiken. Daar maak je een baksel mee dat aan het eind van de ochtend door de anderen wordt geproefd en beoordeeld. 'Natuurlijk is het onderlinge oordeel belangrijk, maar waar het echt om draait is de grote bakwedstrijd die over een paar weken plaatsvindt. Daar komen de beste bakkers uit de regio op af en dan wordt er iemand voor een jaar tot bakkoning of -koningin gekozen.'

'Wat leuk! We hebben in Nederland een televisieprogramma waarin mensen al bakkend met elkaar de strijd aangaan.'

'Dat kennen wij ook,' zegt Margaretha, de oudste deelnemer. 'Het heet *Den store bagedyst*.'

Becka lacht me warm toe. 'Misschien ga jij ons wel verrassen met iets Hollands.'

Ik lach terug. 'Wie weet; ik ga erop broeden.' Omdat ik vandaag niets heb voorbereid, maak ik me nuttig bij de anderen. Het lijkt op prijs te worden gesteld en de sfeer is gemoedelijk, tot Ditte opeens, dwars door de gesprekken heen, op harde toon iets zegt.

'Ditte vraagt zich af wat jij voor werk denkt te gaan doen. Het is niet normaal dat een jonge vrouw zich overdag bezighoudt met bakken.' Becka kijkt me verontschuldigend aan als ze Dittes woorden vertaalt. Ik bedwing mijn neiging om te vragen wat Ditte hier dan zelf doet, en antwoord dat ik natuurlijk nog maar pas in Denemarken ben, maar dat ik me oriënteer op het opzetten van mijn eigen onderneming. Het levert me goedkeurende blikken en complimenten op. Alleen Ditte kijkt alsof ik geprobeerd heb haar voor schut te zetten. Wat een vreemde vrouw – en wat jammer dat zij deelneemt aan deze club. Ik merk dat ik antipathie jegens haar begin te voelen, terwijl ik dat helemaal niet wil, en het resultaat is dat ik iedereen mijn hulp aanbied, behalve aan haar.

De drie ovens met daarin twee bakplaten zijn al voorverwarmd en al snel verspreidt zich een heerlijke geur door het gebouwtje. De tijd die overbrugd moet worden tot de creaties gaar zijn wordt gebruikt voor een tweede ronde koffie en thee. De vrouwen denken er niet constant aan om Engels te praten, wat ik logisch en helemaal niet erg vind. Ik luister naar hun gesprekken in het Deens, waarvan ik best wel het een en ander begrijp. Soms vertaalt Becka iets voor me of vragen de anderen hoe bepaalde dingen in het Nederlands heten. Ook stellen ze me op de proef door me een zin in het Deens te laten zeggen die voor de meeste buitenlanders blijkbaar onuitspreekbaar is: *Rødgrød med fløde.* Ik heb er geen enkele moeite mee en laat het gelach dat toch klinkt over me heen komen.

'Dan weet ik ook nog wel een leuke voor jullie,' zeg ik met een grijns. 'De zon zakt in de zee in Scheveningen.' Ze proberen het een voor een. Er wordt veel gelachen en het is zo gezellig dat ik verbaasd ben als de kookwekker aangeeft dat de ovens leeggehaald kunnen worden.

Nadat de baksels een kwartier hebben staan afkoelen, zijn ze klaar om gekeurd te worden. Omdat het mijn eerste keer is, krijg ik de eer om een oordeel te vellen. Ze binden me een theedoek voor zodat ik blind kan proeven. Het is doodstil als ik mijn eerste hap neem en opeens voel ik de gewichtigheid van mijn taak op me drukken. Dat er hier, ondanks de vriendschappelijke sfeer, serieus gestreden wordt, is me inmiddels wel duidelijk. Direct nadat ik een hapje heb genomen, vindt er in mijn mond een explosie van smaken plaats. Ik proef zoet, maar ook iets pikants. Is het gember? Hé, nu voert kardemom de boventoon. Nadat ik heb doorgeslikt krijg ik een glas water aangereikt en ik neem een slok voor ik me aan het volgende gebak waag. Pas aan het eind mag ik zeggen welke ik de lekkerste vind. Hoewel alles erg goed smaakt, springen twee creaties eruit. Ik vraag of ik nummer een en nummer vier nog een keer mag proeven voor ik mijn keuze maak en lach als ik iemand teleurgesteld hoor zuchten. Het is moeilijk, beide zijn heerlijk, maar uiteindelijk ga ik toch voor de eerste. Ik doe mijn blinddoek af en kijk nieuwsgierig naar welke taart ik heb gekozen.

Nee! Er gaat een stille schok door me heen als ik zie wie ik tot winnares heb gebombardeerd. 'Ditte heeft gewonnen!' roept Margaretha opgetogen uit. Iedereen begint spontaan te applaudisseren. Ik voel de warmte vanuit mijn hals omhoogkruipen en durf mijn ogen bijna niet op Ditte te richten. Als ze nou maar niet denkt dat ik haar heb gekozen om haar gunstig te stemmen. Ik vond haar gebak echt het lekkerste en had geen idee van de maker, dat begrijpt zij toch ook wel? Voorzichtig gluur ik haar richting uit. Ze kijkt me aan alsof ik haar zojuist diep heb beledigd, of misschien wel vernederd. '*Du…*' Ze spuugt een woord uit dat ik niet versta, werpt me een blik toe die me ineen laat schrompelen en verlaat dan halsoverkop het gebouw. Even later wordt er een auto gestart en rijdt ze veel te veel gas gevend weg.

'Het spijt me,' stamel ik.

'Welnee,' zegt Becka gedecideerd, 'wat moet je spijten? Jij deed wat wij je vroegen. Dit rare gedrag komt volledig op rekening van Ditte.'

De anderen vallen haar bij en verzekeren mij dat ik niets verkeerd heb gedaan. Ditte maakt een moeilijke periode door en ik word volgende week gewoon weer verwacht. Opgelucht neem ik even later afscheid.

‘Heb je zin in een wandeling?’ vraagt Becka als we bij de auto zijn aangekomen.

Het voelt aangenaam aan buiten en ik zeg dat ik het prima vind. We slaan een bospad in en zijn spoedig door niets anders dan bomen omringd. ‘Normaal loop ik hard in dit bos.’

‘Doe je dat vaak?’

‘Drie of vier keer per week. Niet altijd hier hoor, ook door de duinen of op het strand. Doe jij aan hardlopen?’

Ik lach. ‘Nee, dat is totaal niet aan mij besteed.’

Becka fronst haar wenkbrauwen. ‘Wat is dan jouw sport?’

‘Helemaal niets, om eerlijk te zijn. Sinds de gymlessen op de middelbare school heb ik niet meer gesport.’ Ik voel me opeens een enorme luilak.

‘En toch ben je zo slank?’ Becka slaat haar handen in ongeloof ineen.

‘Nog wel,’ zeg ik en ik trek een gezicht. ‘Maar ik vrees dat de bakclub daarin weleens verandering kan brengen. Heeft Ditte een hekel aan mij, denk je?’

Becka haalt haar schouders op. ‘Ditte is zichzelf niet. Ze heeft een postnatale depressie doorgemaakt en daarom komt ze bij ons, als een vorm van therapie. Werken lukt nog niet na alles wat er is gebeurd.’

De manier waarop Becka haar woorden uitspreekt prikkelt mijn nieuwsgierigheid. ‘O? Wat was er dan? Als ik dat mag vragen?’

Becka werpt me een zijdelingse blik toe. ‘Een ongeluk dat haar baby’tje fataal is geworden.’

‘Nee!’ Ik sla mijn hand voor mijn mond. ‘Wat vreselijk. Hoe dan?’

‘Ditte is in slecht weer van de weg af geraakt en met haar auto ondersteboven in het water beland. Het kindje werd met Maxi Cosi en al gelanceerd. Blijkbaar zat het stoeltje niet goed vast.’

De koude rillingen lopen me over de rug. ‘Wat een drama. Verschrikkelijk.’

Becka knikt. 'We waren allemaal van slag. Blåvand is een kleine gemeenschap en vrijwel iedereen had de kleine Tobbe weleens in de kinderwagen zien liggen. Het is een wonder dat Ditte niets is overkomen, maar verder is het natuurlijk afschuwelijk voor haar en haar man.'

Ik voel oprecht medelijden met de vrouw en vergeef haar haar rare gedrag meteen. Wie weet hoe ik eraan toe zou zijn als mij zoiets was overkomen... Ik schud mijn hoofd. Wég met die gedachte, ik wil er niet eens aan denken. Mijn blik richt zich omhoog, op de kale boomkruinen en de donkergrijze wolken daarboven. 'Volgens mij gaat het zo regenen.'

Ook Becka kijkt naar de lucht. 'Daar kon je weleens gelijk in hebben. Laten we maar teruglopen.'

Als we weer in de auto zitten zet ik de verwarming hoger. Ik heb het ongemerkt koud gekregen, ook al sluit ik niet uit dat het verhaal van Ditte daaraan heeft bijgedragen. 'Ik kreeg de indruk dat Ditte dacht dat ik valsspeelde toen ik haar als winnaar aanwees, maar ik had echt geen idee van wie wat was.'

'Ze is nu eenmaal overgevoelig, je moet je er niets van aantrekken. Ik ben heel blij met jouw komst en ik weet zeker dat de anderen je ook een aanwinst vinden.' Becka legt haar hand op mijn bovenbeen en geeft er een kneepje in. 'Binnen de kortste keren ben je hartstikke populair.'

Ik grinnik. 'Nou, dat hoeft ook weer niet. Ik ben al tevreden als Robin en ik geaccepteerd worden.'

'Wacht maar af.' Becka wrijft nog even over mijn been voor ze haar hand weghaalt.

Ik schakel de ruitenwissers in; de verwachte regen is gaan vallen. Algauw wordt het zicht steeds slechter en hebben de wissers moeite om het water weg te zwiepen. De ruit beslaat en ik zet de airco aan. In de verte trekt iets aan de zijkant van de weg mijn aandacht. Ik buig me dichter naar het nog steeds beslagen raam en wrijf een plek droog. Daar, in de stromende regen, staat Ditte in de berm naar iets te staren. Bij het geluid van de motor kijkt ze op. Haar ogen zijn twee gitzwarte kolen in een lijkbleek gezicht. Op het moment dat ik haar passeer, richt haar blik zich op mijn gezicht en beweegt haar hand zich naar haar keel. Vastberaden maakt haar vinger een snijdende beweging.

'O!' Geschokt draai ik me half naar Becka toe. 'Zag je dat?'

Becka fronst haar wenkbrauwen. 'Nee, ik zag niets. Wat was er dan?'

'Ditte! Ze stond daar en maakte een beweging alsof ze me de hals wilde doorsnijden.'

Becka trekt haar wenkbrauwen nog wat hoger op. 'Werkelijk? Ik heb echt helemaal niemand gezien, hoor.'

'Niet?' vraag ik met vertwijfeling in mijn stem. Ik kan het me niet verbeeld hebben, zoiets verzin je toch niet? Ik kijk in mijn spiegels en als blijkt dat het wegdek achter me helemaal leeg is en er ook geen verkeer tegemoetkomt, keer ik de auto en rijd terug naar de plek waar ik Ditte zag staan. 'Dáár was het!' Ik wil een wijzend gebaar met mijn vinger maken, maar laat mijn arm verbijsterd zakken als ik besef dat de berm er verlaten bij ligt.

9

‘Ik vind dat we aangifte moeten doen,’ zegt Robin nadat Merel hem heeft verteld wat er onderweg naar huis is voorgevallen.

‘Maar waarvan dan? Er is niets strafbaars gebeurd.’

‘Kan wel zijn, maar een geschifte vrouw die jou dood wenst in combinatie met wat zich bij het huis heeft afgespeeld, is voor mij voldoende reden om naar de politie te gaan.’ Meewarig schudt Robin zijn hoofd. Ongelooflijk dat juist Merel weer kennis moet maken met iemand die ze niet allemaal binnenboord heeft.

‘Ik heb toch helemaal geen bewijs? Sterker nog, toen ik de auto gekeerd had en we opnieuw langs dezelfde plek reden, viel er helemaal niets te zien. Ik voelde me zó voor schut staan tegenover Becka.’

‘Becka? Is het nu Becka in plaats van Rebecka?’ vraagt Robin met een frons in zijn voorhoofd.

Merel knikt. ‘Jorg en alle vrouwen van de bakclub noemen haar zo. Maar daar gaat het nu niet om. Het gaat erom dat ik geen enkel bewijs heb dat Ditte een snijdend gebaar maakte. Sterker nog, ik kan niet eens hardmaken dat ze er stond. Het enige wat voor me pleit, is dat Becka bevestigde dat de plek waar ik Ditte dacht te zien, die van het ongeval is. Ze schijnt daar heel vaak zomaar in de berm te staan.’

Robin tikt met zijn vinger tegen zijn voorhoofd. ‘Geschift, dus. Zei ik het niet?’

Merel haalt haar schouders op. ‘Misschien ben ik dan wel net zo getikt. Wie zegt me dat ik niet aan het hallucineren was?’

‘Of die vrouw wilde dat je aan jezelf ging twijfelen en is hard weggerend nadat jij haar gepasseerd was.’

Duidelijk geërgerd kijkt Merel hem aan. ‘Nu draai jíj geloof ik door. Er is niets om aangifte van te doen en verder wil ik het er niet meer over hebben. Behalve dit voorval was het trouwens een heel gezellige ochtend. Alle andere vrouwen leken me volledig te accepteren, dus dat heb ik alvast gewonnen. En jij? Hoe was het op de sportschool?’

Robin is meteen van het onderwerp Ditte afgeleid en zijn humeur klaart direct op. ‘Prima! Ik heb lekker getraind, en Jorg ook. Er zijn een paar mensen met wie ik al heb kennisgemaakt, onder wie een personal trainer. Het is een mooie gym, ik denk dat ik er vaak zal komen.’

‘Als je werk het toelaat.’ Ze klinkt nog steeds wat uit haar humeur.

Hij rekt zich uit en staat op van de eettafel. ‘Daar zorg ik wel voor; ik ben tenslotte eigen baas. Trouwens, ik kreeg een appje dat ik de sleutels vanmiddag al kan ophalen in plaats van morgen.’

‘Echt? Wat leuk! Dan ga ik met je mee, goed?’

Kijk, daar wordt ze blij van – en hij weer van haar. ‘Je hebt geen keus, er moet worden schoongemaakt voor ik mijn intrek neem,’ grapt hij en hij gaat achter haar staan, legt zijn handen op haar schouders en begint ze zachtjes te masseren. ‘Vanaf morgen is het serious business. Zullen we onze vrije tijd nog even goed benutten?’ Zijn handen bewegen zich in de richting van haar borsten en kneden ze door haar beha heen. Ze lacht toegeeflijk en volgt hem naar de slaapkamer.

Een kwartier later moet hij constateren dat hij het niet klaarspeelt; de tweede afgang al vandaag. Merel zegt dat het niets uitmaakt en dat het de volgende keer vast wel weer gaat, maar hij voelt zich een hopeloze loser. Terwijl zij zich aankleedt, sleept hij zich met een loodzwaar gevoel in zijn benen naar de badkamer om zich te scheren. Daar staart hij naar zijn spiegelbeeld. Uiterlijk valt er niets aan hem te zien, maar vanbinnen klinkt luid en duidelijk de roep van zijn lichaam: Neem! Nu! Hij wacht tot Merel de slaapkamer verlaten heeft voor hij het doosje tevoorschijn haalt dat diep boven in de kast is weggeborgen. Hij neemt het mee naar de badkamer en als in zijn handpalm drie capsules liggen, aarzelt hij een moment en stopt ze dan resoluut in zijn mond. Het kan niet veel kwaad, hij heeft ze gewoon nog even nodig.

Het kantoor dat Spa4U heeft gehuurd, bevindt zich in een bedrijvencomplex met diverse andere ondernemingen. De verhuurder wacht hen voor de ingang op, waarna ze gezamenlijk naar binnen gaan. De lift brengt hen naar de tweede verdieping. Merel haalt haar mobiel tevoorschijn en maakt een foto van hem als hij de sleutel overhandigd krijgt en voor de eerste keer de deur opent. Zoals beloofd is het kantoor ingericht met een bureau, twee archiefkasten en een zitje. Ook is er een klein keukenblokje. Het uitzicht op een achterliggende parkeerplaats is weinig spectaculair en Merel grapt dat dat niet uitmaakt omdat hij toch geen tijd heeft om naar buiten te kijken. De ondeugende blik in haar bruine ogen prikkelt hem.

Als de verhuurder is vertrokken, stelt ze voor om de schoonmaakspullen uit de auto te halen, maar hij heeft andere plannen. Hij trekt haar naar zich toe en duwt haar in de richting van het bureau tot haar billen het blad raken. 'Wij gaan dit kantoor eens even goed inwijden,' fluistert hij in haar oor. Zijn handen trekken haar rokje omhoog. Hij ritst zijn gulp open, pakt haar benen beet en spreidt ze zodat hij ertussen kan staan. Met zijn vingers schuift hij haar slipje opzij en raakt haar vluchtig aan. Zijn aandrang is zo groot dat hij niet kan wachten tot ze opgewonden is. Hij grijpt haar billen vast en drukt haar stevig tegen zich aan. Merel lijkt het wel opwindend te vinden en slaat haar benen om hem heen. Ze brengt haar hoofd naar zijn nek en trekt met haar tong een vochtig spoor van zijn hals naar zijn oor, waar ze stoute dingen in begint te fluisteren. Een siddering van genot schiet door hem heen. Hij zou willen dat hij het hoogtepunt nog wat kon uitstellen, maar er is geen tegenhouden aan.

'Zie je nou dat je het nog wel kunt,' zegt Merel even later met een scheef lachje, terwijl ze haar rokje weer rechttrekt.

'Gelukkig wel,' antwoordt hij met een tevreden grijns. Hij heeft zich echt voor niets zorgen gemaakt. Of zouden die pillen hun werk al zo snel doen?

'Ik pak nu toch maar de schoonmaakspullen uit de auto,' vervolgt Merel praktisch. Even later keert ze terug met de benodigdheden en ze beginnen te soppen.

Na anderhalf uur vindt hij het mooi geweest. Het loopt tegen het einde van middag inmiddels. 'Thai?' stelt hij voor. Merel knikt.

De volgende dag begint hij zijn eerste werkdag vroeg. Nog voor achten opent hij de deur van zijn kantoor. Hij verwacht een zending brochures en wil zijn bureau inrichten voor hij om halfnegen zijn collega's in Nederland belt. Met een tevreden gevoel kijkt hij rond. Hij heeft het toch maar prima voor elkaar hier, vindt hij en hij popelt om te beginnen. Hopelijk lukt het hem om van de onderneming een succes te maken. Er wordt gebeld, de bezorger van de folders meldt zich via de intercom.

De ochtend vliegt voorbij. Hij geeft zijn collega's in Nederland een virtuele rondleiding door zijn domein en maakt kennis met diverse andere ondernemers in het pand. Ze tonen zich allemaal geïnteresseerd in de bubbelbaden en hij ruikt klandizie. Het idee rijpt om een open huis te organiseren. Vanavond maar met Merel bespreken; zij vindt het vast wel leuk om voor gastvrouw te spelen. De lunchpauze benut hij om de omgeving een beetje te verkennen. Er valt niet veel te zien, het bedrijventerrein wijkt niet af van hoe die er in Nederland uitzien, en als er een sneeuwbui losbarst die de grond wit kleurt, keert hij snel om. Nauwelijks is hij weer binnen of de bel gaat. 'Hej Robin, Jorg hier,' klinkt het door de intercom. 'Kan ik boven komen?'

Verrast wacht hij zijn nieuwe buurman op. 'Jou had ik hier niet verwacht, maar leuk, kom binnen.' Hij biedt Jorg koffie aan en ze nemen plaats in het zitje.

'Zo,' zegt Jorg, 'laat me maar eens zien wat je in de aanbieding hebt.'

'Heb je interesse in een jacuzzi?'

'Jazeker, zo'n borrelbad in de tuin lijkt me wel wat. En ik ben benieuwd naar die innovatie waar je het over had.'

'Ik ben nog bezig om een schaalmodel te ontwikkelen, maar ik heb wel al een brochure met voorbeelden. Onze jacuzzi's zijn voorzien van de modernste systemen en zelfreinigend, waardoor ze nauwelijks onderhoud vergen. Ze zijn standaard uitgerust met gekleurde onderwaterspots en radio, optioneel zijn ze ook leverbaar met een tv-scherm of tablet. We leveren een uitstekend product waar je jarenlang onbezorgd plezier van zult hebben.'

Jorg knikt goedkeurend. 'En hoe zit het met plaatsen? Doen jullie dat ook?'

'Ja, in het begin kom ik ze zelf installeren. Als het eenmaal goed loopt, hoop ik daarvoor iemand aan te nemen.'

'Klinkt aantrekkelijk. Alleen zie ik niet zo gauw wat de innovatie is.'

'Die ligt ook niet bij de jacuzzi's zelf, maar eromheen. Stel je voor dat het waait en regent. Dan is het niet erg fijn als je eerst door de kou en nattigheid naar je bad moet lopen. En als je daar dan aankomt, heb je geen plek om je handdoek en badjas droog op te bergen, om maar niet te spreken van het vreselijke moment dat je het warme water moet verlaten en met natte haren door weer en wind naar je huis lopen. Om ook dat stuk van de belevenis comfortabel te maken, hebben we een constructie gemaakt van aluminium met polycarbonaat. Licht, maar oersterk. Kijk, hier zie je een voorbeeld. We maken een overdekte gang vanuit je huis naar de plek van de jacuzzi, die zelf ook helemaal overdekt is. Zoals je ziet kun je er meteen een zithoek bij maken met bijvoorbeeld een koelkast en een elektrische kachel. Op die manier verleng je de tijd die je er gebruik van maakt en beleef je er veel meer plezier aan.'

'Maar is het 's zomers dan geen broeikas?'

'Het dak kan helemaal worden opengezet en ook de wanden kunnen deels open. Dat is het mooie van dit systeem, je kunt de temperatuur helemaal naar eigen wens regelen. En doordat het zo'n lichte constructie is, is het ook geen storend element in je tuin.'

'Ik denk zeker dat het voor een kouder klimaat een waardevolle toevoeging is. Ik ken iemand met zo'n ding, maar die gebruikt hem alleen in de zomer.'

'Precies! En dat terwijl het juist heerlijk is als het koud is. Maar ja, dat ernaartoe lopen en er weer uit komen hè. Lijkt het je wat?'

Jorg knikt. 'Ik heb zeker interesse; maak maar een offerte.'

Hij voelt dat hij begint te gloeien. 'Echt? Geweldig man, ik ga er straks meteen aan beginnen en dan krijg je hem zo snel mogelijk.'

'Mooi,' zegt Jorg, terwijl hij opstaat en naar de deur loopt, 'en als je mij nou een stapel van die boekjes meegeeft, dan deel ik ze uit aan mijn collega's.'

'Je collega's?'

'Officieel oud-collega's, maar ik help ze nog weleens met het een en ander. We zien elkaar sowieso eens per week op de sociëteit en reken maar dat we met elkaar een aardig kapitaal vertegenwoordigen.' Jorg vergezelt zijn woorden van een vette knipoog.

'Thanks man, ik ben je nu al dankbaar.'

'Zie ik je vanavond in de sportschool?'

Hij zucht. 'Vanavond maar niet. Merel zal het niet leuk vinden als ze na een hele dag ook de avond alleen zit.'

'Ze is niet alleen, daar zorgt Becka wel voor.'

'Nee, maar dat is toch niet hetzelfde. Morgenavond zal het wel lukken.'

Op Jorgs gezicht is een frons verschenen. 'Je moet wel je doelen voor ogen houden, Robin, en volgens mij zijn dat je bedrijf en je fysieke vooruitgang. Laat je vrouw nooit je topprioriteit worden, daar ga je uiteindelijk aan kapot.' Met een ruk draait Jorg zich om en hij wil het kantoor verlaten. Robin staat hem even sprakeloos na te kijken en denkt dan: shit, de brochures! Hij kan hem nog net tegenhouden bij de deur en hem het tasje met folders overhandigen.

10

Het begin van mijn eerste dag zonder Robin voelt onwennig aan. Nadat ik hem heb uitgezwaaid, haal ik de vaatwasser leeg en ruim de ontbijtboel af. Daarna bel ik mijn moeder. Het is nog voor negenen, maar ik weet dat ze allang op is. Na een uur hebben we alle nieuwtjes uitgewisseld en zijn we helemaal bijgepraat. Aan het huishouden hoef ik niet veel meer te doen dan de badkamer en het toilet schoonmaken en de woonkamer stofzuigen; de woning was schoon toen we erin kwamen. Maar dat kan wel wachten tot vanmiddag, ik heb nu veel meer zin om wat winkels in de hoofdstraat te gaan verkennen en wil Becka mee vragen. Toevallig zie ik haar in de tuin staan als ik koffie inschenk en ik bespied haar even voor ik mijn mobiel pak. Ze is wat takjes en blaadjes aan het wegvegen en draagt weer haar kaplaarzen en een veel te grote regenjas. Haar haren zijn bijeengebonden in een slordige paardenstaart. Het is me al een paar keer opgevallen dat de Deense vrouwen, althans degenen die ik tot nu toe heb gezien, er zo eenvoudig, bijna zonder opsmuk bij lopen. Hun haren zijn veelal geknipt in een praktisch model, ze hebben nauwelijks make-up op en hun kleding lijkt vooral op doelmatigheid te zijn uitgezocht, hoewel het jaargetijde daarbij ongetwijfeld ook van invloed is. Een hogere temperatuur zal toch wel voor enige frivoliteit zorgen? Jorg voegt zich nu bij zijn vrouw en wijst haar iets aan, waarna Becka door haar knieën zakt en het van de grond opraapt. Dat valt me nou weer van je tegen, zeg ik tegen mezelf, ik had je geëmancipeerder ingeschat na de klap die je je man gaf. Wanneer Jorg weer naar binnen is, zoek ik Becka's nummer op. 'Goedemorgen, heb je zin om mee te gaan winkelen? Die tuin van jou is nu wel weer netjes, toch?' voeg ik er met een lach in mijn stem aan toe.

'Wat?!' Becka richt haar hoofd met een ruk op en tuurt omhoog. Als ze mij achter het raam ontdekt, zwaait ze. 'Sta jij mij daar een beetje te bespioneren? Haha, kom maar gauw hierheen dan.'

'Even mijn koffie opdrinken en dan ben ik er.' Ik verbreek de verbinding en direct gaat mijn telefoon weer. Robin. O ja, we hadden afgesproken dat hij me ieder uur zou bellen. 'Hi lieverd, hoe gaat het daar?'

'Hartstikke goed. Ik ben helemaal gesetteld en heb net kennisgemaakt met een aantal andere ondernemers in het gebouw. Hoe is het bij jou?'

'Ook goed. Ik zit aan de koffie en ga zo winkelen met Becka.'

'Mooi! Dan verveel je je dus niet.'

'Nee hoor, en eerlijk gezegd voel ik me op dit moment ook niet onprettig in het huis. Je hoeft me echt niet ieder uur te bellen, dat is voor jou ook een belasting.'

'Prima, als je er wel behoefte aan hebt kun je mij altijd bellen. Ik zie je vanavond. Love you.'

We verbreken de verbinding en vijf minuten later ben ik op weg naar de buurtjes. Halverwege hoor ik al dat ze ruzie hebben. Ze schreeuwen zo hard dat ik het zou kunnen verstaan als ik Deens sprak. Ik houd mijn pas in en ga langzamer lopen. Wat vervelend dat ze zo vaak tegen elkaar tekeergaan. Waarover zou hun onenigheid toch gaan? Ik kan me niet voorstellen waarover twee oudere mensen die aan niets gebrek hebben zo vaak ruzie kunnen hebben. Hopelijk blijft het deze keer bij woorden en gaat Becka haar man niet weer te lijf. Ze zijn nog bezig als ik voor de voordeur sta. Aarzelend druk ik op de bel. Direct valt het geluid binnen stil en even later verschijnt Becka in de deuropening. 'Ha Merel,' zegt ze op een toon alsof er niets aan de hand is. 'Zullen we meteen maar gaan?' Ze vist de autosleutels van het haakje in de gang en stapt naar buiten.

'Alles goed met jullie?' informeer ik langs mijn neus weg. Ik had liever nog even willen checken of Jorg in orde is.

'Ja hoor, prima. Kom, we gaan.' Ze stapt kordaat op de auto af. Ik volg haar schouderophalend.

Becka zet de auto op de parkeerplaats van de Meny, de supermarkt die in Blåvand het verst van ons vandaan ligt. 'Doen we straks meteen onze boodschappen.'

We lopen de winkelstraat in. Het is er rustig en ik vermoed dat veel zaken het vooral van het zomerseizoen moeten hebben, als de toeristen komen. Het assortiment is daar tenminste wel naar. Ik vraag me af of er genoeg loop in de hoofdstraat is om een speelgoedwinkel rendabel te laten zijn en neem me voor een onderzoek in te stellen naar het aantal klanten dat ik kan verwachten. Pluspunt is dat er geen vergelijkbare speelgoedwinkel is. Ik zie kledingwinkels, twee sportzaken en een aantal winkels met interieur- en hebbedingetjes en, tot mijn geluk, enorme aantallen kerstitems, veelal in typisch Deense stijl. 'Kijk toch wat schattig.' Ik toon Becka een adventskaars met buitelende kerstmannetjes erop. De kaarsen zijn er in allerlei soorten en kleuren, maar ik ben ervan overtuigd dat ik geen leukere ga vinden dan deze en koop hem meteen. We gaan ook een paar kledingwinkels binnen, waar ik schrik van de prijzen. 'Dit gaat het echt niet worden voor mij. O, behalve deze dan misschien, die vind ik wel heel leuk.' Ik hou Becka een broek van sweatstof voor met een print van rendieren en dezelfde kerstmannetjes als op de kaars. 'Voel eens hoe zacht, echt hygge.'

Becka schatert het uit. 'Pas hem eens.'

De broek zit als gegoten en staat me erg goed. Spijtig werp ik een blik op het prijskaartje. Nee, dit ga ik echt niet doen, zoveel geld besteed ik nooit voor mezelf. 'We kunnen denk ik beter een keer in Esbjerg gaan kijken, alles is hier schreeuwend duur.'

'Tja, daar zul je aan moeten wennen, lieverd. Wat wil je met vijfentwintig procent btw?'

'Echt? Kent Denemarken zo'n hoog tarief?'

'Ja, dat zit op alles, ook op groente en fruit bijvoorbeeld. Daar staat tegenover dat veel voorzieningen gratis of bijna gratis zijn waar je in andere landen voor betaalt. Gezondheidszorg, onderwijs.'

'Nou ja, dat is dan wel weer prettig natuurlijk. De taallessen voor buitenlanders zijn ook gratis, toch? Misschien meld ik me binnenkort wel aan.'

'Dat zou ik zeker doen.'

Ik trek de broek uit, maar als ik hem terug in het rek wil hangen, houdt Becka me tegen. 'Je krijgt hem van mij.'

Ik voel me warm worden. 'Nee, dat kan ik echt niet aannemen.'

'Toch wel.' Ze loopt gedecideerd naar de kassa om af te rekenen.

Hoofdschuddend kijk ik haar aan. 'Je bent echt gek, weet je dat? Maar wel een heel lieve gek.' Dankbaar omhels ik haar en als een kind zo blij verlaat ik de winkel.

'Vind je het leuk om even bij Blåvand Bolcher, de oudste snoepwinkel van Denemarken, te gaan kijken?'

'Uiteraard! Dat klinkt als Luilekkerland.' Eenmaal binnen blijkt het dat ook werkelijk te zijn. Er staan bakken vol met snoep en andere zoetigheid, flessen met siropen, schepijs in vele smaken en ik zie heel veel lolly's, die je kennelijk ook zelf kunt maken. Ik slaak een verliefde zucht bij al die vrolijke kleurtjes en heerlijk zoete geuren. 'Dit zou zomaar eens van mijn lievelingswinkels kunnen worden.'

Becka lacht. 'Op die van jezelf na dan, natuurlijk.'

We lopen naar het pandje waar ik mijn gedroomde onderneming heb geprojecteerd en kijken door de etalageruit naar binnen. 'Ik zou zo graag weten of het te huur is.'

'Ik weet het niet, maar ik ga het voor je uitzoeken. Je wilt hier dus een speelgoedwinkel beginnen?'

'Dat lijkt me geweldig. In de winkel waar ik in Nederland werkte hadden we graag het houten speelgoed van Hansen verkocht, ken je dat? Maar dat kon niet omdat een concurrent het recht op exclusiviteit had. Nogal ouderwets, omdat het via internet wel gewoon te bestellen is, maar goed. Ik zou graag speelgoed in dezelfde stijl verkopen. Niet het merkspul, want dat is waarschijnlijk te duur om voldoende omzet te halen, maar iets soortgelijks.'

'Namaak dus, bedoel je.'

Mijn vingers maken aanhalingstekens in de lucht. 'Geïnspireerd op, zo zou ik het willen noemen.'

'Als je me thuis laat zien waar je aan denkt, kan ik ook hierin misschien wel iets voor je betekenen.'

We sluiten ons rondje Blåvand af bij de bakker, waar ik Becka op koffie en een taartje wil trakteren. In de vitrine liggen gebakjes in de vorm van een lieveheersbeestje die er zo snoezig uitzien dat we er beiden een bestellen. We gaan aan een tafeltje zitten en krijgen even later onze bestelling geserveerd. Het is bijna zonde om de lieveheersbeestjes op te eten, maar we doen het toch maar.

'Hm, zalig,' zegt Becka na een paar happen met een verlekkerde uitdrukking op haar gezicht.

Ik schiet in de lach. 'Volgens mij zijn jullie Denen gek op zoetigheid.'

Becka knikt met volle mond. 'Daar kun je ons onder begraven,' zegt ze als haar mond leeg is.

Na het koffiedrinken gaan we de supermarkt in voor de boodschappen. Becka komt diverse bekenden tegen en stelt me aan hen voor. Iedereen reageert erg aardig en ik krijg geen moment het gevoel dat ik als buitenlander niet welkom ben. Wie de woorden op het hek heeft geschreven en ons die streek bij het zwembad heeft geflikt is me nog steeds een raadsel, evenals de reden waarom. Tot nu toe heb ik alleen maar vriendelijke mensen ontmoet. Nou ja, op Ditte na dan.

Het brengt mijn gedachten bij de bakclub en als we langs het schap met koek lopen, krijg ik ineens een idee. Wat ze in Denemarken volgens mij niet kennen, zijn stroopwafels. Ik speur de planken af, maar ontdek in het uitgebreide assortiment niets wat erop lijkt. Zal ik proberen ze zelf te bakken? Als ik het goed heb gezien, is er in het huis een wafelijzer aanwezig. Op mijn mobiel zoek ik de ingrediënten op, die ik daarna begin te verzamelen.

'Wat wil je daarmee maken?' vraagt Becka nieuwsgierig, terwijl ze een blik op het scherm van mijn mobiel probeert te werpen.

Ik draai het toestel plagerig van haar weg en geef haar een knipoog. 'Geheimpje! Je merkt het vanzelf.'

'Waar hebben Jorg en jij elkaar eigenlijk leren kennen?' vraag ik als we weer op weg zijn naar huis. Ik heb de buren nu al een paar keer kunnen observeren en ik vind hen niet een echt vanzelfsprekend stel. Om nog maar te zwijgen van de ruzies die ze hebben…

'Dat was op de medische faculteit in Kopenhagen, waar we allebei studeerden.'

'Ha, dus jullie waren studiegenoten.'

Becka knikt. 'En later kwamen we in hetzelfde ziekenhuis te werken.'

'En inmiddels genieten jullie samen van jullie vrije tijd.'

'Zeker, maar we hebben ook ieder onze eigen bezigheden. We sporten beiden natuurlijk, en Jorg gaat regelmatig biljarten of hij bezoekt een sociëteit waar ook veel van zijn oud-collega's komen. En ik heb de bakclub en ik ben actief binnen een stichting die slachtoffers van huiselijk geweld helpt. Zo draai ik bijvoorbeeld twee keer per maand mee in een opvanghuis.'

'Dat lijkt me dankbaar werk.'

'Dat is het zeker. Maar hoewel we ons dus meestal wel vermaken, kan het hier in de winter ook wel saai zijn.'

Ik knik. 'In de zomer is het natuurlijk heel anders.'

'Ja, dan wandelen en fietsen we veel, dat kun je hier, net als in Nederland, heel goed doen. En we zwemmen ook vaak in zee.'

'Dat lijkt mij ook zo heerlijk. Het is toch geweldig dat je vanuit je huis naar het strand kunt lopen?'

'Dus het bevalt je hier wel?'

Ik knik fanatiek. 'Los van het gevoel dat we misschien niet bij iedereen welkom zijn, vind ik het verder heel fijn.'

'Daar moet je je geen zorgen meer over maken, binnenkort zal niemand jullie nog lastig durven vallen.'

De gedecideerdheid waarmee ze het zegt doet me fronsen. 'Hoe weet je dat zo zeker?'

'Let maar op mijn woorden.' Meer wil ze er blijkbaar niet over kwijt, want ze begint opeens over het weer en dat zowaar de zon lijkt door te breken.

De zon komt er inderdaad bij en het landschap oogt vriendelijk als we naar huis rijden. Bij ons thuis aangekomen zoek ik de website van Hansen speelgoed op en laat Becka zien wat ik bedoel. 'Dit is hun houten speelgoed, degelijk gemaakt en eenvoudig van vorm, waardoor kinderen hun fantasie er volop op los kunnen laten. Ze hebben ook knuffels en poppen met een minimale aanduiding van de gelaatstrekken. Dit spreekt mij dus heel erg aan. Jou ook?'

'Zeker! Ik denk dat dit voor een kind een belangrijke tegenhanger kan vormen voor al het kant-en-klare vermaak dat ze tegenwoordig al op zeer jonge leeftijd krijgen aangeboden. Het lijkt op antroposofisch speelgoed.'

'Is er een markt voor?'

'Hm.' Becka wrijft over haar kin. 'Ik betwijfel of je het wel redt met een winkel waarin je alleen speelgoed verkoopt.'

'Ik zou er iets bij moeten verkopen, bedoel je dat? Of een webshop als aanvulling.' Ik lach. 'Hoor mij nou... Er moeten eerst spullen zijn om ook maar iets te beginnen.'

'Hopelijk kan ik je daar snel al iets van laten zien. Ik ga nu naar huis, je hoort nog van me.'

Nieuwsgierig vraag ik door, maar ze lacht geheimzinnig en laat niets los. Neuriënd ruim ik de boodschappen op. Als laatste trek ik de broek nog een keer aan. Hij zit zo heerlijk dat ik hem het liefst zou aanhouden, maar nee, daar wacht ik nog mee, hij moet nog even nieuw blijven.

Na de lunch besluit ik om te gaan zwemmen; al die luxe moet natuurlijk wel benut worden. Ik stook de sauna alvast op zodat ik daar later in kan en loop dan naar de deur van het zwembad. Ongewild schiet mijn hartslag de hoogte in als ik hem open. Als ik er nou maar niets raars aantref. Een sterke chloorlucht dringt in mijn neus en ik zie dat het afdekzeil er minder ver overheen ligt dan hoe we het de laatste keer hebben achtergelaten. Mijn hart klopt nu echt in mijn keel. Bijna maak ik rechtsomkeert, maar dan bedenk ik dat de controleur van het zwemwater waarschijnlijk langs is geweest. Bij het afhalen van de sleutel is ons verteld dat de waterkwaliteit een keer per week wordt gecheckt en dat er dan zo nodig chemicaliën worden toegevoegd. Ik verman me en draai de bedekking weg. Gelukkig, niets aan de hand. De vorige keer toen Robin en ik hier samen waren hebben we naakt gezwommen en hoewel niemand me kan zien, kies ik er nu toch voor mijn bikini te dragen. Ik schakel de tegenstroom van het bad in en laat me van het trapje in het water zakken. Het heeft een heerlijk aangename temperatuur en het tegen de stroom in zwemmen werkt echt perfect. Ik borstcrawl tot ik er buiten adem van ben en schakel dan het systeem even uit, omdat het behoorlijk veel lawaai produceert. Ineens is het doodstil. Even. Dan hoor ik dat er aan de deur wordt gemorreld. Met een paar slagen ben ik bij het trapje en ik schiet het water uit. Op de kant glijd ik uit en stoot keihard mijn teen tegen de stenen rand. Vloekend en dansend van de pijn beweeg ik me zo snel mogelijk in de richting van de deur en trek hem open.

De kat die blijkbaar zat te krabbelen om naar binnen te mogen, rent direct weg en ik moet lachen om mijn eigen paniek. Ik laat me weer in het water zakken, zet de stroming aan en probeer net zo te genieten als daarstraks. Het lukt niet; ik heb steeds maar het idee dat ik niet alleen ben. De schakelaar gaat weer om, want dat verrekte geluid overstemt alles. Nu klotst alleen het water nog zachtjes tegen de randen, en door de ramen valt niets bijzonders te zien. Waarom voel ik me dan toch niet op mijn gemak en waan ik me bespied? Robin moet maar eens achter die beveiligingscamera's aan – en anders doe ik het zelf wel. Ik merk dat ik kippenvel krijg en ga eruit om lekker op te warmen in de sauna.

De temperatuur is daar inmiddels opgelopen naar tachtig graden. Ik spreid mijn badlaken uit, zoek een ontspannend muziekje op Spotify op, draai de zandloper om en ga op mijn rug liggen. Algauw word ik rustiger. De warmte is zo aangenaam dat ik zelfs dreig weg te doezelen. Af en toe werp ik een blik op de zandloper aan de wand. Als de tijd bijna voorbij is, ga ik alvast rechtop zitten en wis het zweet van mijn gezicht. Ongemerkt heb ik het toch flink heet gekregen. Wanneer de laatste zandkorreltjes naar beneden vallen loop ik naar de deur. Hij geeft niet mee. Ook wanneer ik twee handen gebruik en flink duw, gaat hij niet open. Misschien moet ik mijn gewicht in de strijd gooien. Het helpt niets: de deur zit onwrikbaar vast. Kom op, zeg ik tegen mezelf, nog een keer, harder duwen. Weer zet ik kracht met alles wat ik in me heb, terwijl ik het steeds warmer krijg. Wat is dit nou? Waarom gaat dat verrekte kreng niet open? Langzaam kruipt de angst onder mijn verhitte huid. Ben ik dan toch niet alleen? 'Hallo, is daar iemand?' Ik bonk tegen het hout en kijk door het ruitje. Het zweet loopt inmiddels in straaltjes van mijn lijf. Het lijkt ook of ik steeds minder makkelijk kan ademen... Rustig Merel, niet in paniek raken, trek om te beginnen de stekker uit de kachel. Mijn blik gaat naar de thermometer. Negenenzeventig graden bij een luchtvochtigheid van vijftig procent. Kan er wel zuurstof binnenkomen? Ja, natuurlijk, de ruimte is niet luchtdicht. En uiteindelijk zal de temperatuur dalen, maar dat kan nog wel even duren. God, wat heb ik het heet. Ik droog me af met mijn handdoek en dan valt mijn oog op mijn mobiel. Ik probeer nog één keer om de deur te openen, daarna ga ik mijn buren bellen. Mijn poging beweging in de deur te krijgen is tevergeefs en ik zoek contact met Rebecka. Ik zou bereik moeten hebben, en tot mijn geluk gaat mijn mobiel inderdaad over. Helaas schakelt haar toestel over op voicemail. Wanneer ik haar app, verschijnen er geen blauwe vinkjes. Ik ben inmiddels aan het hijgen en voel mijn hart steeds sneller kloppen. Verse lucht moet ik hebben. Koelte. Ik toets Robins nummer in en huil bijna van geluk als hij de oproep aanneemt. 'Lieverd, met mij. Ik zit opgesloten in de sauna en het is hier tachtig graden. Je moet me komen redden!'

Hij snuift. 'Hoe kan dat nou? Misschien klemt de deur door de hitte en moet je meer kracht zetten.'

'Nee, echt niet. Ik heb ertegenaan gebeukt en hij gaat gewoon niet open. Ik heb het hartstikke heet, je moet komen!' Ik huil nu echt.

'Oké, ik kom eraan. Blijf zo kalm mogelijk en ga op de grond liggen, dat is het koelste plekje.'

'Ja, dat zal ik doen. Kom zo snel als je kunt.'

Ik volg Robins advies op en probeer mijn ademhaling onder controle te krijgen. Gelukkig ben ik niet claustrofobisch, al zou dat hierna zomaar kunnen veranderen. Er lijkt een eeuwigheid voorbij te gaan voor ik voetstappen hoor naderen. Ik spring overeind en kijk door het raampje. Opeens durf ik er niet op te vertrouwen dat het Robin is die eraan komt. Ondanks de warmte trekt er een rilling langs mijn ruggengraat. 'Robin, ben jij daar?' Het antwoord komt in de vorm van een deur die zo hard wordt opengetrokken dat ik verschrikt achteruitspring. Voor me staat Robin me vol ongeloof aan te kijken.

'Die deur was gewoon open, Merel. Je hebt me helemaal voor niets laten komen,' zegt hij ijzig.

11

Het duurt drie dagen voor ik Becka over mijn ervaring kan vertellen. Zij en Jorg bleken onverwacht naar hun appartement in Kopenhagen te hebben gemoeten vanwege een probleem met de waterleiding en pas gisteravond brandde er weer licht bij hen. Vanmorgen kwam ze me ophalen om samen ergens naartoe te gaan. Waarheen wilde ze niet zeggen, en dus ben ik zomaar bij haar in de auto gestapt en laat ik me verrassen.

'Robin was woest,' vertel ik onderweg. 'Hij zat midden in een verkoopgesprek en moest zijn klant wegsturen. Om het goed te maken heeft hij die man 's avonds maar mee uit eten genomen en hem korting aangeboden. Toen hij eindelijk thuiskwam was hij nog steeds in een slecht humeur.'

'Goh,' zegt Becka, 'wat een toestand. En wat vervelend dat ik onderweg niet bereikbaar was, dat spijt me heel erg. Ben je er nog achter gekomen wat er nou precies aan de hand was? Zat die deur echt dicht of ontbrak het je aan kracht?'

'Volgens Robin was het laatste het geval, maar ik ben ervan overtuigd dat de deur van buiten geblokkeerd was. Door wie of wat dan ook; zo zwak ben ik niet.'

Becka slaat haar hand voor haar mond. 'Dan zou het opzet zijn geweest. Stel je eens voor dat je je mobiel niet mee de sauna in had genomen.'

'Ik twijfelde nog of het niet te warm zou zijn, maar had zin in een muziekje. Als ik anders had beslist had het uren geduurd voor Robin was thuisgekomen.' Ik ril nu voluit nu echt tot me doordringt waar ik aan ontsnapt ben.

‘Ik ben zo blij dat je niets is overkomen.’ Becka zet de auto aan de kant en draait zich naar me toe om me te omhelzen. Voor het eerst sinds het gebeuren voel ik me, behalve door mijn moeder, gesteund en ik laat mijn tranen de vrije loop. ‘Huil maar, je hebt vast vreselijk in de rats gezeten,’ zegt ze, terwijl ze over mijn rug wrijft.

‘Robin was zo boos dat hij niet eens heeft gevraagd hoe het voor mij is geweest. Het enige wat hij deed was woedend roepen dat ik hem gestoord had.’ Die constatering maakt me nog verdrietiger.

‘Soms zijn mannen ongelooflijk stomme wezens. Ik vraag me weleens af waarom we in hemelsnaam iets met ze beginnen.’

‘Omdat moeder natuur ons dat ingeeft?’

Becka snuift. Ze gromt iets onverstaanbaars en rijdt veel gas gevend verder. Niet veel later stoppen we bij een gebouw.

‘Waar zijn we?’ Ik kijk nieuwsgierig uit het raam.

‘Dit is een dagopvang voor mensen met een verstandelijke beperking. Ze voeren er allerlei opdrachten uit. Hier,’ zegt Becka terwijl ze me breed lachend aankijkt, ‘wordt jouw toekomstige handel vervaardigd.’ Ze belt aan en praat even met de vrouw die de deur opendoet. Die laat ons binnen, waarop zich even later een man bij ons voegt.

‘Dit is Johann Olegard, hij is de directeur van de werkplaats,’ zegt Becka. ‘Je kunt hem laten zien wat je graag gemaakt wilt hebben.’

We volgen Olegard naar zijn kantoor en ik zoek de website van Hansen op en toon hem het speelgoed wat me zo aanspreekt. Olegard lijkt heel goed te begrijpen waar mijn gedachten naar uitgaan, maar zegt ook eerlijk dat hij de voorbeelden van de site onmogelijk kan kopiëren; dat zou hem in grote problemen brengen. Dat is ook niet mijn bedoeling, die site is puur als inspiratie bedoeld. Ik vertel hem dat ik houten speelgoed wil laten maken dat eenvoudig maar wel herkenbaar is vormgegeven. Bij groter uitgevoerde items zou het wenselijk zijn als ze uit elementen kunnen bestaan, zodat kinderen ze zelf in elkaar kunnen zetten. Als voorbeeld noem ik een rups met een lijf waar ringen op geschoven kunnen worden. Kan Olegard iets met mijn wensen? Hij knikt bevestigend en biedt aan om een aantal prototypen te maken. Als die me bevallen, heeft hij genoeg capaciteit om grotere aantallen en meerdere producten te maken, zolang het niet in de tientallen tegelijk loopt. Dat lijkt me geen probleem. De verkoop moet exclusief blijven en ik denk aan hooguit vijf stuks van een item. Voor het vervaardigen van poppen en knuffels kan ik helaas niet bij hem terecht, daarvoor moet ik verder zoeken. We spreken af dat ik een seintje krijg wanneer de prototypen klaar zijn.

'Ik krijg nu al zin om de winkelruimte in te richten,' zeg ik tegen Becka als we weer in de auto zitten. 'Volgens mij begrijpt hij heel goed wat ik wil; ik heb er hoge verwachtingen van.'

Becka geeft een kneepje in mijn been. 'Fijn dat je zo enthousiast bent nadat we ons avontuur zo treurig begonnen.'

Ik leg mijn hand op haar arm. 'Dankzij jou zie ik het weer helemaal zitten. *Tak* voor je vriendschap, je wordt me steeds dierbaarder en ik hoop dat we nog heel lang vriendinnen zullen zijn.' Onverwacht krijgt haar gezicht een verdrietige trek. 'Wat is er?' vraag ik verontrust.

'Niets, lieverd.' Ze schenkt me een waterige glimlach die me er juist van overtuigd dat haar iets dwarszit.

'Er is wel iets, maar je wilt het me niet zeggen,' constateer ik een beetje gepikeerd. 'Is er in de afgelopen dagen iets vervelends gebeurd?'

Ze schudt haar hoofd. 'Nee, echt niet.'

Haar ontkenning stelt me niet gerust.

Als ik weer thuis ben, bel ik mijn moeder om haar de laatste ontwikkelingen te vertellen. 'Als je echt je winkel gaat beginnen, kom ik je een paar dagen helpen met inrichten, hoor,' zegt ze enthousiast.

'Maar papa dan? Is het niet veel te vermoeiend voor hem om voor een paar dagen hierheen te reizen?'

'Ik zou dan alleen komen. Tante Greet wil wel voor papa zorgen, dat heeft ze al aangeboden. Maar met Kerstmis willen we wel samen naar jullie toe komen en dan tot in het nieuwe jaar blijven.'

Kerstmis? Dat is al over vijf weken. 'Gezellig! De kerst wordt hier uitgebreid gevierd en de winkels liggen vol met de mooiste spullen. Heel anders dan in Nederland, zo stijlvol; ik keek mijn ogen uit.'

'Vermaak je je verder een beetje?'

Ik knik, maar dat ziet ze natuurlijk niet. 'Zeker wel. Mijn buurvrouw, over wie ik je eerder vertelde, is echt een schat. Ze doet heel erg haar best om me bij mensen te introduceren en me hier thuis te laten voelen.'

'Dat is fijn. Het is belangrijk om iemand in de buurt te hebben op wie je kunt terugvallen. Nou meis, ik ga hangen, ik moet gaan bridgen.'

'Veel plezier mam, en doe pap de groeten. Dag!'

Het is heerlijk mijn moeders stem weer even gehoord te hebben, maar het vergroot mijn gevoel van gemis wel. Nog veel liever dan Becka had ik háár in mijn nabijheid gehad. Ik slaak een zucht. Niet zeuren, het is nu eenmaal niet anders. Om mezelf af te leiden haal ik het wafelijzer tevoorschijn dat ik eerder onder in een keukenkastje heb ontdekt. Morgen komt de bakclub weer samen en daarom wil ik vandaag nog proberen stroopwafels te bakken. Met de ingrediënten die ik eerder al in huis heb gehaald en een recept van internet ga ik aan de slag. Zodra ik bezig ben vergeet ik alles om me heen. Als tiener vond ik het heel leuk om taarten en cakes te bakken, maar de laatste jaren is het er niet meer van gekomen. Er nu weer mee aan de slag gaan geeft me veel voldoening, helemaal wanneer de eerste wafels meteen blijken te lukken. Ik bestrijk de warme koek met stroop en nestel me met een kop thee gelukzalig op de bank. Mijn eerste zelfgebakken stroopwafel smaakt verrukkelijk en de verleiding er nog een te nemen is groot. Ach, wie houdt me tegen?

Uiteindelijk bak ik een hele stapel die ik laat afkoelen voor ik ze in een trommel doe. Die neem ik morgen lekker mee, kijken of de Nederlandse specialiteit in de smaak valt. Mijn oog valt op de klok aan de muur en tot mijn verbazing is het al halfzes. Hoogste tijd om te gaan koken. Hoewel… Waarom zou ik me haasten? Robin heeft de afgelopen dagen niet één keer tijd gevonden om samen met mij te eten. Hij heeft het ontzettend druk met het opzetten van het bedrijf en gaat daarna steeds meteen door naar de sportschool, om vervolgens bekaf thuis te komen en een haastig opgewarmde maaltijd naar binnen te werken. Ik staar uit het raam en zie hoe het donker de omgeving ongemerkt aan het oog heeft onttrokken, waardoor ik me nog meer alleen voel. Een huivering trekt langs mijn armen. Nee, gezelliger is het er tussen ons niet op geworden.

Ik hoop echt dat Robin na verloop van tijd minder lange dagen kan maken, want dit houdt hij onmogelijk vol. Toch wil ik er niet te veel over zeuren; het was te verwachten dat het begin van ons verblijf hier extra inspanning zou vergen. Ik slik. De teleurstelling over het verloop tot nu toe laat zich niet zomaar wegredeneren. Ik moet hoognodig een eigen leven opbouwen, daar word ik vast gelukkiger van.

Niet dat ik helemaal niets doe. Tijdens Becka's afwezigheid ben ik een paar keer naar het centrum van Blåvand gegaan om de levensvatbaarheid van het soort speelgoedzaak dat ik voor ogen heb te onderzoeken. Ik ben gewoon zo veel mogelijk mensen gaan aanspreken en het viel me weer op hoe vriendelijk de Denen zijn. Vrijwel iedereen nam de tijd om mijn vragen te beantwoorden en me van advies te voorzien. De vraag of het een probleem kan zijn dat ik buitenlander ben en nog geen Deens spreek, leverde niet één negatieve reactie op. Nou spraken de mensen die ik interviewde natuurlijk sowieso al Engels, dus misschien zijn zij niet representatief voor de hele bevolking, maar ik kreeg de indruk dat het voor mijn belangrijkste doelgroep, ouders met kinderen, zeker geen reden zou zijn om de zaak te mijden. Ik had vaak echt leuke gesprekjes en ik raakte steeds positiever gestemd, totdat opeens Ditte voor me stond. Ze kwam de supermarkt uit en liep zo rakelings langs me heen dat haar arm die van mij raakte. '*Kan du ikke seg dig for?*' snauwde ze, gevolgd door een fel: '*Skrid hjem til dit eget land!*' Ze wierp me een moordzuchtige blik toe en liep door. Trillend op mijn benen keek ik haar na. Ik verstond niet letterlijk wat ze zei, maar de strekking was helder.

'O!' De vrouw met wie ik in gesprek was, sloeg ontzet haar hand voor haar mond. 'Ze zegt dat je terug moet gaan naar je eigen land... En niet op een vriendelijke manier.' Verbouwereerd keek ze me aan. 'Waarom doet ze toch zo?'

Ik probeerde geruststellend te glimlachen. 'Het is iets persoonlijks, ze mag me niet erg. Wat wel meteen een mooie aanleiding is voor mijn volgende vraag...'

De onplezierige ontmoeting bleef echter nog lang bij me hangen en ik was daarna extra alert, maar er gebeurde niets. Diezelfde avond plaatste ik een enquête in een Facebookgroep voor inwoners van Blåvand en ook hieruit kwam het beeld naar voren dat de behoefte aan een speelgoedwinkel er zeker is. In het toeristenseizoen hoef ik me over klandizie geen zorgen te maken, zo bleek, maar de eerste drie maanden van het jaar konden weleens moeilijk zijn. Al met al leverde het me nuttige informatie op, en het stimuleerde me om ermee door te gaan. Hopelijk lukt het Becka om de eigenaar van het pand snel te spreken. Ik zucht. En tot die tijd moet ik mezelf meer bezigheden geven om niet in een dip te raken.

Ik loop naar het dressoir en haal er een nieuwe blokkaars uit, plaats hem in een houder en steek hem aan. Met een muziekje aan schenk ik mezelf een glas wijn in. Terwijl ik me comfortabel met een plaid op de bank nestel, haal ik het visitekaartje tevoorschijn dat Robin me de dag na mijn 'opsluiting' heeft gegeven. Ik bekeek het destijds vluchtig en stopte het daarna weg in het hoesje van mijn mobiel. Robin vindt dat ik sterker moet worden, maar ik wil vooral iets te doen hebben. Met mijn duim tik ik de cijfers van het telefoonnummer op het kaartje in op mijn mobiel. Zodra hij overgaat, wordt er opgenomen.

'Jens Arnesen.'

'Hi, je spreekt met Merel van Os,' zeg ik in het Engels. 'Ik denk erover om met personal training te beginnen. Kan ik daar een keer voor langskomen?'

'Natuurlijk! Wat een goede stap van je. Als je wilt, kunnen we vanavond al een intake doen.'

Jens' snelheid van handelen overvalt me. Eigenlijk zit ik wel erg lekker onder de plaid en met het wijnglas naast me. Maar dan spreek ik mezelf streng toe. Als ik hier blijf zitten, gebeurt er niets. 'Prima, hoe laat?' hoor ik mezelf zeggen en ik sta meteen op van de bank om de kaars uit te blazen en het restje wijn in de gootsteen te kieperen.

Een uur later stap ik de sportschool binnen, waarvan de ingang nauwelijks opvalt zo tussen twee winkelpanden in. Jorg bleek er toch heen te gaan en heeft me een lift gegeven. Robin wordt pas later op de avond verwacht. Terwijl Jorg aan de man achter de balie uitlegt voor wie ik kom, kijk ik nieuwsgierig rond. Het voelt een beetje alsof ik me in het hol van de leeuw waag, bijna alsof ik iets illegaals onderneem waar Robin geen weet van mag hebben. Onzin natuurlijk; hij heeft me het kaartje zelf gegeven. 'Jens wordt opgeroepen,' zegt Jorg. 'Ik ga sporten; als je mee terug wilt rijden moet je wel een poosje wachten.'

Ik schud mijn hoofd. 'Ik loop wel. Ik zal morgen achter een fiets aan gaan, dan ben ik niet zo afhankelijk van jullie.' Vanuit mijn ooghoeken zie ik een zeer aantrekkelijke man komen aanlopen. 'Is dat Jens?' vraag ik met een slecht gemarkeerd vleugje hoop in mijn stem. Jorg knikt en mijn mond valt nog net niet open. De man die op me af komt is lang en enorm breed. Hij is gezegend met blond haar, felblauwe ogen en een krachtige kaaklijn. Ik merk dat mijn lippen zich als vanzelf tot een verheugde glimlach plooien.

‘Hej, Jens.’ Hij steekt zijn hand uit en boort zijn blauwe ogen in de mijne.

Plotseling verlegen grijp ik zijn hand. ‘Merel, de vriendin van Robin. Hij heeft me jouw kaartje gegeven.’

Jens’ wenkbrauwen fronsen zich. ‘Robin?’

Jorg zegt iets in het Deens, waarna Jens kennelijk doorheeft over wie ik het heb. Mijn veronderstelling dat Robin en Jens vaak samen trainen is dus niet juist. ‘Ik weet al wie je bedoelt. Vond hij dat je contact moest opnemen?’

Ik knik. ‘Ik moet aan mijn kracht werken. Laatst kreeg ik de deur van de sauna niet open. Kun je je dat voorstellen?’

Jens lacht hardop. ‘Dan ben je bij mij aan het goede adres. Zullen we de intake doorlopen? Wat wil je drinken?’

Ik kies voor thee en even later zitten we tegenover elkaar aan een tafeltje. Jens noteert mijn persoonlijke gegevens en informeert naar eventuele lichamelijke klachten en medicijngebruik. Als daar geen bijzonderheden uitkomen vraagt hij naar mijn trainingsdoelen. Wil ik afvallen, of juist aankomen, soepeler kunnen bewegen, sterker worden, meer conditie opbouwen? Dat laatste wil ik heel graag en sterker worden is mooi meegenomen. ‘Uiteraard zonder dat ik er als een vrouwelijke Jens ga uitzien,’ zeg ik met een knipoog.

Hij schatert het uit. ‘Dát zou nog eens wat zijn. Maar daarover hoef je je echt geen zorgen te maken. Vrouwen hebben eenvoudigweg te weinig testosteron om hun spieren enorm te laten groeien. Meer lijn erin krijgen is wel goed mogelijk, zeker als je vetpercentage omlaaggaat.’

‘Dat lijkt het me helemaal prima. Wanneer kan ik beginnen?’

Hij glimlacht. ‘Wanneer je maar wilt. In de eerste les zal ik een aantal testjes afnemen om te bepalen hoe je er fysiek en conditioneel voor staat en aan de hand daarvan stel ik een trainingsschema op dat je ook zelf kunt volgen.’ Blijkbaar trek ik bij dat laatste een bedenkelijk gezicht. ‘Wat is er?’

‘Is het nodig om zelf te trainen? Ik zie mezelf dat nog niet doen.’

Jens knikt. 'Eens per week is echt te weinig om iets op te bouwen, daarvoor moet je minimaal twee keer trainen, waarvan een keer met mij.'

Ik geef me gewonnen. 'Oké, geen probleem, voorlopig heb ik nog tijd zat.'

'Kun je morgen starten?'

Ik denk even na. 'Morgenmiddag zou kunnen. Morgenochtend heb ik de bakclub en bak ik taart.'

Hij grijnst. 'Dan zie ik je graag om twee uur, mét wat lekkers. Of heb je nu toevallig al sportkleding bij je?'

Ik schud mijn hoofd. 'Ik moet nog bijna drie kilometer naar huis lopen, dat is genoeg sportiviteit voor vanavond.'

'Zal ik je brengen? Ik ben hier toch klaar.'

Ik voel mijn wangen rood worden. 'O eh… Nou graag, als het voor jou niet te veel moeite is.'

'Even mijn spullen pakken.' Hij roept iets naar het meisje in de koffiecorner en verdwijnt. Niet veel later staat er een nieuwe beker thee voor me. Dat het zweet me al snel uitbreekt, komt niet alleen door de damp die eraf slaat, maar ook door Jens, die met twee helmen onder zijn armen komt aanlopen. Pff. Ik had er geen moment rekening mee gehouden dat ik achter op een motor zou moeten zitten en vind het eng. Maar ik laat me niet kennen en sla de laatste slokken thee veel te snel naar binnen, waardoor ze nog steeds gloeiend in mijn maag belanden.

Eenmaal buiten start Jens zijn indrukwekkend uitziende motor en klauter ik met knikkende knieën achter op de duozit. Jens zegt me dicht tegen hem aan te komen zitten en mijn armen om zijn middel te slaan. Als het lukt, kan ik een beetje met hem mee leunen in de bochten. 'Wel in dezelfde richting als ik, graag,' zegt hij met een knipoog. Hij gaat voor me zitten en ik leg mijn armen direct stevig om hem heen, biddend dat Robin niet juist dit moment uitkiest om bij de sportschool aan te komen, want hij zal niet weten wat hij ziet. '*And we're off!*'

Het volgende ogenblik slaak ik een gil en grijp ik me steviger

vast als we ervandoor schieten. O mijn god, wat is dit eng… Eh nee, geweldig, voel ik als ik mijn verkrampte houding laat varen en meer ontspannen ga zitten. De koude wind trekt aan me maar het doet me niets, zo magisch is het gevoel van vrijheid achter op een motor die zijn weg zoekt in het donker. Alles om me heen valt weg en veel te snel naar mijn zin rijden we de zijweg in die naar ons huis voert. Onder aan de heuvel tik ik Jens op zijn schouder en als hij stilhoudt, roep ik dat ik vanaf hier wel naar boven zal lopen. Hij schakelt de motor uit en zet zijn helm af. Zijn blik gaat naar omhoog, naar waar het silhouet van het huis zich aftekent tegen de lucht. Dreigend, zo komt het me voor.
'Ik loop wel even met je mee.'

De woorden dat dat echt niet nodig is, slik ik in. Opeens vind ik het heel fijn dat ik niet in mijn eentje door het donker hoef. We lopen naar boven en om geen stilte te laten vallen, grap ik dat ik nog moet zien of zijn oefeningen deze klim kunnen overtreffen. Jens belooft me dat ik daar morgen wel achter kom. We zijn bijna bij het huis als iets achter het raam van de woonkamer mijn aandacht trekt. Ik sta abrupt stil en voel mijn maag samentrekken. Onwillekeurig pak ik Jens' arm vast.

'Wat is er?'

'Het is net of er licht brandt,' fluister ik, 'maar ik weet zeker dat ik alle lampen uit heb gedaan.'

12

Tot zijn schrik ziet Robin dat het al zeven uur is wanneer hij zijn computer uitschakelt. De afgelopen uren zijn voorbijgevlogen, zo druk heeft hij het gehad met het opstellen van offertes. Hij rekt zich uit en voelt hoe stijf hij is geworden. Gelukkig biedt de sportschool een prima tegenwicht voor al dat zitten en hij verheugt zich op een nieuwe trainingssessie met Jorg. Bij de gedachte aan zijn buurman en vriend voelt hij zich warm worden. Die man is werkelijk een geschenk uit de hemel gebleken. Niet alleen leert hij hem heel veel over trainingsmethoden, hij is ook van onschatbare waarde bij zijn beginnende onderneming.

Jorg is akkoord gegaan met de offerte voor een jacuzzi met overkapping in zijn tuin en maakt ook actief reclame voor Robin bij de sociëteit waar hij, net als veel van zijn oud-collega's, lid van is. 'Mensen met geld,' zei hij met een knipoog. Hoe waar dat is, heeft Robin de afgelopen dagen ervaren. De ene na de andere aanvraag kwam binnen en als ze allemaal in een opdracht resulteren, zal hij het nog knap moeilijk krijgen om die uit te voeren, waardoor hij misschien nu al iemand moet inhuren. Van tevoren had hij nooit van zo'n vliegende start durven dromen. En dat allemaal dankzij Jorg.

Het is er nog niet van gekomen om Becka en hem terug te vragen voor een etentje, maar dat moet snel veranderen. Hij zal vanavond tegen Merel zeggen dat ze de buren voor zaterdagavond uitnodigen. Dat hij dan ook een avondje thuis is, zal haar goeddoen. Ze klaagt niet, maar hij weet dat ze hem liever wat vaker bij zich zou hebben. Nou ja, ze kan er maar beter aan wennen; hij is niet van plan te minderen met zijn sport of zijn werk.

Hij staat op en plaatst zijn bakje meegebrachte eten in de magnetron. Als iemand hem een maand geleden had gezegd dat hij ooit aan *mealpreppen* zou doen, was hij in lachen uitgebarsten. En toch is hij begonnen met het voor een paar dagen koken van uitgebalanceerde maaltijden die hij kan opwarmen zodat hij daarna meteen door kan gaan naar de gym. Zonder bewust te proeven schuift hij de inhoud van het bakje naar binnen. Daarna sluit hij het kantoor af.

Jorg is al aan de training begonnen; hij is ook laat vandaag. Hij groet zijn buurman en de anderen van het groepje met wie hij tegenwoordig samen sport. De eerste keer dat hij 's avonds kwam bleek Jorg training te geven aan nog drie mannen en hij nodigde hem uit ook mee te doen. Een blik op de indrukwekkende torso's van het drietal was genoeg om hem te laten aansluiten en nu is het vaste prik dat ze elkaar iedere werkdag zien. Jorg heeft daarbij de leiding. Hij bepaalt welke oefeningen ze doen en is ook begonnen met Robin op het belang van goede voeding te wijzen. Het heeft geen zin om heel hard te trainen als je je lichaam essentiële bouwstoffen onthoudt, zoveel is hem nu wel duidelijk. Het is allemaal nieuwe materie voor hem, maar hij vindt het reuze-interessant. Als hij naar de anderen kijkt kan hij alleen maar onder de indruk zijn van wat zij allemaal hebben bereikt. Jammer is wel dat hij zich daardoor de loser van de groep voelt die in hen zijn meerderen moet erkennen. Dat steekt hem. Hij wil vooruit, net zo zijn als zij. Zijn niveau moet omhoog en als hij daarvoor achter het fornuis moet, dan is dat maar zo. Merel is niet bepaald een begenadigd kokkin; hij durft het uitgebalanceerde dieet dat Jorg heeft voorgeschreven niet aan haar toe te vertrouwen.

Morten, de grootste geweldenaar van de drie, staat op van de benchpress waar hij net honderdtwintig kilo heeft weggedrukt en maakt de klemmen los waarmee de halterschijven gezekerd zijn. Met een vragende blik kijkt hij Jorg aan. '*Fifty less*,' zegt die beslist. Robin wil protesteren dat hij heus wel meer aan kan, maar het besef dat Jorg zijn kunnen tot nu toe steeds goed heeft ingeschat maakt dat hij er het zwijgen toe doet. Knarsetandend helpt hij Morten de halterschijven te verwijderen voor hij op zijn rug op de bank gaat liggen.

Het is een reprise voor de rest van de avond: bij ieder onderdeel verzet hij fors minder gewicht dan de kerels om hem heen en tegen het eind heeft hij behoorlijk de smoor in, helemaal als Morten en Bjarne al een paar keer hebben gezegd dat hij heus goed bezig is en niet moet vergeten dat hij pas net is begonnen. Fijne opmerking, hoor. Zijn al die maanden trainen in Nederland hem dan helemaal niet aan te zien? Na afloop, terwijl hij wacht tot Jorg klaar is met douchen, praat hij nog even na met Morten. 'Hoe vind je dat het gaat?' vraagt die.

'Ach,' zegt hij schouderophalend, 'ik ben nog lang niet waar ik wil zijn. Jullie schijnen te denken dat ik hier voor het eerst begin te trainen, maar ik was in Nederland al maanden bezig. En toch val ik in het niet bij jullie. Dat is behoorlijk frustrerend, kan ik je vertellen.'

Morten knikt. 'Spieropbouw kost onnoemelijk veel tijd en inspanning.' Hij bolt achteloos zijn biceps. 'Je kunt de natuur een handje helpen. Als je wilt, zijn daar oplossingen voor.' Zijn groene ogen knijpen zich samen. 'Begrijp je wat ik bedoel?'

'Je hebt het over een kuurtje.'

'Heb je daar ervaring mee?'

'In Nederland heb ik er een paar gedaan. Maar nu heb ik niets meer. Kun jij me eraan helpen?'

Morten schudt zijn hoofd. 'Ik niet, maar vraag het eens aan Jorg... Doktersrecept, snap je?' Een vette knipoog en een klap op zijn schouder en weg is Morten.

Als Jorg even later uit de kleedkamer komt moet Robin zich beheersen om er niet direct over te beginnen. Pas als ze bij hun auto's staan durft hij het aan. 'Zeg Jorg,' hij schraapt zijn keel, 'ik heb Morten net gesproken en hij zei dat jij me misschien kunt helpen om wat sneller sterker te worden.'

'Zo,' zegt Jorg en hij fronst zijn wenkbrauwen, 'zegt Morten dat.' Hij werpt Robin een onderzoekende blik toe. 'Zou je dat willen?'

Robin beweegt zijn hoofd fanatiek op en neer. 'Heel graag. Ik heb er ook al wat ervaring mee, maar nu zit ik zonder.'

'Wat gebruikte je?'

Hij noemt de naam en Jorg klakt met zijn tong. 'Dat doet niet zoveel. Wat ik je kan leveren is stukken werkzamer.' Hij spiedt even om zich heen en buigt zijn hoofd wat dichter naar Robin toe. 'Als voormalig arts kan ik wat gemakkelijker aan bepaalde spullen komen.'

Robin voelt dat het vuur van enthousiasme in hem begint te gloeien. 'Dat klinkt goed. Wil je me helpen?'

'Natuurlijk, ik kan het je morgen al leveren als je wilt.'

'Fantastisch! Alleen... wat kost het?' Laat het alsjeblieft niet te duur zijn, want hij moet Jacko ook nog steeds terugbetalen, al is zijn nervositeit daarover wel iets afgenomen omdat hij zich hier veilig waant. Hij heeft zijn Nederlandse simkaart ingewisseld voor een exemplaar van een Deense provider, waardoor Jacko hem ook niet meer kan bereiken.

Jorg glimlacht fijntjes. 'Maak je maar geen zorgen over de prijs, daar komen we wel uit. Een waarschuwing is wel op zijn plaats. Wat ik je verstrek is niet te vergelijken met het spul dat je tot nu toe hebt gebruikt. De werking is veel krachtiger, waardoor je in kortere tijd aanzienlijk meer spiergroei krijgt. Datzelfde geldt voor de bijwerkingen. Agressie, acne, toename van het libido, stemmingswisselingen, mogelijk hartklachten. Afijn, ik hoef ze vast niet allemaal op te noemen.'

Robin schudt zijn hoofd bij Jorgs vragende blik. Het stemmetje in hem dat zich afvraagt of deze risico's het waard zijn, negeert hij. Dit is té belangrijk voor hem. 'Ik wil het graag proberen.' Proberen kan geen kwaad; als het niet bevalt houdt hij er weer mee op.

'Ik breng morgen een voorraadje voor je mee. Je neemt een wijs besluit.'

Jorgs waardering doet hem goed. Nog even en hij kan vol meedraaien met de anderen. Met een gevoel van voldoening stapt hij in de auto. Op het dashboard ziet hij dat het elf uur is. Het is laat geworden vandaag, maar hij is allerminst opgebrand. Nog genoeg energie over om het nog even gezellig te maken met Merel. Hij trapt het gaspedaal wat dieper in en geeft Jorg achter hem het nakijken. Dat hij zijn auto halverwege de heuvel moet parkeren verpest zijn humeur vanavond eens niet. Hij loopt in een drafje naar boven en opent de deur met zijn sleutel. 'Merel?'

Zodra hij een stap binnen heeft gezet, ruikt hij het. Hij ademt diep in en weet direct wat de geur betekent. Brand!

13

'Het was vreselijk. Op de plek van de kaars was het tafeloppervlak half verbrand en helemaal zwartgeblakerd. De glazen kaarsenhouder was gebarsten en de plastic voet half gesmolten. Het stonk verschrikkelijk en het is een wonder dat de brand nog bij de tafel is gestopt.' Ik zit bij Becka in de auto en we zijn op weg naar de bakclub. Er trekt een huivering langs mijn ruggengraat bij de herinnering. Ik was me rot geschrokken toen Jens en ik het huis binnenkwamen en de woonkamer in rook was gehuld. Een wilde paniek overviel me en verlamde me ter plekke, waardoor ik nauwelijks meekreeg dat Jens direct naar de keuken liep en met een pan water terugkeerde die hij voor de zekerheid over de brandplek gooide. Pas toen er gesis opsteeg en ik een indringende stank rook, kwam ik weer tot leven. Hulpeloos keek ik naar de beschadiging die het vuur had veroorzaakt. Hoe kon dit gebeurd zijn? Ik wist zeker dat ik de kaars had uitgeblazen voor ik vertrok.

Ik liet me op de bank vallen en staarde niets ziend voor me uit. Kon het zoveelste incident sinds we hier zijn nog wel aan het toeval worden toegeschreven? Jens zag me huiveren. Hij liep opnieuw naar de keuken en algauw hoorde ik de waterkoker borrelen. Niet veel later keerde hij terug met een beker thee en een stroopwafel. Blijkbaar had hij het trommeltje voor de bakclub gevonden. Terwijl mijn tanden tegen het glas klapperden, dronk ik mijn thee, en de stroopwafel deelden we.

Hij vroeg of hij moest blijven tot Robin thuis zou komen, maar dat wilde ik niet. Toen Jens daarna opstond om weg te gaan, voelde ik me heel onzeker worden. Als Robin nou maar niet heel erg boos werd.

Toen Robin, veel later dan ik verwachtte, thuiskwam, was zijn reactie zoals verwacht niet mals. Hij weigerde te geloven dat ik de kaars had uitgeblazen en sprak hardop uit dat het erop leek dat dit, na het incident in de sauna, een nieuwe, zielige poging van me was om aandacht te trekken. Begreep ik dan niet dat hij het niet kon helpen dat ik zoveel alleen was? Dat hij keihard werkte om de zaak op poten te zetten en dat hij daarna recht had op een beetje ontspanning?

Zijn suggestie was zo absurd dat ik het niet eens opbracht om ertegenin te gaan. Zwijgend was ik meteen naar de slaapkamer gegaan, om daar nog heel lang wakker te liggen.

'Wat erg,' zegt Becka op meelevende toon. 'Het hele huis had wel kunnen afbranden.'

Ik knik. 'Kunnen we op de terugweg langs de verhuurorganisatie rijden? Ik moet de schade bij hen melden.'

'Natuurlijk, lieverd. En is Robin vanmorgen gewoon naar zijn werk gegaan?'

'Ja, hij vond dat het allemaal mijn schuld was en dat ík het maar moest regelen met de verhuurder.'

'Niet echt een leuke reactie.'

Ik zwijg uit angst dat ik dingen zeg waar ik later spijt van krijg. Nooit de vuile was buiten hangen, zegt mijn moeder altijd. Nou, op dit moment zou ik met liefde al Robins kleren het huis uit gooien – en hem erachteraan. Mijn gevoel van spijt dat ik ermee heb ingestemd om te verhuizen is afgelopen nacht gegroeid tot aan het plafond. Ik had het nooit moeten doen. Wat let me om terug te gaan? Het antwoord is: trots. Ik vertik het om toe te geven dat dit hele avontuur tot nu toe een grote mislukking is en klem mijn kaken op elkaar. Vanaf nu zet ik mezelf op de voorgrond, neem ik me resoluut voor, en doe ik wat nodig is om me hier gelukkig te voelen. Robin zoekt het maar uit.

‘Zo, daar zijn we weer,’ zegt Becka, terwijl ze de auto parkeert. Dezelfde vrouwen als de vorige keer zijn aanwezig. Ook Ditte, die me negeert vanaf het moment dat ze binnenkomt. Haar aanwezigheid geeft me een onrustig gevoel. Want natuurlijk is na de brand de gedachte door mijn hoofd gegaan dat Ditte haar uitgesproken wens om mij te zien vertrekken kracht bij heeft gezet. En nu is ze hier. Is ze echt zo koelbloedig of heeft ze niets te maken met het onheil dat me is overkomen? Ik staar haar langdurig aan, maar ze kijkt niet één keer terug en als ik mijn stroopwafels uitdeel, weigert ze die botweg te proeven. Dat geldt gelukkig niet voor de anderen; binnen een paar minuten zijn alle koeken op en ik word bedolven onder complimenten.

‘Je moet hier echt iets mee doen, hoor. Zo heerlijk!’ zegt Marthe met een verlekkerde uitdrukking op haar gezicht. Zalig, vinden de anderen ook.

‘Zijn stroopwafels hygge?’ vraag ik. De discussie die volgt duurt niet erg lang. We zijn het algauw met elkaar eens: stroopwafels zijn heel erg hygge.

‘Je wilt toch een winkel beginnen? Kun je ze niet gaan verkopen?’

Verbluft kijk ik Stella aan. Dat ik daar zelf niet aan heb gedacht is me een raadsel. ‘Wat een geweldig idee.’ Ik voel de teleurstelling van de afgelopen uren wegebben en plaatsmaken voor optimisme. Het is zaak om zo snel mogelijk duidelijkheid over het pand te krijgen en actie te ondernemen zodra de houten prototypen klaar zijn. ‘Ik kan inderdaad stroopwafels gaan bakken en verkopen. Naast het houten speelgoed en de stoffen poppen die ik op het oog heb. Wacht, ik laat zien wat ik bedoel.’

Ik pak mijn mobiel en haal een schermafbeelding tevoorschijn. Iedereen, behalve uiteraard Ditte, kijkt geïnteresseerd mee. ‘Voor de poppen moet ik nog een leverancier vinden. Heeft een van jullie een idee?’

Er wordt zichtbaar driftig meegedacht. Marthe veert op. ‘Kunnen wij ze voorlopig niet maken? Bijna ieder van ons kan met een naaimachine overweg.' Ze krijgt direct bijval.

'We kunnen onze naaimachines hier mee naartoe nemen en er samen aan werken,' zegt Becka.

'Dan worden we gewoon een naai- en bakclub,' proest Marthe. Er wordt luid gelachen.

'Dat zou geweldig zijn, ik zie het al helemaal voor me.' Mijn enthousiasme laat zich nauwelijks beteugelen. 'Ik kan jullie allemaal wel zoenen.' Ik kijk de vrouwen breed lachend een voor een aan. Als mijn blik op Ditte blijft rusten, bevriest mijn lach. Haar ogen staan ijskoud als ze zegt: 'Dit is een bakclub en geen naaiatelier. Wanneer jullie ervoor kiezen om háár,' ze priemt haar wijsvinger in mijn richting, 'te helpen, zien jullie mij hier nooit meer. Ik haat jou,' voegt ze me toe. Ze staat zo abrupt op dat haar stoel achteroverklettert en rent naar buiten.

Als verstijfd kijkt iedereen haar in het bos verdwijnende gestalte na. Ik ben nog zo in shock door dit nieuwe vertoon van venijn dat ik me pas later realiseer dat Ditte Engels heeft gesproken.

'Het spijt me,' zeg ik als we, nog steeds beduusd, later aan de koffie zitten, 'maar ik kan niet langer met jullie meedoen. Becka heeft me verteld dat Ditte een moeilijke periode doormaakt en ik wil niet dat zij vanwege mij wegblijft.' Het protest dat na mijn woorden losbarst streelt mijn gekwetste ziel, maar ik laat me niet ompraten. 'Zolang Ditte niet wil dat ik hier kom, trek ik me terug.'

De rest van de ochtend is de sfeer bedrukt. Er wordt gebakken, maar niemand beleeft er lol aan. Het is om moedeloos van te worden. Telkens als ik in een positieve vibe beland, gebeurt er iets wat me keihard onderuithaalt. Ik ben niet bijgelovig, maar begin langzamerhand toch in het noodlot te geloven.

Het zit me écht niet mee, denk ik als ik om één uur voor de dichte deur van de verhuurorganisatie sta. Ze zijn tussen de middag gesloten en ik zal later moeten terugkomen. Dat wordt dan pas na mijn trainingssessie bij Jens, die om twee uur gepland staat. Ik ga er op de fiets heen. Becka had er nog een in de schuur staan die ze niet gebruikt en heeft mij die zolang aangeboden.

Om kwart voor twee stap ik het fitnesscentrum binnen en schrijf me in als lid. Heel even bekruipt me de twijfel. Waarom ging ik mezelf dit ook alweer aandoen? Het antwoord is snel gegeven. Omdat ik sterker wil worden, nee, móét worden. En mijn conditie kan ook wel een boost kan gebruiken, zo heb ik daarstraks tijdens het fietsen gemerkt.

Precies op tijd sta ik klaar in de trainingsoutfit die ik ooit heb aangeschaft om vervolgens te besluiten dat zumba toch niet mijn ding is. Jens neemt net afscheid van zijn vorige klant en komt naar me toe lopen. Het valt me weer op hoe lang en breed hij is. 'Hej Merel.' Zijn hand raakt even mijn arm aan. 'Hoe is het met je na gisteravond?'

Het klinkt zo oprecht belangstellend dat ik me helemaal week voel worden. Zo anders dan Robin, schiet het door me heen, die niet eens gevráágd heeft wat de ontdekking van de brand met mij gedaan heeft.

'Wel weer goed,' zeg ik met een stem die licht beeft, en ik pers er een glimlach uit.

Jens fronst. 'Niet zo, dus.'

Ik schud mijn hoofd. 'Nee, eigenlijk niet.'

'*Did Robin react aggre...*' Hij slikt het woord dat hij wilde zeggen in, maar niet snel genoeg, waardoor ik zeker weet dat het '*aggressively*' was en ik kijk hem opmerkzaam aan. '*Annoyed?*' maakt hij er vlug van.

'Hij dacht dat ik het expres had gedaan, om aandacht te trekken.' Het floept er zomaar uit. Shit, waarom vertel ik dit?

Jens' gezicht krijgt een geschokte uitdrukking. 'Nee! Werkelijk? Waarom zou je dat nou doen?'

'Weet je nog dat verhaal over de saunadeur die ik niet openkreeg en Robin wel? Hij dacht toen ook al dat het bedelen was om aandacht. Omdat hij zo veel weg is, snap je?'

Jens' gelaatstrekken verharden zich. 'Eerlijk gezegd niet. Je moet wel heel veel eigendunk hebben om te denken dat je vriendin zo wanhopig naar jouw aanwezigheid verlangt dat ze de boel zo saboteert.'

Au, die komt binnen! Verbluft staar ik hem aan, want natuurlijk heeft hij gelijk. Ik neem het mezelf op slag kwalijk dat ik het niet van die kant heb bekeken en de schuld steeds bij mezelf zoek. Sterker worden, Merel, spreek ik mezelf in gedachten toe, en daar ga je nu mee beginnen.

'Laten we maar gaan trainen,' stel ik voor.

Er breekt alweer een lach door bij Jens. 'Eerst wegen, dame.'

We lopen naar de weegschaal, waar ik met blote voeten op plaatsneem. Jens voert mijn leeftijd en lengte in en dan rolt er een bon uit met mijn gewicht – en mijn mate van overgewicht.

'Ah nee hè, ik ben drie kilo te zwaar volgens dat apparaat,' zeg ik oprecht verontwaardigd.

Jens lacht hardop. 'Laten we maar eens kijken hoe de verhoudingen liggen tussen vetpercentage, vocht en spiermassa.'

'O ja, spieren wegen natuurlijk zwaarder dan vet.' Dan zal dat het zijn, hoop ik. Helaas is mijn hoeveelheid spieren niet bovenmatig en moet ik constateren dat ik toch heus wat te veel vet meetors. Jens raadt me aan om mijn eiwitinname te vergroten en het aantal koolhydraten in mijn voeding te verlagen, en belooft me een app te sturen waarmee ik kan bijhouden wat ik eet. Om mijn uitgangspositie te bepalen wil hij een aantal tests afnemen om mijn trainingsschema op te baseren.

Het volgende uur werk ik me in het zweet met de opdrachten die ik krijg. Zo laat hij me door mijn knieën zakken alsof ik op een denkbeeldige stoel ga zitten, squatten heet dat, test hij mijn sprongkracht, moet ik mijn bovenlichaam draaien, buigen en strekken en observeert hij hoe lenig ik ben. Eerlijk gezegd voel ik me als een aap die kunstjes moet doen en dat Jens' ogen continu op mij gericht zijn terwijl ik me in allerlei standen aan hem vertoon, maakt dat ik me redelijk opgelaten voel. Ik ben dan ook blij wanneer ik op een apparaat mag zitten waarbij ik mijn voeten op schouderhoogte op een plaat voor me plaats. Het stoeltje schuif ik dichterbij tot mijn benen een hoek van negentig graden vormen en dan moet ik proberen mezelf naar achteren weg te duwen. Ik hoor dat dit een *legpress* is en voel me triomfantelijk als het me weinig moeite kost om naar achteren te bewegen.

'Oké, die kan wel wat zwaarder,' is Jens' conclusie en hij verstelt een palletje. Dat moet hij daarna nog twee keer doen voordat het me niet meer lukt om mijn benen te strekken. Hopelijk is hij onder de indruk. 'En? Mijn benen zijn best sterk, toch?'

Er verschijnt een twinkeling in zijn ogen. 'Je hebt vijftig kilo weggedrukt.' Yeah! 'Je zou minimaal je eigen gewicht moeten kunnen verplaatsen.'

'Maar dat is eenenzestig kilo!'

'Yep, er is dus nog werk te doen,' zegt hij met een grijns.

Ik steek mijn tong uit. 'Daarvoor huur ik jou in. En verder, wat is je conclusie over de rest van mij?'

Er volgt een lang betoog over mijn fysieke staat dat me steeds somberder stemt. Nergens voor nodig, volgens Jens, het toont alleen maar aan dat ik veel vooruitgang kan boeken. Na deze optimistische boodschap maken we een afspraak voor de volgende training. 'Om je conditie te verbeteren kun je ook zelf gaan hardlopen. Zal ik je een trainingsschema mailen voor de vijf kilometer?'

'Vijf kilometer rennen? Aan één stuk?' Ik kijk blijkbaar zo ongelovig dat Jens het uitschatert.

'Daar zit je snel genoeg aan. Bestudeer het maar eens en begin gewoon.'

'Ja baas.'

'Afgesproken.' Hij heft zijn hand, waar ik dommig naar kijk. 'High five!'

Jemig, hoe achterlijk ben ik? Met een knalrood hoofd klets ik mijn handpalm tegen die van hem en maak dat ik wegkom.

Het verhuurbedrijf van onze woning reageert nauwelijks op mijn melding dat er brand is geweest. Ze zullen de salontafel vervangen, waarbij de kosten voor onze rekening zijn. Ik ga er direct mee akkoord, opgelucht dat ik geen reprimande krijg over deze nieuwe onvoorzichtigheid na het gedoe met het roodgekleurde zwembad. Met een veel lichter gevoel dan daarstraks stap ik weer op de fiets. Het laatste stuk omhoog valt me loodzwaar en hijgend stap ik af bij het huis van Jorg en Becka. Becka ziet me vanuit het raam en komt naar buiten gelopen. 'Wat goed dat ik je zie. Ditte heeft gebeld. Ze wil, met mij erbij, met je praten.'

Deze stap verrast me en maakt me tevens ongelooflijk blij. 'Graag. Wanneer?'

'Als het kan vanmiddag nog.'

'Prima, ik ga me douchen en omkleden.'

'Dan laat ik Ditte weten dat we om vier uur in het clubhuis zijn.'

14

Het is bijna niet te bevatten wat er de afgelopen middag en avond allemaal veranderd is in mijn leven, bedenk ik zodra ik wakker word. De plek naast me is leeg en voelt koud aan als ik mijn hand op het laken leg. Robin moet dus al lang geleden weg zijn gegaan. Ik kijk op mijn horloge. Wat, is het al tien uur? Ik vat mijn lange slapen op als een teken dat ik eindelijk mijn innerlijke rust heb hervonden.

Toen we om vier uur bij het clubgebouwtje aankwamen, stond Ditte al voor de deur te wachten. Ze hield haar blik neergeslagen en had de houding van een zwerfhond die voor de zoveelste keer in de goot is getrapt. 'Dag Ditte,' zei ik niettemin opgewekt. Becka opende de deur en we gingen naar binnen. Als vanzelf ging Ditte aan de ene kant van de tafel zitten en Becka en ik tegenover haar. Er viel een ongemakkelijke stilte, toen schraapte Ditte haar keel. 'Ik wil je mijn excuses aanbieden voor mijn gedrag. Ik heb je je erg onwelkom laten voelen.'

'Ach...' Ik haalde mijn schouders op en zei verzoenend: 'ik begrijp dat je een moeilijke periode doormaakt. In die situatie hebben we allemaal wat minder oog voor anderen.'

Ditte sloeg haar ogen op en keek me recht aan. Ik las verwondering in haar blik, misschien zelfs wel bewondering. Ze schudde haar hoofd. 'Je begrijpt het niet.'

'Jawel hoor, ik aanvaard je excuses en hoop dat we vanaf nu normaal met elkaar omgaan.'

'Nee!' Haar hoofd bewoog heftig heen en weer en er verschenen tranen in haar ogen. 'Ik heb het niet alleen over de bakclub, ik heb het over alles.'

Nu begreep ik haar inderdaad niet meer. 'Alles? Zoals?'

'Alles wat er gebeurd is sinds jullie hier zijn komen wonen.' Haar blik ging hulpzoekend naar Becka, die haar een kort, bemoedigend knikje gaf. 'De verf op het hek, het zwembad, de blokkade van de saunadeur, de brand gisteravond: dat is allemaal mijn werk.'

Het was alsof al het bloed uit mijn gezicht wegtrok en ik kreeg het opeens ijskoud bij het besef dat mijn eerdere gedachte dus juist was. 'Be... Bedoel je dat jij daarachter zit?'

Haar ogen gaven me het antwoord, het schuldgevoel spatte ervanaf. 'Zoals je misschien al vermoedde, heb ik de pest aan buitenlanders,' gaf ze fluisterend toe. 'En toen je meteen ieders sympathie verwierf bij de bakclub, vatte ik ook een persoonlijke haat tegen jou op. Iedereen lijkt jou aardig vinden; ik zag het ook weer toen je met die vrouw voor de supermarkt stond te praten, terwijl mensen mij mijden vanwege allerlei praatjes die over mij rondgaan. Ik wilde jou, net als mij, zien lijden.'

Haar woorden raakten me zo dat ik mijn handen voor mijn gezicht sloeg. Het voelde alsof ik mezelf moest beschermen tegen zoveel kwaad. Hoe kan iemand een ander zoiets aandoen? Ik had niets misdaan om dit gevoel bij haar op te roepen. Plots borrelde er woede op en ik liet mijn handen met een klap op tafel neerkomen. 'Weet je dat je bijna mijn relatie kapot hebt gemaakt? Hoe denk je dat ik me voelde in die hete sauna met de deur dicht? Ben je niet goed wijs of zo? Dat had echt heel slecht kunnen aflopen.' Ik was inmiddels aan het schreeuwen en Ditte kromp ineen, maar dat interesseerde me niets. Wat die vrouw had teweeggebracht was onvergeeflijk. Hoe haalde ze het in haar hoofd? 'Ik ga aangifte doen,' besloot ik met van emotie trillende stem.

'Merel, wacht,' zei Becka op zalvende toon in het Nederlands. 'Ik begrijp dat dit een vreselijke schok voor je is en het is ook afschuwelijk wat Ditte heeft gedaan, maar doe nou niets overhaasts. Ik ken Ditte als een in wezen lieve vrouw. Toegegeven, ze heeft het niet op buitenlanders, maar normaal zou ze nooit tot daden overgaan. Ze is zichzelf niet en lijdt aan een postnatale depressie. Dat doet vreselijke dingen met iemand.'

'Kan wel zijn, maar ik...'

'Kijk naar haar!' Becka greep mijn arm en kneep er hard in. 'Ziet een vrouw bij haar volle verstand er zo uit?' Ik moest toegeven dat het beeld dat Ditte bood deerniswekkend was. Ze zat als een zielig hoopje tegenover me hartverscheurend te huilen. 'Geef haar alsjeblieft een kans om het goed te maken. Probeer haar te vergeven. Dat hoeft niet nu meteen, maar over een poosje ben je vast wel zover. Tot jij het zegt, mag ze niet meer in jouw buurt komen, daar zal ik persoonlijk op toezien.'

Wat Becka van me vroeg, ging heel erg in tegen mijn gevoel. Het deed ook totaal geen recht aan mijn behoefte aan genoegdoening. En wat had ik nou aan een mondelinge bekentenis met alleen Becka als getuige? 'Oké,' verzuchtte ik desondanks, 'ik zal geen aangifte doen, maar ik wil wel dat zij op papier zet wat ze zojuist heeft bekend.' Becka vertaalde mijn aanbod in het Deens.

Ditte hief met een ruk haar hoofd op en keek me met betraande ogen aan. '*Tak*,' zei ze uit de grond van haar hart, waardoor ik me toch ook weer een beetje beter voelde. We vonden een pen en papier, en Ditte schreef haar verklaring in het Deens en in het Engels op. Voor de zekerheid maakte ik foto's terwijl ze aan het schrijven was.

Toen ze klaar was en haar pen neerlegde, staarde ze even voor zich uit. In haar ogen lag een blik die ik niet goed kon duiden. Tijd om erover na te denken kreeg ik niet, want Ditte schoof haar stoel naar achteren en stond op. 'Heel veel sorry,' zei ze tegen mij, 'je zult van mij geen last meer hebben.' Ze draaide zich om en liep naar de deur.

Ik fronste mijn wenkbrauwen en keek haar na door het raam. Haar laatste woorden zaten me niet lekker.

Na Dittes vertrek vroeg ik Becka of ze me naar Robin in Esbjerg wilde brengen. Dit nieuws was zo belangrijk dat het niet tot vanavond kon wachten. Becka zei dat ze dat natuurlijk graag deed en drie kwartier later zette ze me af bij het kantoorgebouw. Ik liet Robin via de intercom weten dat ik er was en wachtte vol ongeduld tot hij me beneden kwam ophalen; iets wat hij per se wilde. Zodra ik hem zag begon ik hem, struikelend over mijn woorden, te vertellen wat me vanmiddag was overkomen en in zijn kantoor liet ik hem Dittes verklaring lezen.

'Nou ja,' zei hij met ongeloof in zijn stem. 'Wie had dit kunnen bedenken?' Zijn blik richtte zich op mij en ik zag het besef indalen dat hij wel heel erg fout had gezeten. Hij liep naar me toe en sloeg zijn armen om me heen. 'Sorry, duizendmaal sorry, wat ben ik een oerdomme lul geweest door aan jou te twijfelen. Ik ken die vrouw natuurlijk niet, maar ik had moeten weten dat jij nooit op zo'n manier aandacht zou proberen te trekken.' Hij maakte zich van me los en week iets naar achteren, zodat ik naar hem op kon kijken. 'Kun je me alsjeblieft vergeven? Ik weet niet wat me bezielde.'

Voor ik het besefte, knikte ik al. 'Het is al goed, ik ben veel te blij dat duidelijk is wie het op ons voorzien had.'

'Weet je echt zeker dat je haar niet wilt aangeven?'

Ik knikte. 'Die vrouw is ziek, ik denk dat ze hier zelf ook erg onder lijdt.'

'Je bent te goed.' Robin boog zich naar me over en we kusten minutenlang. 'Wat denk je van een dinertje bij het Butcher American Steakhouse? Ik heb al van een paar klanten gehoord dat ze daar heerlijk vlees serveren.'

Ik vond het een goed plan.

Het vlees smaakte inderdaad verrukkelijk en eenmaal thuis hadden we de goede afloop in bed nog uitgebreid na gevierd. Robin moest vanmorgen natuurlijk gewoon op tijd naar zijn werk; iets waar ik hem niet om benijd. Lui rek ik me uit en besluit dan toch maar op te staan. Het weer werkt mee aan mijn goede humeur, de woonkamer baadt in het zonlicht, de rooklucht is al veel minder aanwezig en het uitzicht vanuit het raam is schitterend. Het is zelfs zo helder dat ik de zee in de verte zie glinsteren. Na een duik in het zwembad ben ik helemaal wakker. Het gevoel dat ik niet meer alert hoef te zijn werkt heerlijk ontspannend. Ik maak koffie voor mezelf en bel met mijn moeder. Hoewel ik denk dat ik alles nu wel van me afgepraat heb, merk ik dat me veel toch nog onduidelijk is. Hoe wist Ditte zo snel dat er buitenlanders in het huis kwamen te wonen? Deed ze alles zelf of hebben de twee mannen die Becka zag lopen ook een aandeel gehad? Hoe is ze het huis binnengekomen op de avond van de brand? Hoe langer ik erover zit na te denken, hoe onrustiger ik me begin te voelen. Ik móét Ditte nog een keer bevragen, of ze dat nou wil of niet.

Op het papier met haar schuldbekentenis staat haar adres. Even aarzel ik of ik Becka mee zal nemen, maar besluit dan de zaak zelf op te knappen. Ik trek mijn jas aan, zet een muts op en doe handschoenen aan mijn vingers. Dan haal ik de fiets onder de carport vandaan en even later zoef ik door de koele winterlucht de helling af.

De straat waar ik moet zijn ligt in een gedeelte van Blåvand dat ik nog niet ken en ik verdwaal een paar keer voor ik het juiste adres vind. Een scheefgezakt hek omheint een verwaarloosde tuin. Behoedzaam loop ik het tuinpad op. Als er nou maar geen grommende waakhond tevoorschijn komt. Gelukkig blijft alles stil.

Bij de voordeur kan ik geen bel ontdekken en daarom bons ik maar op het hout. Er klinkt het geluid van een sleutel die wordt omgedraaid, de deur gaat open en ik sta oog in oog met een onverzorgd uitziende man. Zijn lange haar is vet en de lucht van oud zweet walmt me tegemoet. Zou hij Dittes man zijn? Ditte mag het dan zwaar hebben, ze loopt er altijd wel netjes bij. Als ze hulp heeft gehad bij haar acties kan ik me zomaar voorstellen dat dit is van de man tegenover me. Het liefst draai ik me om en ga weg, maar ik verman me en zeg: '*Hej, is Ditte home*?'

'*Forsvind!*' zegt de man op snauwerige toon. '*Hun er ikke hjemme.*'

Dat versta ik: ze is dus niet thuis. *'When will she be back?'*

'Det ved jeg ikke, hun har forladt mig. Den kælling!' Hij spuugt het laatste woord letterlijk uit, ik kan nog net naar achteren wijken. Ik draai me om en hol het tuinpad af. '*Vent!*' Geen haar op mijn hoofd die erover denkt om te wachten. Ik kijk over mijn schouder. Stik, hij komt me achterna. '*Vent*,' roept hij weer, vlak achter me. Mooi niet. Ik spring het hek over met onvermoede lenigheid, ren op mijn fiets af en race weg. Wanneer ik omkijk, zie ik dat de man me nog steeds achtervolgt. Ik zet een tandje bij, zodat hij wel moet opgeven. Als ik weer achteromkijk, heft hij een gebalde vuist. Met raspende ademhaling en een hart dat uit mijn borstkas dreigt te springen fiets ik zo snel als ik kan naar huis.

Ik heb mijn work-out voor vandaag wel weer gehad.

Midden op het pad wacht Becka me op. Ze steekt haar hand omhoog als een politieagent die een stopteken geeft. Alsof ze bang is dat ik alsnog langs haar heen zal rijden, pakt ze mijn bovenarm beet en sleurt me zowat van de fiets.

'Wat moest jij bij Ditte?' sist ze. Huh? Hoe weet ze dat zo snel? Haar greep om mijn arm verstrakt. 'Hoe haal je het in je hoofd om zonder mij naar haar toe te gaan?'

Verwonderd kijk ik haar aan. Denkt ze dat zij kan beslissen wat ik doe? 'Ik wilde nog wat uitleg van Ditte.' Ik schud met mijn arm, die ze met zichtbare tegenzin loslaat. 'Ik wist niet dat ik daarvoor jouw toestemming nodig heb.'

In mijn stem is een vleugje sarcasme hoorbaar, waardoor ze ietwat achteruitdeinst en haastig zegt: 'Nee, natuurlijk heb je die niet nodig. Ik ben alleen maar vreselijk bezorgd om je. Je liep gevaar door alleen naar Ditte te gaan.'

Ik haal mijn schouders op. 'Ze was er niet eens. Ik heb haar man gesproken. Vreselijke vent.'

'Wat zei hij dan precies? Kon je hem wel verstaan? Volgens mij spreekt hij geen Engels.'

'Hij zei eerst dat ze *ikke hjemme* was. Niet thuis dus. Toen ik vroeg wanneer ze thuiskwam, zei hij dat niet te weten. *Hun har forladt mig*, voegde hij eraan toe.'

Becka fronst haar wenkbrauwen. 'Dat betekent: ze heeft me verlaten. Hm, ik vraag me af of Ditte dat vrijwillig zou doen.'

'Hoezo?'

'Die man van haar is bepaald geen lieverdje. Dit klinkt niet fijn.'

'Denk je dat hij haar iets kan hebben aangedaan?'

'Ik weet het niet. Daarom zei ik ook dat je gevaar liep door erheen te gaan. Ik heb nog eens nagedacht en het zou me niets verbazen als híj achter die acties tegen jullie zit en niet Ditte, ook al heeft zij de schuld op zich genomen.' Ze slaat haar armen om me heen en drukt me tegen zich aan. 'Ik ben alleen maar vreselijk bezorgd. Als het Dittes man wel was, heeft hij nu vast nog veel meer de pik op jullie.' Ze maakt zich los, houdt me op een afstandje vast en haakt haar ogen in de mijne. 'Wees op je hoede!'

15

Zaterdagmiddag ben ik druk bezig met de voorbereidingen voor het etentje dat we vanavond voor de buren zullen geven. Hoewel de keuken me de mogelijkheid biedt om me culinair totaal uit te leven, houd ik vast aan het enige succesnummer dat ik op mijn repertoire heb staan: mijn macaronischotel met een overvloed aan kaas. Het is een eenvoudig recept dat niet kan mislukken en heerlijk smaakt. De schotel is zo machtig dat er niets bij hoeft, maar puur voor de zekerheid voeg ik bouillon en een salade aan het menu toe. Ik heb het rijk alleen, want Robin is een paar uurtjes naar de sportschool. Prima, dan kan hij ook niet in de weg lopen. Als alle voorbereidingen zijn gedaan ga ik me douchen en terwijl ik daarmee bezig ben, hoor ik Robin thuiskomen.

Robin komt algauw de badkamer binnen, gaat achter me staan en legt zijn handen op mijn borsten. Terwijl hij me in mijn hals zoent spelen zijn duimen met mijn tepels, die direct reageren. Hij kust mijn schouder en laat zijn vingers hun weg zoeken over mijn buik en tussen mijn benen. Ik leg mijn hoofd in mijn nek en hef mijn gezicht met gesloten ogen op naar de waterstralen als Robins vingers steeds sneller heen en weer bewegen. Ik hijg, open mijn mond en lik het water van mijn lippen. De spanning in mijn onderlichaam loopt op en komt schokkend tot ontlading, waarna ik gelukzalig achterover in Robins armen leun en even genietend blijf staan voor ik me naar hem omdraai, mijn handen zijn billen grijpen en ik voor hem neerkniel.

'Wat gezellig dat jullie er zijn,' zeg ik tegen Becka en Jorg, en ik kus hen op de wangen. Robin begroet Becka met een handkus en omhelst Jorg. 'Kom verder, dan krijgen jullie eerst een rondleiding. Of kennen jullie dit huis al?'

Ze schudden hun hoofd en we leiden hen rond, zo trots alsof wij zelf de eigenaar zijn. 'O, jullie hebben een sauna én een zwembad,' zegt Jorg enthousiast. 'Wij hebben wel een sauna, maar die is erg oud en we passen er maar net met zijn tweeën in; hij is hard aan vervanging toe.'

'Dan komen jullie toch gewoon bij ons erbij,' zegt Robin, 'geen probleem.' Hij grijnst. 'Als wij dan bij jullie in de luxe Spa4U mogen.'

Ook Jorg grijnst. 'Van harte welkom... Maar dan zul je hem wel eerst zelf moeten installeren.'

'Ik hoop midden volgende week te kunnen beginnen. Je hebt me zo veel klanten bezorgd dat ik iemand heb ingehuurd om me te helpen; ik red het onmogelijk allemaal in mijn eentje. Het gaat echt boven verwachting en ik ben je zeer dankbaar.'

'We boffen maar ongelooflijk met onze buren,' beaam ik. '*Mange tak!*'

'Wij zijn juist heel blij met jullie,' zegt Becka met een warme glimlach. 'En daarom heb ik iets voor je meegebracht.' Ze overhandigt me een pakje en zodra ik het papier eraf scheur en de verpakking zie, weet ik het al. 'Nee,' roep ik en ik krijg het plotseling heel warm als er een kandelaar van Lassen uit de doos tevoorschijn komt. 'Dit is veel te gek, ik kan het onmogelijk aannemen.'

'Natuurlijk wel,' zegt Jorg beslist. 'We hebben hem speciaal voor jou gekocht en het bonnetje zijn we helaas kwijtgeraakt.'

We lachen allemaal en na enig tegensputteren geef ik me alsnog gewonnen. 'Heel erg bedankt, jullie zijn schatten.' Ik omhels eerst Becka en daarna Jorg, die mijn gebaar beantwoordt door me dicht tegen zich aan te trekken. Heel even staan we daar zo een beetje onhandig tegen elkaar aan, en dan laat hij me los. Ik zoek direct een mooi plekje voor de kandelaar en verdwijn naar de keuken om de oven aan te zetten.

Even later klinken we met onze glazen tegen elkaar en zitten we ontspannen bij het haardvuur te kletsen. Becka en Jorg blijken vol verhalen over hun tijd in Nederland te zitten en luisteren op hun beurt met interesse naar wat Robin en ik over onszelf te vertellen hebben. Het voelt alsof we elkaar al jaren kennen. Als de sportschool het gespreksonderwerp is, zegt Jorg tegen mij: 'Hoe vond je het om samen met Jens te trainen?'

Als vanzelf plooit mijn mond zich tot een glimlach bij de herinnering. 'Boven verwachting leuk. Jens is echt heel aardig en zó gespierd.' Ik slaak een bewonderende zucht, die Becka en Jorg in de lach doet schieten.

'Ik bedoelde meer hoe je het trainen op zich vond, niet de trainer,' corrigeert Jorg me knipogend.

Ik voel dat ik bloos. 'Ja, wat zal ik daarover zeggen? Er is nog veel werk te doen, laten we het daar maar op houden.' Ik lach een beetje schutterig. 'Jens heeft me een schema gegeven om vijf kilometer hard te lopen. Ik moet het natuurlijk rustig opbouwen, maar misschien kunnen we later wel samen gaan lopen?'

Mijn blik richt zich op Becka, die zichtbaar aarzelt voor ze haar hoofd schudt. 'Het spijt me, maar ik vind het te fijn om alleen te gaan. Het is echt een moment voor mezelf en daar heb ik liever geen anderen bij… Zelfs jou niet.'

'Oké, geen probleem. Dan zal ik alleen moeten; Robin wil ook al niet meelopen.' Dit is een poging om Robin bij het gesprek te betrekken, want het valt me op dat hij nog helemaal niets heeft gezegd, terwijl de sportschool normaal gesproken zijn favoriete onderwerp is.

Hij werpt me een blik toe die ik niet goed kan doorgronden en snuift even nadrukkelijk voor hij zegt: 'Volgens mij kunnen we eten.'

De maaltijd valt in de smaak. 'Het enige wat er nu nog ontbreekt, is mijn winkel,' verzucht ik als we het dessert op hebben. 'De prototypen waren ontzettend leuk, vond je ook niet, Becka?'

Becka knikt. 'Ze waren fantastisch. Olegard heeft perfect begrepen wat je wilt.'

'Wat heb je laten maken?' vraagt Jorg.

'Een locomotiefje, een auto en een hondje op wieltjes dat aan een touwtje voortgetrokken kan worden. Ik vind het idee dat binnenkort de eerste series al klaar zijn zo opwindend.'

'O?' zegt Jorg verbaasd. 'Heb je dan al een bestelling geplaatst?'

'Ja, ik kon gewoon niet langer wachten. Als de winkel beschikbaar blijkt te zijn, wil ik snel open kunnen.'

'De eigenaar komt dinsdag terug van vakantie; ik bel hem diezelfde dag nog,' belooft Becka. Ik schenk haar een dankbare glimlach.

'En die man van Ditte? Schuilt er in hem nog gevaar, denken jullie?' vraagt Jorg zich hardop af.

Ik haal mijn schouders op. 'Er is de afgelopen dagen niets gebeurd, dus ik ben er niet echt bang voor. Bovendien zijn de camera's binnengekomen, ze moeten alleen nog geïnstalleerd worden. En waarom zou Ditte toegeven dat zij erachter zit als het in werkelijkheid haar man is?'

'Het is wel een rare kerel, hoor; een alcoholist,' zegt Becka, 'Ditte is ook weleens bij hem weggevlucht als hij veel te veel had gedronken en zich agressief gedroeg. Het zit me niet lekker dat hij heeft gezegd dat ze is vertrokken.' Ze zwijgt en staart voor zich uit. 'Ik denk dat ik er maandag toch maar eens heen ga om poolshoogte te nemen.'

De gedachte dat hij Ditte misschien iets heeft aangedaan verontrust mij ook. Hij kan natuurlijk heel goed woedend zijn geworden toen zij hem vertelde dat ze had opgebiecht wat ze had – of wat zij hadden – gedaan. Hè jakkes, dit werpt een schaduw over deze fijne avond. Blijkbaar ziet Becka dat ik me zorgen maak. 'Laat het los,' zegt ze zacht maar dwingend en ze legt haar hand over de mijne en laat hem daar liggen, terwijl we er toch nog even over doorpraten.

Wanneer ik aankondig dat ik ga afruimen, biedt Jorg zijn hulp aan en hoewel ik die natuurlijk afsla, volgt hij me naar de keuken.

Nadat we een paar keer heen en weer zijn gelopen om alle afwas te verzamelen, buig ik me voorover om de vaatwasser te vullen met het serviesgoed dat Jorg me aanreikt. Het past er allemaal in en het enige wat overblijft zijn nog een paar plastic bakjes die ik liever met de hand afwas. Ik draai de kraan open en wacht tot de gootsteen gevuld is. Met mijn gedachten toch weer bij Ditte staar ik naar het water en ik schrik als er opeens twee handen naast die van mij worden geplaatst. 'Zo,' zegt Jorg in mijn oor, 'eindelijk zijn we dan even samen.' Op hetzelfde moment voel ik dat een hand mijn rechterborst grijpt en zijn andere hand mijn kruis betast. 'Hier hebben we de hele avond al naar verlangd, niet?' Hij drukt zijn lichaam tegen me aan en ik voel zijn erectie tegen mijn billen aan duwen. Verstijfd onderga ik zijn betastingen. Wat haalt die man zich in zijn hoofd? Hoe kan ik dit niet hebben zien aankomen? 'Ik wist wel dat jij een geil meisje bent.' Zijn gehijg in mijn oor bezorgt me kippenvel. Nee, ik wil dit niet! Hard stoot ik mijn rechterelleboog in zijn ribbenkast. Terwijl hij naar adem staat te happen, wring ik me los en doe een paar passen bij hem vandaan. Ik kijk hem nog even ongelovig aan en herschik mijn kleren voor ik met opgeheven hoofd terug naar Robin en Becka loop. 'De vaatwasser draait en ik geloof dat Jorg naar huis wil,' weet ik kalm uit te brengen.

Jorg komt met een opvallend wit gezicht de kamer in en knikt. 'We gaan, Becka.'

Becka werpt even een felle, onderzoekende blik op haar man en staat dan op.

Robin houdt de bijna lege fles whisky omhoog. 'Prima besluit, veel drank is er toch niet meer.'

Bij het afscheid ontkom ik niet aan Jorgs kussen op mijn wangen en ik ben woest als hij zelfs nu nog probeert me tegen zich aan te trekken. Uiterst koel wens ik de buren goedenacht. Tot voorlopig niet meer ziens, voeg ik er in gedachten aan toe. Een zucht ontsnapt vanuit mijn tenen als de deur achter hen dichtvalt. Die ben ik kwijt, maar wat moet ik in hemelsnaam aan met zijn gedrag? Ik werp een schielijke blik op Robin, die met zijn rug tegen de deur naar me staat te kijken. Zijn ogen staan donker en op zijn kaak klopt een spier. 'Wat is er?' vraag ik op mijn hoede. Heeft hij ons vanuit de woonkamer gezien? Dat kan toch niet?

'Jij vuile slet,' zegt hij langzaam en duidelijk articulerend. Hij komt naar me toe gelopen en blijft vlak voor me staan. 'Dacht je dat ik niet merkte hoe jij op hem reageert? Je geilt op hem, of niet soms?'

Verward kijk ik naar hem op. 'Nee, natuurlijk niet. Ben je gek of zo? Denk jij dat ik op Jorg val?'

'Jorg? Wie heeft het over Jorg? Ik heb het over Jens!'

16

De ochtend breekt aan met een grauwsluier van licht en woorden van berouw.

'Ik weet niet wat me bezielde, echt niet.' Robin kijkt me vertwijfeld aan. 'Ik heb je nota bene zelf aangeraden om bij Jens te gaan trainen en dan reageer ik zó als jij je enthousiasme toont. Waarom doe ik dat?' Zijn blik is gepijnigd.

Ik haal mijn schouders op. 'Simpel. Je bent onzeker over jezelf en jaloers op hoe Jens eruitziet.'

Hij lacht overdreven hard. 'O wauw, wat een analyse. Ik jaloers op hem? Het is een kwestie van tijd voor ik hem voorbijstreef.'

'Als dat het niet is, met welke reden noem je me dan een slet?'

'Het was de drank. Sorry, ik had dat nooit tegen je mogen zeggen.'

'Wat je excuus ook is, ik pik dit niet van je. Je bent de laatste tijd echt zo anders dan vroeger, zo wispelturig.'

'Het spijt me echt, het zal niet meer gebeuren.'

Zonder erop in te gaan loop ik naar de kast en pluk mijn hardloopkleding eruit. Tien minuten later trek ik de deur achter me dicht en daal de heuvel af. Vlak voor het huis van Becka en Jorg aarzel ik. Zal ik doen of ik zo hard ren dat ik geen tijd heb om te zwaaien of gewoon langslopen en strak voor me uit kijken? Jezus, wat een klerezooi. Waarom moeten die kerels alles nou weer verpesten? Niet alleen Jorg, Robin net zo goed met zijn achterlijke insinuatie, waardoor ik wat er met Jorg is gebeurd niet eens met hem heb kunnen delen. Ik zucht en word dan boos op mezelf. Waarom sta ik hier na te denken hoe ik mijn buren moet passeren? Ik zet een looppas in en ga het huis voorbij zonder op of om te kijken.

Na bijna een kwartier onafgebroken hollen bereik ik de strandopgang. Mijn ademhaling schreeuwt dat ik moet stoppen om lucht bij te tanken, maar dat wil ik niet. Stilstaan betekent nadenken. Maar hoe, als alles binnen in me net zo heftig kolkt als de schuimende zee beneden? Door dus, tot het mulle zand beneden me afremt. Ik worstel me erdoorheen en bereik de vloedlijn, die me vaste grond onder de voeten biedt. Tegen de wind in loop ik verder, waardoor mijn adem nog meer wordt afgesneden. Steken teisteren mijn zij; ik kan echt niet meer en minder vaart.

Ik voel meer een aanwezigheid dan dat ik die boven het geluid van de golven uit hoor. Is er iemand achter me op dit verder verlaten strand? Ik weersta de neiging om weer te gaan rennen, in de wetenschap dat ik het dan waarschijnlijk toch afleg. Wanneer ik genoeg moed heb verzameld, draai ik me behoedzaam om en kijk Jens recht in het gezicht.

'Waar ben jij mee bezig?' vraagt hij op verbaasde toon. 'Dit is niet volgens het schema dat ik je gestuurd heb.'

Ik snak nog steeds zo naar adem dat ik geen antwoord kan geven. Pas minuten later lukt het me om uit te stoten dat ik dit even nodig had.

'Hoezo: nodig?'

'De frustratie moest eruit.'

Jens knikt. Alsof híj begrijpt wat mij dwarszit, denk ik.

'Robin?' Verbluft staar ik hem aan. Hoe weet hij...? Mijn ogen geven hem blijkbaar voldoende antwoord. Hij knikt opnieuw en zegt ernstig: 'Beloof me dat je je nooit meer laat verleiden tot zo'n onbezonnen reactie. Echt, daar doe je je lichaam geen plezier mee.'

'Oké, voortaan trap ik wel iets of iemand in elkaar.'

Zijn wenkbrauwen fronsen. 'Nog steeds gefrustreerd?'

'Behoorlijk,' geef ik toe. Ik heb mijn ademhaling weer enigszins onder controle en begin te lopen om niet helemaal af te koelen. Ik ben me de aanwezigheid van Jens naast me meer bewust dan goed voor me is en opeens verlegen met mijn houding. In een niet onaangename stilte volgen we de vloedlijn tot ik het koud krijg en huiver.

Jens legt zijn hand op mijn arm en kijkt me aan. 'Ga naar huis. Je lost niets op door je problemen te ontvluchten. Zullen we afspreken dat ik je voorlopig begeleid bij het hardlopen?' Er speelt een lachje rond zijn mooi gevormde lippen, waardoor hij er nog aantrekkelijker uitziet dan gewoonlijk het geval is. 'Ik wil niet dat je jezelf voorbijloopt.'

Ik voel dat een kleur zich over mijn wangen verspreidt. 'Ik zou het best willen, maar ik kan geen twee keer in de week personal training betalen.'

'We blijven gewoon in de sportschool trainen; dit doe ik voor jou.' Zijn blauwe ogen haken zich vast in die van mij.

Jemig! Als het niet zo koud was zou ik het nu heel erg warm krijgen. 'Nou eh, graag dan,' weet ik schutterig uit te brengen.

'Prima, morgen hou je rust, dan starten we dinsdagmiddag vijf uur voor de sportschool voor een heel rustige eerste training. *Vi ses!*'

Hij draait zich meteen om en gaat ervandoor in een looppas zo snel, dat er algauw niets meer van hem te zien is dan een stip aan de horizon. 'Ja, tot ziens,' mompel ik.

De wind duwt me bijna vanzelf naar huis. Ook in mijn hoofd is de storm gaan liggen. De ontmoeting met Jens heeft me energie gegeven en ik kijk ernaar uit om overmorgen samen te gaan hardlopen. Het is ook wel een heel knappe man, zo heb ik daarnet maar weer eens geconstateerd. Een heel ander type dan Robin, die ik, als ik eerlijk ben, niet direct uit een mensenmassa zou kunnen pikken, terwijl ik zeker weet dat Jens altijd de aandacht op zich weet te vestigen. Met een schokje besef ik dat ik het misschien wel warmer van Jens krijg dan goed voor me is. Schuilt er dan toch waarheid in Robins beschuldiging? Natuurlijk ben ik geen slet, maar zou het kunnen dat ik Jens zo leuk vind dat mijn reactie op hem anderen opvalt? In dat geval ga ik niet helemaal vrijuit, en kan ik me Robins irritatie voorstellen, ook al was die zwaar overdreven. Ik ben er met mezelf nog niet uit als ik de voordeur open.

'O gelukkig, daar ben je.' Robin kijkt naar me alsof hij niet verwacht had me ooit nog te zien. 'Ik was zo bang dat je terug was naar Nederland.'

Het klinkt zo absurd dat ik moet lachen. 'Zo? In mijn hardloopkleding en zonder mijn handtas?'

Ondanks zijn duidelijke bezorgdheid lacht hij mee. 'Nou ja, weet ik veel. Ik heb mezelf geloof ik helemaal gek gemaakt met de gedachte dat dit het einde betekent van ons. Kun je me alsjeblieft vergeven?'

Hij klinkt oprecht en ik gun hem daarom de kans zich te verbeteren. 'Dit gedrag moet afgelopen zijn, Robin. Echt. Ik wil dat je actief aan jezelf gaat werken. Ga op zoek naar de oorzaak van je grillige gedrag van de laatste tijd. Dat is de enige manier om te zorgen dat "ons" blijft bestaan, want anders weet ik het niet, hoor.' Hij belooft het plechtig en ik geloof dat hij het, op dit moment althans, meent.

Ik kijk naar zijn vertrouwde gezicht en voel ineens de tranen hoog zitten. 'Heb je enig idee hoeveel pijn jouw beschuldiging mij deed?'

Hij schudt zijn hoofd en ik voel dat ik weer boos word over het hele voorval. 'Nee, natuurlijk niet. Nou, ik zal het je zeggen: vlak daarvoor vond Jorg het nodig om mij aan te randen!'

Robins mond valt open, dan trekt hij wit weg. 'Dat meen je niet.'

'Zeker wel. Hij greep me in de keuken toen ik de bakjes stond af te wassen bij mijn borsten en in mijn kruis.'

'Jezus, wat een eikel.'

Ik knik. 'En ik eis dat je hem hierop aanspreekt. Ik geloof niet dat ik dat zelf kan doen zonder onze vriendschap met hem en

Becka om zeep te helpen, en daarvoor is die laatste me te waardevol. Ik wil niet dat ze van mij hoort wat haar man achter haar rug om flikt. Maak jij hem dus duidelijk dat hij zoiets nooit meer in zijn hoofd haalt. En o ja, ook voor hem is drank geen excuus.'

Robin strijkt met zijn hand langs zijn voorhoofd, waar zweetdruppeltjes op zijn verschenen. 'Ik zal het met hem bespreken. God, nu voel ik me helemaal een lul om wat ik gezegd heb.'

Ik kan het alleen maar hartgrondig met hem eens zijn.

De maandag en het grootste deel van de dinsdag breng ik binnenshuis door uit angst Becka ergens tegen te komen. Ik vrees echter dat ze me ieder moment kan bellen of aan de deur komen, en ik weet niet of ik me dan kan beheersen. *Leuk dat je er bent. Kom, dan drinken we een kopje thee in de keuken waar je man met zijn vunzige handen aan me zat.* Gelukkig blijft dat me bespaard en opgelucht hijs ik me dinsdagmiddag om kwart over vier in mijn sportoutfit. Even later rijd ik de heuvel af, in vliegende vaart het buurhuis voorbij. Ik kom te vroeg bij de sportschool aan en besluit lopend nog even bij 'mijn' winkeltje te gaan kijken. Hé, er hangt een bord, zie ik al van veraf. Ik voel een kriebeltje in mijn buik bij de gedachte dat het misschien wel te huur staat. Ik trek een sprintje tot ik kan lezen wat erop staat. *Solgt* – verkocht. Een golf van teleurstelling slaat door me heen. Nee, waarom? Vol ongeloof kijk ik nog een keer naar het bord en daarna naar binnen, waar het er nog net zo uitziet als de vorige keer. Wat een domper is dit zeg, wat een ongelooflijke pech.

'Het pand dat ik op het oog had is verkocht,' zeg ik om vijf uur treurig tegen Jens.

Hij kijkt me meelevend aan. 'Dat is vervelend. Het zit je niet echt mee, hè? Denemarken is tot nu toe niet erg goed voor je.'

Ik schud mijn hoofd. 'Toch vind ik het hier fijn. Ik wil me nog steeds graag vestigen.'

'Dan lukt je dat. Jij geeft volgens mij niet gauw op. Zullen we beginnen?'

We gaan op weg. Ik heb in het schema gelezen dat je tijdens het lopen nog moet kunnen praten en stel Jens volop vragen. Zo kom ik te weten dat hij al zijn hele leven in Blåvand woont, tegenwoordig tot zijn geluk in een huisje in de duinen. Hij noemt het adres en duidt aan waar het staat. Hij geeft sinds twee jaar les in de sportschool, is vijfentwintig, twee jaar jonger dus dan ik, en vrijgezel. Interessante weetjes, alleen is het nogal irritant dat mijn hart bij dat laatste ongewild een klein huppeltje maakt. Natuurlijk laat ik niet alleen hem vertellen, maar vertel ik ook het nodige over mezelf. Het afwisselend een minuut hardlopen en een minuut wandelen gaat prima en met een voldaan gevoel fiets ik daarna terug naar huis. Helaas red ik het nog niet tegen de heuvel op en ik ben genoodzaakt met de fiets aan de hand naar boven te lopen.

'Joehoe, Merel!' Becka heeft me blijkbaar zien aankomen en komt naar buiten. Ze begint overdreven te zwaaien om mijn aandacht te trekken.

'Sorry, Becka, geen tijd. Ik ben vreselijk bezweet en wil geen kouvatten.' Ik kijk van haar weg en duw mijn rijwiel met alle kracht die ik nog in me heb naar boven.

Ook woensdagochtend weet ik Becka te ontlopen. Ik heb om één uur een afspraak met Jens, waar ik erg naar uitkijk. Het bewegen doet me goed; ik merk het nu al. Dit zal onze eerste echte training worden en ik ben benieuwd wat hij voor me heeft bedacht. Vol optimisme begin ik mijn warming-up op de crosstrainer.

Algauw komt Jens aanlopen. Hij draagt een zwart trainingspak dat hem erg goed staat, merk ik ondanks mezelf op. 'Hi Merel, alles oké? Geen spierpijn na ons loopje? Eigenlijk is deze training wat snel achter elkaar, maar als je geen last van gisteren hebt, kan het wel.'

Trots meld ik hem dat ik helemaal niets voel. Het levert me een grijns op en de mededeling dat ik er dan dus flink tegenaan kan gaan. 'Daag me uit,' zeg ik jolig.

Tien minuten later heb ik spijt van mijn woorden. Het zweet loopt in straaltjes van mijn gezicht bij mijn verwoede poging om een halve minuut in plankpositie te blijven. 'Probeer te stabiliseren. Buik- en bilspieren aanspannen,' moedigt Jens me aan. 'Nog vijf, vier, drie... Stop maar.' Als een zoutzak val ik neer op de mat; ik kan niet meer. 'Een korte rust en dan doen we het nog een keer.' We? Hallo, ik ben degene die zich inspant. 'Toe maar weer.' Braaf doe ik wat me wordt opgedragen. Het is maar een van vele oefeningen en ze vallen me allemaal zwaar. En dat terwijl het er zo simpel uitziet als Jens ze voordoet; iets waar ik graag naar kijk. Wat een beheersing over zijn spieren heeft die man, denk ik bewonderend. Ik probeer zijn bewegingen zo goed mogelijk te imiteren, maar hij moet me steeds corrigeren in mijn houding. Een hand tussen mijn schouderbladen, een been dat opzij wordt geduwd om er meer rek in te voelen, een arm die in de goede stand wordt gebogen... Mijn god, ik krijg het er nog warmer van dan ik het al had. De tijd vliegt voorbij en ik ben verbaasd als Jens de afsluiting aankondigt, een kort maar pittig circuitje, zoals hij het noemt. Het is niets te veel gezegd; ik ben gesloopt na afloop. Waarom doe ik dit mezelf aan? Het antwoord houdt zich vast ergens in mijn brein schuil, maar weigert op dit moment tevoorschijn te komen. Dan kijk ik naar Jens en heb ik mijn motivatie weer gevonden. We maken een afspraak voor volgende week in de sportschool en plannen ook meteen een hardlooprondje in. Als ik gedoucht en omgekleed weer buiten sta, heb ik de neiging om te huppelen, maar mijn lijf roept stevig: Ho!

Voor de zekerheid fiets ik nog een keer langs het winkelpand, alsof het bordje met VERKOCHT zomaar ineens weer kan zijn verdwenen, en ik zucht diep als ik besef dat deze kans definitief is verkeken. Mijn mobiel gaat en ik stop om hem aan te nemen. Als het nou maar niet Becka is. Nee, een onbekend nummer. 'Met Merel.' Ik hoor een hoop gekraak en daar tussendoor flarden van een stem, die zegt: '*...neighbour...must warn you...*'

17

'Ja schatje, ik zal het er vanavond met Jorg over hebben. Nou, ik ga hangen, tot later.' Robin verbreekt de verbinding en probeert zich niet schuldig te voelen. Merel heeft deze week al drie keer gevraagd wanneer hij Jorg gaat aanspreken op zijn gedrag en ze begint geïrriteerd te raken omdat hij het nog steeds niet heeft gedaan. Haar humeur is toch al niet zo best sinds ze ontdekt heeft dat 'haar' winkel aan iemand anders is verkocht. Hij vindt dat oprecht sneu voor haar en had haar graag een eigen zaak gegund. Ook voor hemzelf, als hij eerlijk is. Hun relatie is uit balans nu hij het knetterdruk heeft en zij zich geregeld verveelt. Morgen gaat de klus bij Jorg en Becka van start. Tot zijn grote vreugde heeft hij twee mensen kunnen inhuren met de juiste diploma's en prima referenties. Zij zullen het werk uitvoeren, waardoor hij alleen maar supervisie hoeft te houden en hij zijn tijd kan besteden aan nieuwe klanten, want dat zijn er zoveel dat zijn dagen er helemaal mee gevuld zijn. En dat dit bijna allemaal dankzij Jorg is, maakt Merels opdracht alleen maar lastiger. Het liefst doet hij of zijn neus bloedt, maar iets in hem weet ook wel dat hij dat tegenover Merel niet kan maken. Nou ja, straks toch maar een voorzichtige poging wagen zonder dat hij Jorg tegen zich krijgt. Hij sluit zijn computer af en vertrekt.

Zoals iedere werkdag rijdt hij zonder opstoppingen terug naar Blåvand. Alleen hierom zou hij al in Denemarken blijven. Hij glimlacht. Wat waren ze bij Spa4U Nederland verbaasd toen ze hoorden hoeveel omzet hij in zijn eerste maanden ging maken. Van alle buitenlandse dochterondernemingen belooft die van hem veruit het succesvolst te worden, wat bij zijn onderhandelingen over zijn gewenste salarisverhoging natuurlijk erg behulpzaam is. Nee, zijn toekomst bij het bedrijf kan nu al niet meer stuk.

Drie kwartier later betreedt hij de sportschool en begroet hij Jorg en de anderen. Hij gebruikt Jorgs wondermiddel nu al een poosje en het resultaat is zichtbaar. Als hij zijn spieren voor de spiegel oppompt zijn ze duidelijk gegroeid. Hij voelt het ook in zijn lijf. Er zit een energie in hem samengebald die er vroeger niet was en die er af en toe uit moet, of hij heeft het gevoel te ontploffen. Het is alleen jammer dat niet te voorspellen is wanneer de ontlading komt, waardoor hij soms zomaar vanuit het niets een woedeaanval krijgt. Of enorme zin, waardoor Merel zich al eens fronsend heeft afgevraagd of er soms iets in het Deense water zit met een libidoverhogend effect. Dat alleen bij mannen werkzaam is, had ze er een beetje zuur aan toegevoegd, zij merkte er namelijk niets van. Hij had een beetje besmuikt gegrinnikt en het in het midden gelaten. Hij gaat haar natuurlijk niet vertellen wat zijn ongebreidelde lust triggert en probeert zich te beheersen om te zorgen dat het niet te veel gaat opvallen.

Tijdens de training is hij nog altijd de mindere van de anderen, maar dat doet hem niet meer zoveel. Hij weet dat hij op de goede weg is, dat het slechts een kwestie is van tijd en geduld voor hij met hen kan meedoen. En als hij zomaar vijftien kilo meer *deadlift* dan de week ervoor, zijn de complimenten van zijn trainingsmaten oprecht gemeend. Euforisch kijkt hij om zich heen om te zien of zijn prestatie ook bij de andere sporters om hem heen niet onopgemerkt is gebleven. Een duimpje omhoog, een waarderende knik.

Dan valt zijn blik op Jens, die óók heeft gezien wat hij heeft getild. Uit de staalblauwe ogen van de man valt geen enkel respect te lezen en dat raakt hem harder dan woorden hadden kunnen doen. Op slag is zijn trots verdwenen. Plotseling woest geeft hij een trap tegen de dichtstbij liggende halterstang, die wegrolt en tegen de kuiten van een medesporter even verderop tot stilstand komt. Direct stuift Jens op hem af. 'Hé, zo gaan we hier niet met materialen om. Nog één zo'n actie en je kunt vertrekken.' Het maakt Robin nog kwader dan hij al is. Helemaal omdat Jens volkomen gelijk heeft. Hij balt zijn vuisten en doet een stap naar voren. 'Ho, maatje.' Jorgs hand daalt neer op zijn schouder. 'Even dimmen, hè. Bied Jens en Peder je excuses aan.' Peder is kennelijk degene die met een pijnlijk gezicht over zijn kuiten staat te wrijven. Robin loopt naar hem toe, het was echt niet zijn bedoeling iemand te raken, en steekt zijn hand uit. 'Sorry kerel, dat was een lompe actie van mijn kant.' De man mompelt iets en negeert hem verder.

'Sorry,' zegt hij met neergeslagen ogen en ook nauwelijks hoorbaar tegen Jens.

'Eén waarschuwing, meer geef ik niet.' De klank in zijn stem maakt duidelijk dat Jens het meent.

Robin knikt, hij heeft het begrepen.

Na afloop van de training blijven hij en Jorg nog even staan praten bij de uitgang. Het is gaan regenen en er staat een kille wind.

'Niet het mooiste weer om morgen met het werk te starten,' zegt Jorg na een blik naar buiten te hebben geworpen.

Robin haalt zijn schouders op. 'Het weer is nooit een belemmering, alleen misschien als het heel hard vriest of sneeuwt. Zijn de materialen geleverd zoals afgesproken?'

Jorg knikt. 'Ja, alles keurig op tijd.' Hij slaat Robin op zijn schouder. 'Morgen gaat het dan echt beginnen, jongen. De start van grootse dingen voor Spa4U in Denemarken. Hoeveel opdrachten heb je nou binnengesleept?'

'Ik heb tien offertes uitgebracht en al vijf definitieve bevestigingen gekregen; veel meer dan ik had durven dromen. En dat allemaal dankzij jou. Echt, ik ben je zo dankbaar.'

'Fijn, man! En Merel? Is zij ook tevreden met hoe je het doet? Of krijg je weleens klachten van het vrouwtje? Wat ik overigens niet mag hopen.' Ogenschijnlijk achteloos brengt Jorg Merel ter sprake, maar de licht dreigende ondertoon in de stem van zijn buurman ontgaat Robin niet. Jorgs grijsgroene ogen stralen uit dat hij er zeker van is dat Merel zich bij Robin heeft beklaagd en dat hij daar niet blij mee is. Shit, wat nu? Hoe moet hij reageren? De excuses die Merel van Jorg eist gaan er niet komen, zoveel is wel duidelijk.

'Het is ook in haar belang dat de zaken goed lopen,' zegt hij er nog bij. 'Het kan ook zomaar weer over zijn. Een slechte review maakt zoveel kapot. Dat zou zo zonde zijn.' Jorg schudt meewarig zijn hoofd.

Het zweet breekt Robin uit en hij hapt naar adem. Dit is niet eens meer een verkapt dreigement. Dit is een scenario van wat er gebeurt als hij het lef heeft Jorg aan te spreken op zijn gedrag. 'Nee, Merel heeft niets te klagen,' weet hij uit te brengen. Zijn stem klinkt hem zelf vreemd in de oren.

'Mooi!' Jorg mept hem opnieuw, onnodig hard, op zijn schouder. 'Je wilt natuurlijk ook niet dat mijn leveranties aan jou gevaar lopen.'

'Nee, zeker niet,' stamelt hij. Bij die gedachte krijgt hij het nog warmer. Hij moet het spul van Jorg kunnen gebruiken, tegen elke prijs.

'Dan begrijpen wij elkaar. Ik zie je morgen wel verschijnen op het werk. God, wat is het een teringweer.' Jorg verlaat de sportschool en Robin blijft nog even als aan de grond genageld staan voor ook hij vertrekt. Tijdens het ritje naar huis breekt hij zijn hoofd over zijn probleem. Natuurlijk hoort zijn loyaliteit bij zijn meisje te liggen, en toch, de belangen zijn te groot. Tegen de tijd dat hij zijn auto halverwege de heuvel parkeert en het laatste stuk rennend aflegt in de stromende regen is hij eruit. Hij gaat Merel vertellen dat Jorg veel spijt heeft en dat zijn schaamte zo groot is dat hij haar niet onder ogen durft te komen. Kan ze alsjeblieft doen alsof het niet is gebeurd en vooral tegen Becka zwijgen? Het is de beste oplossing die hij kan bedenken, met een slagingskans van bijna honderd procent. Het minieme vleugje twijfel dat hem bekruipt drukt hij weg. Wat kan er nou helemaal fout gaan?

18

Toen Robin me gisteravond vertelde dat Jorg enorme spijt heeft en dat hij gevraagd heeft of ik zijn gedrag alsjeblieft kan vergeven en vergeten, voelde ik zoveel opluchting dat ik voor het eerst sinds zaterdag lang en diep heb geslapen. Ik voel me weer helemaal uitgerust en, belangrijker, ik kan Becka straks met een gerust hart onder ogen komen. Iedereen laat zich weleens gaan als hij te veel gedronken heeft en het was nou ook weer niet zo erg dat ik er onze vriendschap voor wil riskeren nu ik de zekerheid heb dat Jorg zich voortaan zal gedragen.

Het enige wat me nog dwarszit, is het telefoontje dat ik gisteren kreeg van een onbekend iemand. De lijn was zo slecht dat ik er niet eens zeker van ben of de beller een man was of een vrouw. Ik belde meteen terug nadat de verbinding werd verbroken, maar kreeg steeds voicemail. Ik zal straks nog een poging wagen. De woorden die ik meende op te vangen maken me nieuwsgierig naar de hele boodschap, al denk ik de strekking daarvan wel te kunnen raden. Blijkbaar is het niet de eerste keer dat Jorg ongepast gedrag vertoont, wat me toch weer aan het twijfelen brengt of ik niet te mild voor hem ben. Waarom zou iemand me anders willen waarschuwen voor mijn buurman?

Ik sta op en tref tot mijn verrassing Robin in de badkamer aan.

'Wat doe jij hier nog?'

'De werkzaamheden bij Jorg en Becka beginnen vandaag, ik ga zo naar ze toe.'

Ach natuurlijk, hoe kan ik dat nou vergeten? 'Dat komt mooi

uit, dan neem ik straks de auto. De eigenaar van de werkplaats heeft geappt dat de producten klaar zijn.'

Via de spiegel kijkt Robin me vragend aan. 'Wil je ze nog steeds afnemen?'

Ik knik. 'De winkel is dan aan me voorbijgegaan, maar ik kan wel alvast een webshop beginnen en ondertussen uitkijken naar een ander pand.'

'Heel goed, altijd denken in mogelijkheden.' Hij geeft me een knipoog.

Ik bestudeer zijn rug en verwonder me over de acne die ik daar zie. 'Zo hé, wat een pukkels. Dat valt me nu pas op. Zitten die er al lang?'

Hij haalt zijn schouders op. 'Sinds een paar dagen. Zeker iets gegeten waar ik niet goed op reageer.'

'Ik zal straks wel een zalfje kopen om erop te smeren.'

'Wat ben je toch lief voor me. Nou, ik kleed me aan en dan ben ik weg.'

'Wil jij tegen Becka zeggen dat ik zelf naar de bakclub ga?'

'Doe ik.' Robin plant een kus op mijn mond en loopt fluitend naar de slaapkamer.

Ik draai de kraan alvast open, sta een tijdje peinzend voor me uit te staren tot het water warm is en stap dan onder de douche.

'Waarom zijn we niet samen gereden?' Met een licht verwijt in haar stem kijkt Becka me aan.

'Omdat ik hierna direct door wil naar de werkplaats. Johann Olegard heeft me gisteren geappt dat het speelgoed klaar is.'

'Dan was ik toch met je meegegaan.'

'Becka,' zeg ik met een lachje, 'ik kan toch moeilijk bij al mijn toekomstige zakenpartners met mijn buurvrouw aan komen zetten. Wat voor indruk zou dat geven? Ook al waardeer ik je hulp natuurlijk zeer,' voeg ik er snel aan toe als haar blik versombert.

We gaan het gebouwtje van de bakclub binnen en dompelen ons onder in de bedrijvigheid die daar al heerst. Iedere week zijn het weer andere leden die de voorbereidingen treffen en we kunnen direct van start. Ik heb bedacht om stroopwafels in mijn baksel te verwerken. Het moet een taart worden waarin lagen biscuit worden afgewisseld met lagen botercrème met daarin stukjes stroopwafel en ik ga enthousiast aan de slag. Als alle baksels in de oven staan, drinken we koffie. Natuurlijk worden de afwezigheid van Ditte en het plotselinge vertrek bij haar man uitgebreid besproken. Iedereen denkt er het hare van, maar we zijn het erover eens dat haar gedrag ons zorgen baart en we willen haar allemaal snel weer in ons midden hebben.

Dan vraagt Margaretha hoe mijn winkeltje ervoor staat. Teleurgesteld vertel ik dat het pand is verkocht en dat mijn plannen voorlopig in de ijskast staan.

'Wat jammer,' zegt Margaretha. 'Kijk, ik heb deze juist meegenomen om te laten zien.' Ze graait in haar tas en haalt er een gebreide pop uit. 'Deze maakte ik vroeger voor mijn kinderen en hij leek me heel geschikt om in jouw winkel te verkopen.'

Ik neem de pop van haar aan en bekijk hem aan alle kanten. Hij is echt ontzettend leuk en zou inderdaad zo goed bij me gepast hebben dat het gewoon pijn doet. 'Wat een vreselijke leukerd,' zeg ik met een zucht, 'ik had er meteen "ja" tegen gezegd. Hè, wat is het toch allemaal balen.'

'Je kunt nu ook geen stroopwafels gaan bakken om te verkopen, en ze zijn juist zo heerlijk,' zegt Stella met een verlekkerd gezicht. 'Is het heel erg als ik de laatste pak?'

Ze steekt meteen alvast bedelend haar hand uit en staat vooraan als de baksels uit de oven komen. Ik had me geen zorgen hoeven maken. Niet alleen Stella, maar iedereen roemt mijn taart. 'Je moet hiermee beslist meedoen aan de bakwedstrijd.' Stella tikt even driftig op haar telefoon en laat me dan een website zien. 'Kijk, je kunt je nog inschrijven, de wedstrijd is over drie weken.' De anderen vallen haar bij en ik beloof erover na te denken. We praten nog weer even over de afwezigheid en plotselinge verdwijning van Ditte en breken dan op.

'Echt Becka, je moet je niet gepasseerd voelen,' zeg ik als we bij onze auto's staan voor de zekerheid nog een keer tegen mijn buurvrouw. 'Ik ben heel blij met jou en met je hulp, maar ik moet ook dingen alleen doen. Anders word ik veel te afhankelijk.'

'En dat staat je niet aan.' Het klinkt stug.

'Dat zou toch niet goed zijn? En ik wil jou ook niet steeds met mijn sores belasten.'

'Maar dat doe je helemaal niet!' Haar gezicht drukt wanhoop uit en ik meen haar ogen zelfs vochtig te zien worden. Tjee, wat een heftige reactie, zeg. Ik begrijp het niet goed. Mijn wens is toch niet zo raar? Ze grijpt me bij mijn bovenarmen. 'Jij… Jullie zijn een vreugde in ons leven. Het leek de afgelopen dagen wel of je me meed en ik was zó blij je hier weer te zien.'

O god, wat zielig. Ik wist niet dat ze zich eigenlijk zo eenzaam voelt. 'Weet je wat? We doen binnenkort iets samen wat veel leuker is dan een bezoekje brengen aan Olegard. Laten we gaan winkelen in Esbjerg en daarna lunchen, oké?'

Het is of er van binnenuit een zon bij haar gaat stralen. Ze kust mijn wangen en zegt: '*Mange tak, min skat.*' Het klinkt liefhebbend.

'Ik moet gaan, anders kom ik te laat. O ja, nog één ding. Ik werd gisteren gebeld door een nummer dat steeds meteen overschakelt naar voicemail als ik terugbel. Herken jij het toevallig?' Ik toon haar mijn telefoon.

Ze werpt er kort een blik op. 'Nee, zegt me niets.'

'O, maar dit is prachtig. Echt nog veel mooier dan ik me had voorgesteld.' Ik slaak een beverige zucht en bekijk vol bewondering de drie modellen die Olegard zijn medewerkers in mijn opdracht heeft laten maken. Hoewel we het niet hebben besproken, is ervoor gekozen het locomotiefje, de auto en een hondje op wieltjes dat aan een touwtje voortgetrokken kan worden te beschilderen met een gezichtje. Daardoor krijgen ze zoveel uitstraling dat ik er ontroerd door raak en een traantje moet wegwrijven.

‘Vind je de gezichtjes een goede toevoeging? Mijn medewerkers hebben die er zonder het te overleggen op geschilderd. Volgens hen horen ze er gewoon op, en ik ben het eigenlijk wel met ze eens, waardoor ik besloten heb ze zo aan je te laten zien. Maar uiteraard kunnen we ze ook zonder leveren.’

‘Nee, ik vind het een geweldige vondst. Het doet misschien iets af aan de mate waarin een kind zijn eigen fantasie erop kan projecteren, maar ik denk dat het de meeste kinderen enorm zal aanspreken. En bovendien onderscheidt het zich dan duidelijk van het speelgoed van Hansen, en is er minder kans is dat zij ons als copycats gaan zien. Ik ben er echt erg enthousiast over. Goh, wat is het toch jammer dat de winkelruimte verkocht is; mijn handen jeuken om mijn eigen zaak te beginnen.’

Olegard fronst zijn wenkbrauwen. ‘Maar Rebecka Pedersen zei toch…’ Zijn zin eindigt in gemompel dat ik niet versta. ‘Rebecka Pedersen zou erachteraan gaan, heeft ze me gezegd,’ zegt hij als hij mijn vragende blik opvangt.

‘Blijkbaar was ze te laat.’

’Dan wil je de spullen zeker niet meer afnemen?’

‘Jawel, ik ga een webwinkel beginnen en kijk ondertussen uit naar een ander pand. Niets houdt me meer tegen om dit geweldige speelgoed te verkopen. Natuurlijk moet er uiteindelijk veel meer keuze komen, maar om te starten is dit prima.’

Olegard glimlacht oprecht verheugd. ‘Wat zullen mijn medewerkers trots zijn als ze horen dat je er zo enthousiast over bent, ze hebben er namelijk erg hun best op gedaan.’

Ik glimlach ook. ‘Bedank ze maar hartelijk namens mij. Weet je wat? De volgende keer dat ik langskom, neem ik gebak voor ze mee!’

‘O, dat vinden ze vast geweldig en dan kunnen jullie ook meteen met elkaar kennismaken.’

‘Dat lijkt me hartstikke leuk.’

We nemen afscheid en even later verlaat ik de werkplaats met in mijn handen een doos met het eerste in mijn opdracht gemaakte speelgoed. Wat een heerlijk gevoel is dit! Eindelijk kan ik mijn energie nu op iets concreets gaan richten.

Wanneer ik het huis van Jorg en Becka nader, besluit ik om even bij ze langs te gaan. Ik ben gisteravond begonnen met het zelf bouwen van een website, wat me wonder boven wonder best goed afging. Het was een hele opluchting om te merken dat ik mijn aandacht er langere tijd bij kon houden en ook het denken in structuren leverde geen probleem op – en dat is na mijn uitval door burn-out heel lang toch een enorme opgaaf geweest. Een aantal zaken rond regelgeving omdat ik vanuit Denemarken opereer is me echter nog niet helemaal duidelijk en Becka zal vast blij zijn als ik haar vraag of ze me daarbij wil helpen. Het was niet echt mijn bedoeling geweest om haar buiten te sluiten, maar ik moet ook alleen kunnen handelen.

Becka's opgetogen reactie wanneer ze me ziet maakt dat ik me toch wat schuldig voel.

'Nee maar, wat gezellig! Robin is er ook nog, laten we samen iets drinken.' We lopen de tuin in, waar Robin aan het werk is met het grondplan voor de spa en Jorg, dik ingepakt vanwege de snijdende wind, toekijkt. Ik kus Robins ijskoude mond en geef Jorg een hand. Het is de eerste keer dat ik in zijn nabijheid ben sinds hij handtastelijk werd en ik houd voor de zekerheid afstand. Hij aanvaardt mijn hand met een enigszins spottende glimlach, die me behoorlijk in verwarring brengt. Veel tijd om erover na te denken krijg ik niet, want Becka loopt als een kloek om me heen. Niet veel later zitten we in de woonkamer met een kop warme chocolademelk.

'We houden er voor vandaag maar mee op, vind je niet?' zegt Jorg tegen Robin. 'Het is behoorlijk koud buiten.'

Robin knikt. Zijn wangen zijn inmiddels vuurrood geworden door de warmte binnen. 'Lijkt me een prima plan. Ik ben niet ontevreden over wat we vandaag al hebben kunnen doen.'

'Hoe was het bij Olegard?' informeert Becka.

'Fantastisch! Ik heb de spullen in de auto staan. Wacht, ik haal ze.' Even later keer ik terug met het speelgoed.

Becka klapt spontaan in haar handen. 'Wat leuk.'

'Geweldig, hè? Ik word er ook zo blij van. Ik wil zo gauw mogelijk mijn webshop starten. Zou jij me daarbij willen helpen? Ik ken de regelgeving hier niet goed, vandaar.'

Becka's gezicht betrekt. O jee, doe ik nu weer iets fout? 'Je wilt toch liever een fysieke winkel?'

'Ja, maar zoals je weet heb ik geen pand, want het is helaas verkocht.'

'En wat als ik je nou eens zeg dat het inderdaad is verkocht en wel... aan mij?'

Het is of ik dwars door de zitting van mijn stoel zak tot mijn billen de grond raken. 'Aan jou?' vraag ik met ingehouden adem. 'Ben jij de nieuwe eigenaar?'

Becka knikt fanatiek. 'Ik heb het gekocht zodat jij er je winkel kunt beginnen.'

'Nee!' Ik sla mijn hand voor mijn mond en kijk hulpzoekend naar Robin. Dit kan toch niet waar zijn?

'Ik geloof dat je, we, Becka heel dankbaar mogen zijn,' zegt Robin met een stem waaruit blijkt dat ook hij verbaasd is. 'Wist jij hiervan?' vraagt hij aan Jorg, die lachend knikt.

Mijn gedachten tollen op volle snelheid rond. Het is toch onbestaanbaar dat Becka zoveel geld voor mij uitgeeft? Met welk doel? Wat wil ze ervoor terug? Ik kan dit toch niet accepteren? Ja maar, ik wil héél graag een eigen winkel. Ik kan haar terugbetalen. Nee, dat lukt me nooit. Huren... Kan ik het niet van haar huren? maalt het in mijn hoofd.

'Ik weet gewoon niet wat ik moet zeggen,' stamel ik. 'Je kunt toch niet zomaar een winkel voor iemand kopen? Ik kan het aankoopbedrag misschien wel nooit terugverdienen. En wat als het helemaal niet loopt? Dan ben jij je geld kwijt. Echt, ik kan dit niet aannemen en...'

'Sst.' Becka legt haar hand over de mijne. 'Je doet veel te moeilijk. Jij hebt hier niet om gevraagd, en dus verwacht ik ook niets van je. Ik doe dit omdat ik het je gun en je mag er gewoon blij mee zijn. Het enige wat jammer is, is dat de overdracht om belastingtechnische reden pas in het nieuwe jaar kan plaatsvinden; dat wil de huidige eigenaar zo. Gelukkig vindt hij het wel goed als je er alvast gebruik van maakt. We mogen nog niets veranderen of verbouwen, maar je kunt een tijdelijke pop-upstore beginnen die dan formeel van hem is. Hij neemt jou in dienst, maar de verdiensten zijn voor jou. Ik denk dat we die constructie ook aan kunnen houden als ik eigenaar ben, dan omzeilen we ook eventuele obstakels die jij als buitenlander tegen kunt komen. Natuurlijk bemoei ik me verder niet met de bedrijfsvoering, die laat ik helemaal aan jou over.'

'Echt?' Ik sla mijn handen voor mijn gezicht en haal ze dan weg om Becka vol ongeloof aan te kijken. 'Dit klinkt gewoon te mooi om waar te zijn. Dus ik kan deze week al beginnen?'

Ze knikt en lacht me stralend toe.

'Ik stel voor dat we een toost uitbrengen op de nog naamloze winkel van Merel,' zegt Jorg, terwijl hij zijn beker heft. We toosten en dan omhels ik eerst Becka en dan, omdat ik moeilijk anders kan, Jorg.

'Ik kan er nog steeds niet over uit,' zeg ik hoofdschuddend. 'Wat een geweldige, onverwachte wending is dit.'

'Het is je gegund, hoor,' zegt Jorg tegen mij. Dan kijkt hij Robin aan. 'Zullen wij samen buiten nog even afsluiten?'

Robin knikt en hij en Jorg verdwijnen naar de achtertuin. Dan zie ik dat Robin zijn muts laat liggen. Hij heeft die na de warmte binnen zeker nodig en ik loop hem achterna.

Jorg en hij staan niet zoals verwacht bij de spa in aanbouw, maar blijken zich om het hoekje van de achterdeur op te houden.

'Het bevalt me niks, Jorg. Dit kost jullie onnoemelijk veel geld. Hoe moeten Merel en ik dat terugbetalen? En dit komt nog boven op dat andere dat je me levert… Echt Jorg, ik begrijp helemaal niets van jullie vrijgevigheid. Wat is in godsnaam de prijs voor dit alles?'

Mijn adem zet zich vast in mijn borstkas en veroorzaakt daar een stekende pijn. Het gevoel dat ik iets ernstigs over het hoofd zie krijgt me in zijn ban en ik wacht gespannen Jorgs antwoord af.

'Dat wordt je binnenkort vanzelf duidelijk, jongen.' Ik hoor dat Jorg zijn adem naar binnen zuigt en die vervolgens hard uitblaast. 'Die winkel was Becka's idee, dat had van mij niet gehoeven, maar het vergroot je schuld aanzienlijk, dat begrijp jij ook wel. Je hoeft je echter geen zorgen te maken. Ik heb een afbetalingsregeling in mijn hoofd, en zolang jij daar braaf aan meewerkt, is er geen wolkje aan de Deense lucht. Nou, laten we maar weer naar binnen gaan.'

Shit, ze komen terug. Vlug draai ik me om en ga naar binnen, net op tijd om verrast te zeggen: 'O, jullie zijn er alweer. Ik wilde juist Robins muts komen brengen.'

'Wat vind jij hier nou van?' begin ik zodra we in de auto zitten en we verder naar boven rijden. 'Het is toch niet normaal wat ze hebben gedaan?'

'Je hoorde toch wat Becka zei?' Robin haalt zijn schouders op. 'Ze wil jou een plezier doen en heeft dat gewoon op een nogal uitzonderlijke manier gedaan. Meer niet.' Het klinkt afwerend, wat me verbaast nadat ik Robin toch ook duidelijk zijn verbazing – en ook zorg – heb horen uiten.

'Dat pand moet heel veel geld hebben gekost, dat doe je toch niet zomaar? Daar wil je iets voor terug, lijkt me, ook al beweren ze van niet,' dring ik aan. 'Heeft Jorg er misschien wat meer over gezegd toen jullie buiten waren?' Ik zet de auto stil en kijk Robin indringend aan.

'Jemig!' Hij haalt uit en laat zijn vuist hard op het dashboard neerkomen. 'Moet jij nou altijd overal over zeiken? Waarom kun je niet gewoon dankbaar zijn? Tjezus! Ik heb het zó gehad met jou.' Tot mijn verbijstering rukt hij het portier open en beent vervolgens weg.

Ik klik mijn gordel los en val in mijn haast half struikelend naar buiten. 'Robin!' roep ik en ik ren hem achterna. In plaats van vaart te minderen zet hij het nu op een lopen in de richting van het zwembadgebouw. Voor ik hem heb ingehaald rukt hij de deur van het zwembad open en sluit hem meteen weer met een klap voor mijn neus. Direct wordt de knop omgedraaid. Machteloos beuken mijn vuisten tegen de deur. 'Doe open. Wat is dit voor rare reactie?'

'Ga weg, Merel, laat me met rust. Ik hoef je even niet te zien.'

O? Ik frons mijn wenkbrauwen. Nou, dan niet. Ik voel er niets voor om hier smekend op de deur te blijven bonzen. Zonder nog iets te zeggen draai ik me om en loop naar het huis. De ijzige wind gaat dwars door me heen. Ik haal een paar keer diep adem en leg mijn hoofd in mijn nek om naar de talrijke sterren in de schoongeblazen lucht boven me te kijken. Het ontbreken van lichtvervuiling vind ik een van de mooie dingen aan het wonen hier en ik heb al menigmaal bewonderend staan staren naar de sterren en planeten. Zoals ik daar sta, besef ik hoe nietig ik ben – en hoe onbeduidend mijn problemen zijn in vergelijking met het leed dat anderen treft. Misschien heeft Robin gelijk en zijn mijn gedachten te negatief. Hoeveel mensen krijgen zo'n groot cadeau als ik heb gehad? En daar schuilt nu net het probleem. Wat ik mezelf ook voorhoud, het is echt niet normaal wat Jorg en Becka hebben gedaan. Mijn innerlijke stem laat zich niet het zwijgen opleggen en nog steeds met een gevoel van onbehagen loop ik door. Ik open de voordeur en voel de warmte van binnen me verwelkomen. Wat nu? Ik heb geen idee hoelang Robin zichzelf nog gaat opsluiten en wat hij daarna zal doen.

Omdat ik totaal geen zin heb om te koken trek ik een pak spaghetti uit de kast en maak saus uit een zakje. Een omelet en geraspte kaas erbij en klaar ben ik. Alsof hij heeft geroken dat het eten op tafel staat, komt Robin binnengelopen. Hij pakt een biertje uit de koelkast en zet het flesje aan zijn lippen. Zonder een woord schuift hij aan tafel aan en schept op. Ik trek even veelzeggend mijn wenkbrauwen op en volg dan zijn voorbeeld. Na één hap legt Robin zijn vork met een klap op tafel neer. 'Wat is dit voor troep?' zegt hij met een stem vol afgrijzen.

Verbaasd kijk ik hem aan. 'Gewoon, spaghetti.'

'Ik bedoel die saus. Het smaakt naar kant-en-klare rotzooi.'

Ik haal mijn schouders op. 'Het komt uit een zakje.'

'Wel verdomme! Weet je niet wat voor kleur- en smaakstoffen ze daaraan toevoegen? En hoeveel suiker erin zit? Dat is echt hartstikke slecht voor mijn lichaam. Wil je me hiermee soms vergiftigen? Nou?' Hij is opgesprongen en kijkt me woest aan. Zijn ogen puilen uit en heel even vrees ik dat hij me zal slaan. Dan draait hij zich om en verdwijnt naar de gang. Ik hoor hem eerst in de slaapkamer tekeergaan, en daarna door een dichtslaande voordeur. Twee minuten later doorklieven de koplampen van de auto het duister wanneer hij zijn weg naar beneden zoekt. Totaal uit het lood geslagen blijf ik achter. Ik ben niet helemaal zeker waarvan ik hier getuige ben geweest: is Robin zijn verstand voorgoed kwijt? Of is er iets anders aan de hand, waarvan de betekenis me totaal ontgaat?

19

Becka is erin geslaagd de eigenaar diezelfde avond nog te bereiken en de volgende ochtend staan zij en ik om negen uur enigszins verkleumd voor het winkelpand te wachten. De kou die gisteren al in de lucht hing heeft doorgezet en de temperatuur is tot onder het vriespunt gedaald. 'Ik hoop maar dat de kachel het doet,' zeg ik, terwijl ik met mijn voeten stamp. De eigenaar is nog steeds niet in zicht en dat stelt mijn geduld zwaar op de proef. 'Weet je zeker dat het negen uur was?' vraag ik Becka. Ze knikt. Ah, eindelijk, daar komt hij aan, bijna een kwartier te laat – heel ongebruikelijk in Denemarken, waar men verder erg stipt is. De man stelt zich aan me voor als Jensen en draait de deur van het slot. Ik voel de vlinders in mijn buik als het moment daar is en ik voor het eerst over de drempel stap. Hier moet het voor mij gaan gebeuren en ik betreur het dat ik deze ervaring niet met Robin kan delen na zijn onbegrijpelijke gedrag van gisteravond.

'Ik heb hier een arbeidsovereenkomst die je later kunt tekenen. Het is een formaliteit; in de praktijk is het gewoon jouw zaak en heb je de volledige vrijheid. Het enige is dat jullie geen veranderingen aan mogen brengen tot het pand definitief is overgedragen.'

Ik beloof dat ik niets zal doen dat in zijn nadeel zal zijn. Van mij mag hij nu wel gaan, ik popel om te beginnen met inrichten. Hij lijkt mijn ongeduld te proeven en neemt afscheid. Zodra hij is vertrokken, pak ik Becka's handen beet en doe een vreugdedansje met haar.

'Malle meid,' zegt die lachend. 'Kom, laten we beginnen.' We halen de schoonmaakspullen uit de auto en beginnen met poetsen. Het pand heeft een paar maanden leeggestaan, waardoor er nogal wat spinnen in huizen en er een flinke stoflaag op de stellingen en de vloer ligt. Hier en daar is de verf een beetje afgebladderd, maar verder ziet het er eigenlijk best goed uit. 'Ik wil de planken met kerstpapier bekleden,' zeg ik als we aan het eind van de ochtend koffie zitten te drinken in het kantoor achter de winkelruimte. Het is een diep pand, want daarachter liggen een keukentje en het toilet en daar weer achter een behoorlijk magazijn.

'Leuk,' knikt Becka. 'Dat is wel te koop. Zullen we er meteen even voor gaan kijken?'

Nauwelijks hebben we een voet buiten gezet of het begint te sneeuwen. Dikke vlokken die blijven liggen en direct een laagje op straat vormen. O, ik hoop zo dat er een flink pak valt! Er bekruipt me een echt kerstgevoel en ik hef mijn gezicht gelukzalig naar de lucht om de sneeuw op mijn lippen te proeven.

We slagen leuk voor inpakpapier met allerlei kerstmotiefjes bij de Livingshop, een interieurwinkel die zich in een zijstraat van de hoofdweg bevindt. Ik heb er al een paar keer verlekkerd rondgekeken, maar er tot nu toe niets gekocht. Het papier is misschien niet erg stevig, maar voor de drie weken tot kerst is het prima. 'O!' roep ik dan. Mijn oog valt op een stelling met houten kubussen met daarop een letter, die voor de helft van de prijs worden aangeboden. 'Die kan ik mooi gebruiken om mijn naam in de etalage te zetten.'

'Hoe gaat de winkel eigenlijk heten?'

'Ik dacht hem gewoon "Merel" te noemen.'

Becka vindt het een prima naam en ik zoek de benodigde letters uit.

Na te hebben afgerekend gaan we terug en bekleden we de planken, die er daardoor direct gezellig uitzien. Nu kan ik er mijn voorraad speelgoed op zetten. Ik stal de artikelen ruim uit, zodat het heel wat lijkt, en kijk tevreden naar het resultaat. Er wordt op de deur geklopt en ik loop met een kriebeltje in mijn buik naar voren om te zien wie er is. Stel je voor dat er al een klant is, terwijl ik nog niet eens open ben. Dat blijkt niet zo te zijn, maar misschien word ik nog wel blijer van het bezoek dat er wel staat: twee vrouwen van de bakclub met in hun handen een gehaakte teddybeer en een lappenpop. Vlug doe ik de deur van het slot om hen binnen te laten. Het sneeuwt inmiddels zo hard dat hun haren wit beginnen te worden.

'Nee maar, wat een verrassing, kom toch verder!' Ik kus Margaretha en Stella op de wang en laat ze vol trots mijn winkel zien.

'Echt knus hoor,' zegt Margaretha, 'en wat heeft de werkplaats ontzettend gave producten geleverd.' Ik zeg dat ik er ook heel blij mee ben, en vraag dan lachend naar de bedoeling van de knuffels in hun handen. 'O ja!' Margaretha schatert het uit. 'Ik ben zo onder de indruk van wat ik zie dat ik helemaal vergeet dat wij ook nog wat handel voor je hebben meegebracht. Deze twee in onze handen, en in de tassen zitten er nog veel meer.' Ze brengt me bij de twee big shoppers die bij de deur zijn blijven staan en als ik er nieuwsgierig in kijk, blijken ze vol gebreide, gehaakte en genaaide poppen en beesten te zitten. 'Deze zijn allemaal voor jou. Alle leden van de bakclub zijn stiekem aan het handwerken en naaien geslagen.'

'Nee!' Ik sla mijn handen ineen van verbazing en voel de tranen in mijn ogen springen. Wat ontzettend lief van de vrouwen – en wat hebben ze hun best erop gedaan. 'Niet huilen, dat geeft vlekken,' zegt Margaretha, terwijl ze me over mijn rug wrijft.

'Ik ben jullie zo dankbaar, en ik vind het zo ontzettend tof wat jullie hebben gemaakt... Ik weet gewoon niet wat ik moet zeggen.'

'Je hoeft niets te zeggen,' zegt Stella met een grijns. 'Maar een stroopwafel zou wel heel lekker zijn.' Ze speurt rond. 'Of moet je nog gaan bakken?'

'Ik ga morgen pas officieel open en moet mijn bakkerijtje

straks nog inrichten, maar reken maar dat de eerste wafels voor jullie zijn!'

'Je kunt ook niet alles tegelijk doen,' zegt Becka. 'Kijk, dít aapje heb ik gemaakt. Vind je hem leuk?'

Ze houdt me een gehaakte aap voor met lange armen en benen die met klittenband tegen elkaar kunnen worden bevestigd, zodat hij overal aan kan hangen.

'Hij is te gek. Ik vind álles er geweldig uitzien. Laten we ze op de planken zetten.'

Samen stallen we alles uit. Ik vraag me af welk prijskaartje ik eraan moet hangen en overleg met de anderen. We zijn het erover eens dat ik ervoor moet waken niet met te hoge bedragen te beginnen, want dat zou klanten kunnen afschrikken. Het is vooral zaak om eerst de loop erin te krijgen, zodat er geld binnenkomt waarmee ik de collectie kan uitbreiden.

'Je moet zo snel mogelijk gaan bakken,' dringt Stella aan, 'dan komen de klanten op de geur af als vliegen op de stroop... wafel.' We lachen allemaal en ik omhels Stella en Margaretha voordat ze weer vertrekken. Het is een heerlijk gevoel om mensen om je heen te hebben die zo goed voor je zijn.

We werken nog twee uur door tot we helemaal tevreden zijn met de inrichting. Ik heb in het dorp nog een kerstkleed en elektrische kaarsen gekocht om de verschoten bekleding van de etalage mee op te fleuren, en er speelgoed en knuffels op een laag kunstsneeuw in gezet. Daartussen prijken de kubussen met de letters van mijn naam. Wanneer ik van buitenaf kijk, ziet het er echt al sfeervol uit. Er kunnen nog wel wat accessoires als aanvulling bij, maar voor nu is het goed. Morgen ga ik echt open en alles staat klaar om de eerste wafels te kunnen bakken. Ik neem voor de deur afscheid van Becka en ga meteen door naar huis. Het sneeuwt nog steeds, waardoor fietsen geen doen is en ik lopend op weg ga. In de straten is sfeerverlichting opgehangen en ook een aantal pandjes is verlicht. Ik krijg zin om ook mijn eigen winkeltje aan de buitenkant leuk aan te kleden met lampjes en twee kerstbomen aan weerszijden van de deur. *'It's gonna be a white, white Christmas,'* zing ik zachtjes voor me uit.

De volgende ochtend sta ik vroeger op dan ik de laatste tijd gewend was, zodat ik straks ruim op tijd klaar ben en de winkel om negen uur kan openen. De vorige avond heb ik tot laat bij Becka achter de naaimachine doorgebracht. Ze belde dat ze nog een rood-wit geruit laken had liggen en daar hebben we zakjes van gemaakt om de stroopwafels, in plastic verpakt, in te doen. Als straks de andere winkels ook open zijn wil ik jute touw kopen om ze mee dicht te kunnen binden. En misschien is het ook wel leuk om er een klein kaartje aan te hangen met BY 'MEREL' of in het Deens: AF 'MEREL' en dan BLÅVAND eronder. Zo maak ik meteen reclame voor mijn winkeltje.

Eigenlijk zouden de poppen en knuffels ook een labeltje moeten krijgen met mijn naam erop en een wasinstructie. Later maar even op internet zoeken, ze zijn vast online te bestellen. Vervuld van positieve energie kom ik aan bij de winkel. Tot mijn verrassing staat Becka voor de deur. 'Ik dacht dat het wel fijn zou zijn als ik er de eerste dag ben om je te helpen,' zegt ze met een bescheiden glimlach.

'Ja, leuk.' De gedachte dat ik het liever zelf allemaal uitzoek, druk ik weg. Ik moet juist blij zijn dat ze er voor me is. Het is tenslotte toch míjn winkel, daar doet Becka's aanwezigheid niets aan af. Ik vraag haar voor touw of een lintje te gaan kijken en open zelf de deur. En nu maar afwachten of er klanten komen!

De lucht van de stroopwafels heeft een aanzuigende werking, zoals Stella al had voorspeld. Hoewel het buiten nog steeds licht vriest, heb ik de winkeldeur opengezet zodat de geur de straat op drijft. Ik zie de voorbijgangers snuffend rondkijken en algauw komen de eersten nieuwsgierig informeren wat er toch zo lekker ruikt. Vijf minuten later stop ik gloeiend van trots mijn eerste, zelfverdiende kronen in de kassa.

Tot mijn geluk blijft de loop erin. Ik heb een bordje met stukjes stroopwafel op de toonbank gezet om te proeven en vrijwel iedereen besluit daarna om een pakje te kopen. En zijn de mensen eenmaal binnen, dan bekijken ze meteen het speelgoed. Ook hierop zijn de reacties positief en ik verkoop een locomotiefje en een gebreide pop.

'We zouden eigenlijk een zitje moeten neerzetten,' zeg ik aan het einde van de ochtend, 'zodat mensen ook een kopje koffie of thee kunnen drinken.'

'Hm, ik weet niet of dat zomaar mag. Het kan best dat je dan aan strengere eisen moet voldoen. Ik denk dat je er in deze tijdelijke winkel niet aan moet beginnen, maar als ik het pand heb gekocht is het zeker interessant. Je zou 's zomers buiten ook een klein terrasje kunnen inrichten.'

'Wat een goed idee!' Ik zie mezelf al lopen bedienen op een zonovergoten terras. Het kriebelt gewoon in me van enthousiasme. Als de winkel straks eigendom is, zal ik over veel meer artikelen moeten beschikken en ik besluit zo snel mogelijk contact te leggen met kleine, eventuele leveranciers. In mijn winkel is geen plek voor massaproductie, mijn plan is voor exclusief vervaardigd speelgoed te gaan, liefst lokaal gefabriceerd.

Aan het einde van de middag is de koek letterlijk op. Ik heb alle ingrediënten verbruikt en moet eerst naar de supermarkt om bloem en stroop te kopen. Er zit daarom niets anders op dan de winkel te sluiten en een briefje op te hangen dat we morgen weer open zijn.

Het moment waarop ik de lade van de ouderwetse kassa voor het eerst leeg en het geld tel, is onbetaalbaar. Ik gloei gewoon van trots en sluit af met een blij gevoel. Zo, nu eerst naar de supermarkt en dan thuis mijn sportkleren ophalen.

'Dieper zakken. Je bovenbenen moeten parallel aan de grond zijn. Ja, goed zo.'

Een barbell met veertig kilo gewicht erop rust in mijn nek. Nu moet ik nog vanuit squatpositie omhoog zien te komen. En daarna weer zakken, en weer omhoog. 'Prima, hou dit tempo aan. We gaan tot vijftien.' Soms kan ik Jens wel schieten om dat 'we', maar als het is volbracht, is dat gevoel direct verdwenen. Zonder hem zou ik al na twee keer hebben opgegeven, nu ga ik door tot het bittere einde. Het heerlijke gevoel van voldoening na afloop is alle moeite meer dan waard. Het is zo stimulerend om mijn kracht en uithoudingsvermogen te voelen groeien. Jammer dat ik nu minder tijd voor de sportschool en het hardlopen zal hebben, maar de winkel gaat voor.

Mijn relatie vergt momenteel dan weer niet veel tijd van me, en dat is best een zure constatering. Sinds Robin zo raar deed heb ik hem nauwelijks meer gezien. Hij staat 's morgens om zeven uur op om naar zijn werk te vertrekken en komt pas tegen elven thuis, om direct daarna zijn bed in een van de kleine slaapkamers op te zoeken. Ik heb hem er niet heen verbannen, maar ik ben niet rouwig om het apart slapen. De vraag of er nog toekomst in onze relatie zit spookt wel af en toe door mijn hoofd. Zoals het nu gaat niet in ieder geval. Ik zucht. Waarom is Robin toch zo moeilijk benaderbaar? Hij lijkt niet boos op me te zijn; zijn gedrag heeft meer weg van een vlucht.

O ironie dat ik niet met hem kan delen dat ik zijn verslaving aan het trainen steeds beter begrijp. Waarom ontwijkt hij me? Is hij bang voor de vragen die ik kan stellen? Verbergt hij iets? Gaat het om wat Jorg zei, dat de betaling hem binnenkort wel duidelijk zou worden? Weet hij inmiddels hoe hij zijn schuld kan afbetalen? Ik móét toch echt met hem praten, ook al heb ik met wat ik nu allemaal aan mijn hoofd heb geen zin in hem en zijn gedoe.

'We doen nog één set.' Jens' stem wringt zich tussen mijn diepste gedachten door en ik kijk hem vast dommig aan. Hij grijnst tenminste en geeft me een knipoog. 'Barbell? Squat?' frist hij mijn geheugen op.

Op slag ben ik terug in de realiteit. Naast me staat de man die ik de laatste tijd steeds meer ben gaan waarderen – en als ik eerlijk ben, ook steeds leuker ben gaan vinden. Iedere keer dat ik in de sportschool ben is hij er ook en hoewel we maar één keer samen trainen, hebben we altijd wel even contact. En dan zijn er nog onze hardlooprondjes. Ik heb enorme vooruitgang geboekt en ik geniet tegenwoordig zelfs onder alle weersomstandigheden van het hardlopen. Dat we onderweg voortdurend kletsen draagt daar zeker aan bij en soms maakt mijn hart zomaar een sprongetje als Jens me aankijkt of iets grappigs vertelt. Het herinnert me aan de begintijd met Robin, toen had ik dat ook. Die constatering doet me midden in mijn beweging verstijven en bijna laat ik de halterstang los. Ben ik verliefd?

'Ho!' Jens duikt achter me op en neemt de stang van me over. 'Wat gebeurde er?' vraagt zijn stem vlak bij mijn oor.

De warmte van zijn lichaam raakt mijn rug en brengt me nog meer van slag dan ik al ben. 'Ik weet het niet, ik geloof dat ik er met mijn hoofd niet helemaal bij was.'

'Concentratie is heel belangrijk. Focus je op de oefening die je uitvoert. Een blessure is zo ontstaan.' Hij klinkt streng. Ja Jens, goed Jens. 'Maak de set maar af, dan gaan we daarna iets anders doen.' Braaf doe ik wat hij me opdraagt. Ik durf mijn gedachten geen zijstapjes meer te laten maken en gedraag me de rest van de tijd voorbeeldig. 'Goed gewerkt,' zegt Jens aan het einde van de les, waardoor ik toch weer een beetje begin te gloeien. 'Volgende week zelfde tijd?'

Ik sla de afspraak op in mijn telefoon. 'O, wacht even… Dan ben ik als het goed is nog in de winkel bezig; ik moest vandaag eerder sluiten. Kun je 's morgens vroeg of aan het eind van de dag?'

'Ik kan vanaf zeven uur 's morgens, dus zeg het maar. Is het trouwens goed als ik morgen bij je langskom om iets te kopen?'

'Ah, dat is lief. Ik heb heel leuke teddyberen, misschien is dat wat voor je? Zodat je je 's nachts niet alleen hoeft te voelen?' De woorden zijn mijn mond nog niet uit of ik voel al dat ik rood uitsla.

Jens begint hard te lachen. 'Daar weet ik wel betere oplossingen voor,' zegt hij met dubbelzinnige intonatie.

Geloof me, ik ook. 'Vast wel. Nou eh, ik ga ervandoor, dan zie ik je morgen.' We highfiven en pas als ik buiten zijn gezichtsveld ben sla ik mijn handen voor mijn gezicht. O mijn god, wat kan ik toch blunderen.

Wanneer ik het huis van mijn buren passeer, kijk ik vluchtig naar de vorderingen die vandaag zijn gemaakt. Het schiet echt hard op. De jacuzzi is geïnstalleerd en de overkappingen staan op hun plaats, het is alleen nog een kwestie van afwerken voor het helemaal klaar is. Hé, Robins auto staat er ook. Ik weet dat hij onregelmatig langskomt op het project, ook al is hij daarna altijd direct weer teruggekeerd naar de zaak. Wanneer ik even later boven ben, hoor ik ineens echter de sleutel in het slot. Nieuwsgierig loop ik naar de deur. 'Hé hoi... Jij hier?'

'Hoi.' Een voorzichtige glimlach. 'Kan ik verder komen?'

'Natuurlijk, je woont hier.' Tenminste, dat denk ik. Nu ik de man in de deuropening eens goed bekijk, valt me pas op hoe erg hij is veranderd. Hij ziet eruit alsof hij twee keer zo gespierd is geworden. Zijn kaaklijn is strakker dan ooit, zijn wangen zijn ingevallen en hij lijkt bijna geen vet meer op zijn lijf over te hebben. Zou dit dan zijn wat ze in de sportschool 'droog' noemen?

Hij knikt. 'Oké, dan kom ik binnen.'

Hoe ongemakkelijk kun je het maken? 'Doe normaal. Je hoeft mij geen toestemming te vragen.'

'Je kijkt zo afwerend.'

Ik haal mijn schouders op. 'Ik ben alleen verbaasd je te zien, meer niet.' Ik draai me om en ga naar de badkamer om me te douchen. Na een korte aarzeling draai ik de deur op slot.

'Wanneer is het werk bij Jorg en Becka klaar?' vraag ik als ik de woonkamer binnenkom in mijn badjas en met een handdoek om mijn natte haren gewikkeld. Robin zit met een biertje voor zich met zijn laptop op de bank. Dat is een vertrouwde aanblik en ik probeer bij mezelf te peilen wat zijn aanwezigheid met me doet. Tot mijn opluchting, terwijl het misschien eerder tot mijn schrik zou moeten zijn, merk ik dat het me niet zoveel uitmaakt dat hij er is. Voor mijn gevoel kijk ik naar een ander iemand dan degene met wie ik hierheen ben gekomen. Ik zie iemand met wie de klik totaal ontbreekt en op wie ik nooit verliefd zou zijn geworden. Nu schrik ik wel. Jemig, is hij zo veranderd of ben ik het?

Zich niet bewust van mijn gedachten kijkt Robin op van zijn laptop. 'Morgen is de afronding. De inwijding is 's avonds en Jorg heeft ons uitgenodigd.'

Ik frons mijn wenkbrauwen. 'Weet Becka daarvan?'

'Nee, het is een verrassing. Jorg regelt lekkere hapjes en drankjes. Je gaat toch wel mee om het te vieren?'

'Uiteraard, ik kan het niet maken om niet te gaan, na alles wat Becka voor me heeft gedaan en nog steeds doet.' Zo, dan weet hij in ieder geval dat het niet is om hém een plezier te doen. 'Hoewel ik het wel ongemakkelijk vind om daar samen met jou heen te gaan en mooi weer te spelen. Je hebt me nog wel iets uit te leggen. Ik wil de oorzaak weten van je gedrag, Robin, want begrijpen doe ik je niet.'

Direct gaat zijn gezicht op slot. 'Het heeft geen zin om het daar nu over te hebben. Morgen vieren we feest en daarna wil ik wel met je praten.'

Ik snuif. 'Dan hoop ik maar dat je een heel goed verhaal hebt.' Ik loop naar de slaapkamer om me aan te kleden en ga dan op bed liggen lezen. Het tijdstip waarop ik normaal het eten klaar zou maken gaat voorbij en hoewel mijn maag knort, vertik ik het om voor Robin te gaan koken. Dan lijd ik liever honger.

Om acht uur wordt er op de deur geklopt. Wanneer ik hem open, staat er op de grond een bord groene kool met worst.

20

Zoals verwacht is de zaterdag een echte topdag voor de verkoop. Becka heeft me de eerste dag geholpen, maar verder niet, en dus sta ik er vandaag alleen voor, waardoor ik soms moeite heb om de stroopwafels op tijd gebakken te krijgen. Als Stella langskomt en me ziet worstelen met mijn tijd verdelen tussen klanten helpen en het wafelijzer in de gaten houden, biedt ze spontaan haar hulp aan. Ik betaal haar uit in stroopwafels – geld weigert ze resoluut – en kan bijna niet geloven dat ik vijftienhonderd kronen, ruim tweehonderd euro, heb omgezet. De voorraad katoenen zakjes is bijna op en er moeten hoognodig nieuwe genaaid worden.

'Ik zal het op de bakclub vragen dinsdag,' zegt Stella, 'dat vinden de meiden vast hartstikke leuk om te doen.'

Met een warm gevoel kijk ik haar aan. Wat een lieve vrouw is het toch. Ik neem me voor om een mooi kerstcadeau voor haar te kopen.

Voor de winkel nemen we afscheid en ik vertel Stella dat Robin en ik vanavond bij Becka en Jorg de jacuzzi gaan inwijden.

'Hm,' zegt Stella met een bedenkelijk gezicht. 'Ik zou maar oppassen als ik jou was. Nou, tot ziens maar weer. Jammer dat je er op dinsdag niet meer bij kunt zijn. Dag!' Ze draait zich om en zwaait nog even als ze wegloopt.

In verwarring gebracht kijk ik haar na. Bedoelde ze nou dat ik voor de jacuzzi moet oppassen of voor iets of iemand anders?

Die avond tegen negenen lopen Robin en ik naar Jorg en Becka. 'O, wat is dat mooi geworden,' zeg ik als we via het overkapte pad naar de jacuzzi wandelen. In de koepel waarin het bad geplaatst is branden ledlampjes die van kleur wisselen en er staan comfortabele ligbedden omringd door grote planten. In de hoek is een barretje geplaatst en op de betonvloer liggen houten vlonders.

'Ja, prachtig hè?' zegt Jorg enthousiast. 'Die man van jou levert echt vakwerk.' Hij slaat Robin op zijn schouder en ik zie dat die glimt van trots. 'Mijn vrienden worden gek als ze dit zien.'

'Vind jij het ook mooi?' vraag ik aan Becka. In haar versleten ogende badjas valt ze bij alle luxe uit de toon.

'Jawel,' zegt ze met een zuinig mondje. 'De spa lijkt me heel fijn, de rest had van mij een stuk simpeler gemogen.'

'Kom op, Beck, niet zo flauw doen. Je mag zelf ook weleens van ons geld genieten.'

'Je zult het vast heerlijk gaan vinden om hier te zijn.' Ik geef haar arm een kneepje. 'We kunnen ook gezellig samen overdag bubbelen.' Dat idee lijkt haar aan te staan; ze kijkt tenminste al wat vrolijker.

'Mensen, we gaan erin,' roept Jorg jolig. Hij laat zijn badjas van zijn schouders glijden en mijn hart slaat een slag over bij de gedachte dat hij daaronder misschien wel niets aanheeft. Hadden we niet moeten afspreken om badkleding te dragen? Gelukkig, Jorg heeft zijn zwembroek aan. Ik neem hem zijdelings op. Wauw, die man ziet er nog fantastisch uit, moet ik toegeven, en ook Robin heeft inmiddels meer weg van een Griekse god dan van een gewone sterveling. Becka en ik voegen ons bij de mannen en laten ons met een zucht van genoegen in het warme water zakken. Jorg schakelt de jetstreams in en ik leun ontspannen achterover. Het water heeft een heerlijke temperatuur en de massagestralen doen hun werk. Het is echt wel pure luxe om dit in je tuin te hebben staan. Ik kijk naar boven, naar de koepel die het dak vormt, en zie dat er weer sneeuw begint te vallen. 'Maar goed dat het overdekt is,' roep ik boven het geluid van de jets uit en ik wijs naar de lucht. Dat lawaai dat die dingen produceren is het enige nadeel, wat mij betreft. Als Jorg ze uitschakelt hoor je pas hoeveel decibel het was.

‘Tijd voor champagne.’ Jorg verlaat het bad om een fles te ontkurken. De glazen zet hij samen met wat hapjes op een drijvend plateau en hij schenkt ze vol. ‘Borrelend borrelen, wat wil een mens nog meer? Ik wil graag een toost uitbrengen op Robin en zijn geweldige bedrijf Spa4U. Dat deze realisatie maar de eerste mag zijn van vele hierna. Proost!’

‘Mag ik daar iets aan toevoegen?’ vraagt Robin. ‘Ik wil graag Jorg en Becka bedanken, jullie zijn geweldige buren en vrienden. Zonder jullie hadden wij hier niet zo gauw succesvol kunnen zijn, toch, Merel?’

Ik knik. ‘Daar sluit ik me helemaal bij aan. Er zijn geen woorden om mijn dankbaarheid uit te drukken.’

We toosten en nippen van de champagne, alleen Becka doet niet mee. Ze staat op en verlaat het bad. Ik neem aan dat ze naar het toilet gaat en mijn verbazing kent geen grenzen als ze volledig aangekleed terugkeert. Ze heeft zelfs haar jas aan. ‘Ga je weg?’ zeg ik nogal dommig.

‘Ik moet helaas wel. Jorg had over het hoofd gezien dat ik vannacht in het opvanghuis werk. Veel plezier nog samen. Dag.’ Ze vertrekt meteen en laat mij verbijsterd achter. Ze heeft me eerder wel verteld dat ze twee keer per maand een nacht meedraait in een opvanghuis waar voor huiselijk geweld gevluchte vrouwen en kinderen worden opgevangen, en het komt me vreemd voor dat Jorg er niet van op de hoogte was dat dit uitgerekend vanavond is. Vlug sta ik op. ‘Ik ga ook.’ Ik betrek Robin expres niet in mijn besluit om hem niet de mogelijkheid te geven mijn vertrek te traineren.

‘Wacht nog even, Merel, wil je,’ klinkt Jorgs stem tamelijk dwingend. ‘Ik wil deze gelegenheid gebruiken om iets met jullie te bespreken.’ Meteen voel ik een knoop in mijn maag. Daar zul je het hebben! Nu begint hij vast over de terugbetaling. Gespannen laat ik me weer in het water zakken. Kan ik niet beter alsnog vertrekken? Het geeft te denken dat Jorg gewacht heeft tot Becka weg is, maar aan de andere kant ben ik ook wel erg nieuwsgierig naar waar hij mee komt.

'Zo, nu zijn we dan eindelijk eens met ons drietjes,' begint Jorg. 'Ik wil het namelijk even hebben over de aankoop van de winkel. Voor Becka is dit onbespreekbaar, maar ik vind dat er wel een kleine geste mag staan tegenover het gulle gebaar dat wij naar Merel hebben gemaakt. Vinden jullie ook niet?' Jorgs priemende ogen in mijn richting bezorgen me een heel ongemakkelijk gevoel.

'Ja, zeker,' beaamt Robin volmondig. Lul! Heeft hij dan niet door dat dit niet om hem gaat, dat de betaling van míjn kant moet komen?

Langzaam schuift Jorg mijn kant op. Onder water raakt zijn voet mijn kuit. Alsof ik me brand trek ik mijn been naar achteren. 'Je zei net dat je er geen woorden voor hebt om je dankbaarheid te uiten en gelukkig zit ik daar ook niet op te wachten. Tuit je lippen maar eens voor een kusje, om te beginnen, dan maken we daarna plannen voor de komende nacht.'

Hij grijnst wellustig naar me en dan voel ik een hand stevig mijn dij vastgrijpen. De vuilak! Ik spring omhoog en schiet het bad uit. 'Smeerlap,' sis ik hem toe voor ik halsoverkop mijn handdoek en badjas grijp en er op mijn slippers vandoor schiet.

'Terugkomen of je gaat spijt krijgen, schatje,' roept Jorg me nog na.

Mooi niet. Ik denk er niet over ooit nog in de buurt van die lul te komen. Wat nou, enorme spijt na de eerste keer? Hij doet het gewoon weer. Klootzak! Met trillende handen droog ik me af. Vanuit de jacuzzi hoor ik harde stemmen mijn kant op komen. Goed zo, Robin, zeg hem maar eens goed de waarheid. Ik trek mijn badjas aan en wikkel de handdoek om mijn haren. Een gevoel van spijt gaat door me heen als ik de kamer rondkijk. Er leek hier zo'n mooie vriendschap te zijn geboren, maar wat kan een mens zich vergissen. Ik loop naar de gang.

'Merel, wacht!' Robin komt aangerend en houdt me bij de deur tegen. Zijn gezicht staat verwrongen.

'Je komt me maar achterna, ik wil hier geen seconde langer meer zijn,' zeg ik tegen hem.

Hij pakt mijn elleboog. 'Wat doe je nou, bitch!' stoot hij uit.

Huh? Ik knipper met mijn ogen.

'Denk jij dat je weg kunt lopen zonder dat dit consequenties voor mij heeft? Niet dus! Het enige wat Jorg wil, is dat jij een beetje aardig voor hem bent.' Zijn ogen graven zich een weg naar mijn ziel. 'Eén nacht, meer vraagt hij niet.'

Ik hap naar adem en kan niet geloven dat ik goed versta wat hij zegt. Wil hij werkelijk dat ik Jorg een nacht ga verwennen om... Waarom eigenlijk? Zodat hij de consequenties niet hoeft te dragen? Welke consequenties? Waar gaat dit in godsnaam over? Ik ruk me los en ram mijn elleboog vol in zijn maag. 'Naar de hel met jou, Robin, het is over tussen ons. Blijf hier maar lekker bij je maatje wonen en kom nooit meer bij me terug!'

Met moeite lukt het me om de deur, die stevig blijkt te klemmen, open te trekken. Direct blaast de wind me vol in het gezicht en worden er sneeuwvlokken mijn kant op gejaagd. Voor me ligt het donkere gat van de nacht, achter me richt Robin zich op uit zijn dubbelgevouwen houding.

'Grijp haar, man. Hou haar tegen!' klinkt Jorgs stem opeens uit de gang. Zijn roofdierblik is strak op mij gericht, terwijl hij op me af komt rennen.

Mijn beslissing wat te doen is snel genomen. Ik buk, grijp de kaplaarzen van Becka van onder de kapstok en ga ervandoor.

Het tuinpad is spekglad door de platgetrapte sneeuw die er ligt en mijn slippers hebben geen enkele houvast. De wind, die dwars door mijn badjas heen mijn huid raakt, voelt steenkoud aan. Ik schop al rennende mijn slippers uit en wurm mijn voeten in Becka's rubberen laarzen. Mijn tenen voelen nu al aan alsof ze bevroren zijn en ik twijfel ernstig of ik niet toch boven mijn eigen winterlaarzen zal halen. De gedachte dat ik dan geen kant op kan als Jorg en Robin me achternakomen, doet me besluiten verder te glibberen, in de richting van Blåvand. Wat een pech dat de autosleutels ook boven liggen. Nu zit er niets anders op dan lopen.

Hopelijk is er verderop wat verkeer en kan ik een auto aanhouden. Ik klappertand inmiddels zo dat het duidelijk te horen is in de verder doodstille omgeving. Het sneeuwdek groeit aan en alle gevoel is uit mijn tenen verdwenen, waardoor ik een paar keer struikel. Het is gekkenwerk om zo voort te ploeteren. Waaraan heb ik dit verdiend? Ik heb toch nergens om gevraagd? Een golf zelfmedelijden spoelt over me heen, tranen dringen achter mijn ogen. Ik knipper hevig om ze tegen te houden. Met huilen schiet ik nu niets op, ik moet doorbijten.

Eindelijk bereik ik de geasfalteerde weg. Mijn hoop dat er auto's zouden rijden is ijdel. Het slechte weer houdt iedereen binnen en de eerstvolgende bewoonde huizen liggen honderden meters verderop. Verdomme! De tranen komen nu dan toch en moedeloos sjok ik voort. Waarom zit mijn telefoon dan ook niet in de zak van mijn badjas? Dan hoor ik een geluid. Ik draai me om en zie koplampen naderen.

Ik krijg weer nieuwe energie. Wie daar ook rijdt, hij of zij zal me meenemen. Dat moet gewoon! Ik ga alvast midden op de weg staan, zwaaiend met mijn armen. Aan de mogelijkheid dat het Jorg of Robin kan zijn, wil ik niet denken. Als de auto me dichter nadert zie ik aan het model dat zij het in ieder geval niet zijn en ik heradem. Langzaam mindert de bestuurder vaart. Ik ren op hem of haar af en klop tegen het raam. '*Help me, please! I need a lift.*' Ik zie een mannengezicht me afwerend aanstaren. Hij reageert niet. '*Please?*' Ik vouw mijn handpalmen tegen elkaar. Hij kan het toch niet maken om nu gewoon door te rijden? De man kijkt me nog even onderzoekend aan voordat hij zijn raam laat zakken. '*Okay, hop in.*'

Ik geloof niet dat ik ooit fijnere woorden heb gehoord. Vlug loop ik naar de andere kant van de wagen en open het portier aan de passagierszijde. '*Thank you. Thank you very very much,*' zeg ik uit het diepst van mijn hart.

Mijn redder in nood heet Kai en blijkt na zijn eerste aarzeling een vriendelijke vent van middelbare leeftijd, en hij wacht in zijn auto tot Jens met een verbaasd gezicht de deur opent. Als Kai ziet dat ik veilig ben, zwaait hij nog even en rijdt dan weg. Jens hoeft maar één blik op mijn hevig bibberende gestalte te werpen of hij komt in actie. Hij tilt me op en draagt me naar binnen, waar hij me behoedzaam op de bank neerlegt. Zonder iets te zeggen of vragen te stellen loopt hij weg. Nog geen tel later hoor ik water stromen en keert hij terug om me in zijn armen naar de badkamer te brengen. Hij zet me even op mijn voeten neer, terwijl hij me blijft ondersteunen en dan doet hij mijn badjas uit en gaat samen met mij onder de warme douche staan.

'Je kleren,' protesteer ik rillend als hij me dicht tegen zich aantrekt.

'Sst, niet praten,' zegt hij boven mijn hoofd.

Het warme water verwarmt mijn lichaam al snel, maar vanbinnen ben ik nog zo verkleumd dat ik amper op mijn benen kan staan. Dankbaar leun ik tegen Jens aan, en zijn sterke armen houden me overeind.

'Keert je gevoel alweer een beetje terug?' informeert hij na ik weet niet hoe veel tijd.

Ik knik. 'Alleen mijn tenen zijn nog dode takken.'

'Ik zal zo een kruik voor je maken. Als jij even op de grond gaat zitten, pak ik wat kleren voor je.' Hij helpt me behoedzaam op de vloer van de douchecabine te zakken en stapt er zelf uit. Daar trekt hij zijn drijfnatte kleren – zo te zien was hij al in pyjama – uit. Waarschijnlijk denkt hij dat ik er door de stoom in de badkamer weinig van meekrijg, want zonder aarzeling laat hij zijn boxer op de vloer neerkomen en kijk ik tegen zijn prachtig gespierde billen aan. Even later is hij terug in een schone pyjama en blijkt hij er ook een voor mij te hebben meegenomen. Zelfs een boxer ontbreekt niet, constateer ik met een lachje. Maar als hij me wil helpen met het uittrekken van mijn bikini en het aankleden daarna, protesteer ik. Hij trekt even zijn wenkbrauwen op en zegt dan resoluut dat ik me nu niet moet gaan aanstellen. Als ik weer bedekt ben draagt hij me naar de kamer, legt me op de bank en drapeert een verrukkelijk zachte plaid over me heen. Er brandt een vuur in de open haard en voorzichtig drink ik van de hete thee die Jens heeft gezet. Dan verdwijnen zijn handen onder de plaid en trekt hij mijn voeten er voorzichtig onder vandaan tot ze op zijn bovenbenen rusten. 'Heb je er al meer gevoel in?' vraagt hij, terwijl hij ze begint te masseren.

'Een beetje,' zeg ik naar waarheid. Hij knikt en gaat rustig door met de bloedsomloop stimuleren. Ik leun achterover in de kussens en merk dat ik bijna slaap als mijn spieren zich ineens met een schok samentrekken om zich daarna weer te ontspannen.

'Hm, dat doe je goed,' knor ik tevreden.

'Ik ben dan ook sportmasseur.' Hij kijkt me aan, zijn blik onderzoekend. 'Wat is er gebeurd? Wil je erover praten?'

In één klap is het lome gevoel verdwenen. 'Nee.' Ik schud heftig mijn hoofd. Ik ben er nog niet aan toe om het vernederende voorval op te rakelen.

Hij laat niet merken dat hij teleurgesteld is. 'Oké, prima, jouw keus. Luister, jij slaapt vannacht in mijn bed en ik op de bank.'

Ik zou willen zeggen dat ik echt niet in zijn bed hoef, maar ik voel me zo vreselijk moe dat ik er de puf niet voor heb. Als mijn thee op is brengt Jens me naar zijn slaapkamer en stopt me in met een warm pittenkussen. Hij wenst me goedenacht en laat me dan alleen met mijn gedachten.

Het vreemde fenomeen dat ik prima slaap terwijl ik verwacht de halve nacht wakker te liggen manifesteert zich ook deze keer. Als ik 's morgens om negen uur mijn ogen opendoe, voel ik me tenminste fit. Vrijwel direct steekt Jens zijn hoofd om de hoek. 'Goedemorgen. Heb je zin in een ontbijtje?'

Ik ga rechtop zitten en rek me uit. 'Graag. Heb je een beetje kunnen slapen op de bank?'

'Dat ging prima. Blijf maar in bed, ik kom het je brengen.' Hij keert terug met een bord met geroosterd brood, jam en kaas, een gekookt ei en koffie voor twee personen. Mijn maag begint er spontaan van te knorren en ik stort me op het eten. 'Je bent te goed voor me,' zeg ik en ik veeg de laatste kruimels van mijn mond.

'Ik geloof niet dat je ooit te goed voor iemand kunt zijn,' antwoordt hij serieus.

Ik denk daar even over na en schud dan mijn hoofd. 'Nee, niet als je bedoelingen oprecht zijn.' Dat ik gisteren heb ervaren dat er ook mensen goeddoen met een bijbedoeling houd ik nog even voor mezelf.

'Merel...' Jens schraapt ongemakkelijk zijn keel, waardoor ik hem op mijn hoede aankijk. 'Ik heb van een collega gehoord dat Robin net de sportschool is binnengegaan. Als je thuis je spullen wilt halen, kunnen we zo gaan.'

Ik sla mijn ogen neer. Het voelt als een nederlaag om toe te geven dat ik voor Robin op de vlucht ben. Maar ja, met trots win ik niets. De feiten spreken voor zich en Jens is ook niet achterlijk natuurlijk. En bovendien heb ik inderdaad dringend wat zaken nodig.

Een halfuur later zit ik achter op de motor in van Jens geleende kleren, een paar veel te grote laarzen en drie paar sokken aan mijn voeten. Wanneer we langs het huis van Jorg en Becka rijden, draai ik mijn hoofd weg. Ik ben blij dat de motor wél zonder problemen tot bij het hek kan komen. Gelukkig had ik gisteren wel de huissleutel bij me gestoken en kan ik naar binnen. Ik pak twee rugzakken en stop daar toiletbenodigdheden, ondergoed, nachtkleding en bovenkleding voor een paar dagen in. In de kast zoek ik twee paar schoenen uit en ik vis mijn sloffen onder de kapstok vandaan. Als laatste stop ik mijn e-reader in de rugzak. Met mijn winterjas en handschoenen aan stap ik weer achterop, vurig biddend dat Jorg of Becka ons niet staat op te wachten. Als ze thuis zijn hebben ze ons natuurlijk omhoog zien gaan.

'Klaar?' vraagt Jens.

Ik kijk nog een keer achterom en knik dan. Wie weet wanneer en of ik hier ooit terugkom.

'Ik zal maar op zoek gaan naar een onderkomen,' zeg ik als we terug zijn. Had ik de winkel niet gehad, dan was ik waarschijnlijk direct naar Nederland gegaan. 'Weet jij een niet al te duur pension of zoiets?' Jens kijkt me onderzoekend aan. 'Ik kan toch niet verwachten dat jij me onderdak geeft nadat ik zomaar ongevraagd ben komen binnenvallen.'

'Je zit mij anders niet in de weg, hoor. Voel je vrij om te blijven, als je daar geen bezwaar tegen hebt.'

'Nee, helemaal niet,' zeg ik misschien iets te gretig. 'Maar alleen als ik op de bank mag slapen.'

Jens lacht. 'Dat hoeft niet, vannacht was dat een noodgreep. Ik heb namelijk een logeerkamer, die alleen wel even moet worden opgeruimd voor je erin kunt.'

Ik lach terug. 'Laten we dat maar gauw gaan doen dan.'

Jens blijkt niets te veel te hebben gezegd. Het bed is bedolven onder de halterstangen, halterschijven en andere fitnessmaterialen en op de grond liggen stapels boeken en cd's. Op het bureau zwerven allerlei papieren rond. Ook staan er een paar vuilniszakken met kleding te wachten op een enkele reis kringloopwinkel. 'Mooie gelegenheid om alles eens uit te zoeken,' mompelt Jens, terwijl hij de boeken een voor een door zijn vingers laat gaan en ze in twee stapels verdeelt. 'Dit moet ik dus eigenlijk al doen sinds ik hier een jaar geleden ben komen wonen.'

Pas toen we daarnet aankwamen zag ik goed in wat een leuk huisje Jens woont. Het is klein en sober ingericht, en heeft de duinen, nu wit van sneeuw, als voor- en achtertuin. Tussen de lage duinenrij door kijk je vanuit de woonkamer zo uit op het strand en de zee. De vraag of ik de eerste vrouw ben die bij hem logeert ligt op mijn lippen, maar ik stel hem niet, al zou ik dat best kunnen doen, want dat zegt natuurlijk niets. Als hij een vriendin over de vloer heeft gehad, zal die vast niet in het logeerbed hebben geslapen. Een logeerbed is voor vrouwen met wie je niets wilt, of die gekwetst zijn en een beroep doen op je beschermingsinstinct. Een hand raakt mijn arm en haalt me uit mijn overpeinzingen.

'Gaat het goed met je? Je staat er zo verloren bij.' Hij zegt het niet, maar ik lees in zijn ogen dat hij graag meer zou horen over het waarom van mijn vlucht.

'Ik dacht aan gisteren,' zeg ik niet geheel naar waarheid. 'Aan de reden dat ik op de vlucht sloeg. Aan wat Robin en Jorg me wilden laten doen.'

Zijn wenkbrauwen schieten de hoogte in. 'Robin én Jorg?'

'Ze hadden een plannetje met me waar ik niets voor voelde.' Ik sla mijn ogen neer omdat het te pijnlijk is om hem aan te kijken. 'Je snapt vast wel welke richting dat uit ging.'

Hij zegt iets wat ik niet versta, maar het klinkt als een vloek. Onverwacht slaat hij zijn armen om me heen. 'Je bent nu bij mij; die twee kunnen je niets laten doen wat jij niet wilt.'

Ik leun tegen hem aan en laat me omringen door zijn warmte, ook al voelt zijn lichaam daaronder zo hard aan als beton.

'Het is afgelopen met ze!' zegt hij dan.

Het klinkt zo fel dat ik er bijna bang van word.

21

De rest van de zondag brengen we binnenshuis door. Het weer is halverwege de dag plotseling omgeslagen en de temperatuur stijgt tot ver boven nul. Het duurt niet lang of het begint te regenen. Jens steekt de open haard weer aan en met een warme chocolademelk nestelen we ons, hij met een boek en ik met mijn e-reader, op de bank. De indrukwekkende stapel boeken die overbleef nadat we ze in de logeerkamer hadden uitgezocht, heeft inmiddels een plaatsje gekregen in de boekenkast in de woonkamer, waardoor die er nog knusser uitziet. 's Avonds haalt Jens een pizza uit de diepvries en we gaan al vroeg slapen.

De volgende ochtend als ik opsta is Jens al aan het werk in de sportschool en ik besluit om via het strand naar de winkel te lopen. Even later trekken mijn laarzen sporen in het natte zand. De sneeuw is helemaal weggesmolten en door alle regen ziet alles er grijs uit. De lucht, het zand, de zee. Ook ik voel me grijs, vanbinnen en vanbuiten, nu mijn optimisme over de toekomst me is afgepakt. Hoe moet het verder als Becka én Jorg eigenaar van het winkelpand zijn? De gedachte dat Jorg op ieder moment van de dag hier binnen kan komen, ook als ik helemaal alleen ben en zonder dat ik het hem kan beletten, doet me huiveren. Dat gáát toch niet?

Naarmate ik dichter bij het centrum kom, voelen mijn benen steeds zwaarder aan en lijken mijn laarzen diepere afdrukken achter te laten. Stempels in het zand, die bij de eerstkomende vloed zullen worden weggevaagd. Over een maand herinnert vast niemand zich meer dat ik hier ooit was. Het is een gedachte waar ik zelf van schrik. Overweeg ik serieus om terug te gaan naar Nederland?

O nee! Al van verre zie ik Becka voor de winkeldeur staan, diep weggedoken in haar parka, de grijze haren verwaaid in de wind. Haar gezicht is grauw, ze ziet er opeens oud uit. De band die de hele weg al om mijn maag ligt wordt strakker aangetrokken.

'Hi Becka.' Ik druk een kus op haar wang.

'Hé lieverd.' Haar gezicht fleurt wat op en ze grijpt mijn in handschoenen gestoken handen beet. Dan richt ze haar ogen op mijn gezicht en kijkt me onderzoekend aan.

Nu. Ik moet het nu meteen zeggen. 'Becka, ik heb een naar bericht voor je. Er is zaterdagavond in de jacuzzi iets gebeurd en dat moet ik je vertellen, ook al vind ik dat heel erg.'

'Ho maar!' Ze steekt haar hand op. 'Ik weet het al.'

Dat verrast me. 'O?'

Ze knikt. 'Jorg heeft me verteld dat Robin en jij ruzie hebben gehad en dat je bent weggevlucht.' Ze fronst haar wenkbrauwen. 'Wat ik alleen niet begrijp, is waarom je naar die bodybuilder, die… die Jens bent gegaan in plaats van naar ons toe te komen toen Robin vertrokken was. Wij hadden je met liefde onderdak geboden en het voelt eerlijk gezegd wel wat als verraad dat je ons zomaar hebt gepasseerd.'

Wat?! Meent ze dit nou serieus? Ik merk dat mijn mond spontaan is opengezakt. Heeft ze echt geen idee van de ware toedracht of heeft Jorg haar geïndoctrineerd? Ik stoot een ongelovig lachje uit.

'Mijn lieve Becka, hoe kun je dit in godsnaam zeggen?' Mijn blikt vangt de hare. 'Heeft Jorg je dan niet verteld dat zíjn gedrag de aanleiding voor mijn vlucht was? Hij stond erop de nacht met me door te brengen en dit was niet voor het eerst dat hij zich misdroeg. Ik zeg het je nu maar ronduit. Die keer toen jullie bij ons kwamen eten, heeft hij me in mijn eigen keuken aangerand. Ik wilde je beschermen en heb het daarom niet eerder gezegd.' Zonder met mijn ogen te knipperen kijk ik haar aan, zodat er geen twijfel over kan bestaan dat ik de waarheid spreek. 'Maar nu kan ik niet langer verzwijgen wat een smeerlap je man is. En Robin is bijna net zo erg, want hij wilde dat ik toegaf aan Jorgs eis, en dat had ik echt nooit achter hem gezocht.' Dat laatste voeg ik eraan toe om haar te tonen dat ik me net zo overvallen voelde als zij nu ongetwijfeld doet. Dit is echt moeilijk. Ik ben het leven van die vrouw gewoon aan het slopen; hoe rot moet dit voor haar zijn? Voor mijn ogen voltrekt zich echter een wonderlijke verandering in haar houding. Met een ruk recht Becka haar hoofd, waarna ze een ijzeren gordijn tussen ons lijkt neer te laten. 'Ik geloof je niet.'

'Ik snap dat dit als een schok voor je komt, maar ik spreek echt de waarheid.'

'Je moet het verkeerd hebben opgevat, zoiets doet Jorg niet.'

Ach god, die arme vrouw kan het gewoon niet aanvaarden. 'Toch wel, Becka. Vraag het hem en kijk hoe hij reageert. Maar of je me nu gelooft of niet, je zult begrijpen dat de winkel geen doorgang kan vinden. De gedachte dat jouw man geld heeft gestoken in iets waar ik mijn ziel en zaligheid in wil leggen, doet me walgen. Ik vind het vreselijk na alles wat jij voor me hebt gedaan, maar ik ga hier geen zaak beginnen.' Ik haal diep adem, want ik besef dat ik zojuist een besluit heb genomen. 'Ik ga zo gauw mogelijk terug naar Nederland!'

Wanneer ik aan het einde van de dag afsluit, plak ik tegen de ruit van de winkeldeur een briefje dat de openingstijden vanaf nu van woensdag tot en met zaterdag zijn. Er zijn vandaag amper klanten geweest en ook de dinsdag zal vast geen topdag zijn, is mijn inschatting. Ik kan beter ook voor wat tijd voor mezelf zorgen om mijn vertrek naar Nederland voor te bereiden.

Eenmaal thuis bij Jens besluit ik Myrthe te bellen, de huurster van mijn appartement. In principe huurt zij het voor de periode van een jaar, maar misschien is ze bereid eerder te vertrekken. Het liefst ga ik pas terug naar Nederland als ik weer in mijn eigen huis kan wonen, al hebben mijn ouders altijd plek voor mij.

Ik zoek haar nummer op en toets het in. Mijn oproep wordt aangenomen en na wat heen en weer gepraat over hoe het appartement Myrthe bevalt, kom ik tot de reden van mijn telefoontje.

'Wil je weer in je eigen huis wonen?'

Ik hoor de schrik in haar stem. 'Als het mogelijk is wel. Ik weet dat we een huurperiode van een jaar zijn overeengekomen, maar misschien zie jij kans om iets anders te huren?'

Het blijft even stil. 'Tja, dan moet ik echt op zoek gaan. Het zal niet meevallen om andere woonruimte te vinden. Je kunt niet verwachten dat ik op stel en sprong vertrek.'

'Doe ik ook niet, ik overval je hiermee, dat begrijp ik best. Maar je zou me enorm helpen als je het wilt proberen. Desnoods kan ik je misschien wat tegemoetkomen als het financieel een probleem oplevert.' Hoe ik dat moet doen is me nu nog niet duidelijk, maar tegen de tijd dat het nodig is heb ik vast wel een oplossing bedacht.

'Oké, ik zal gaan zoeken. En jij kunt zelf natuurlijk ook rondkijken op internet.'

'Dat zal ik zeker doen. Maar het huis bevalt je dus wel, begrijp ik?'

'Ja, prima. Alleen in het begin had ik een beetje last.'

O? Dit hoor ik voor het eerst. 'Last? Van wie of wat?'

'Jouw vriend kwam toch vaak bij Always Fit?'

'Dat klopt.'

'Volgens mij waren het lui die daar ook trainden.'

'Wat bedoel je met: lui? Wat deden ze dan?' zeg ik nogal geagiteerd, en de onrust in mijn binnenste vlamt weer op.

'Ze kwamen hier aan de deur en vroegen naar je vriend. Toen ik zei dat jullie verhuisd waren, geloofden ze me niet. Volgens mij dachten ze dat hij zich ergens schuilhield. Ze zijn een paar dagen achter elkaar langs geweest om te controleren of hij er echt niet was.'

Ik hap naar adem. 'Vroegen ze naar ons adres? Hebben ze je onder druk gezet?'

‘Behoorlijk ja, hoewel daar niet veel voor nodig was. Ik bedoel, als je die gasten alleen maar ziet krijg je als vrouw al de kriebels. Enorme spierbundels en onder de tattoos met doodshoofden en zo. Geen fijn volk, hoor.’

Mijn hart klopt in mijn keel. ‘O, wat erg voor je. Het spijt me zo dat je hiermee moest dealen. Maar je hebt ze dus niet verteld dat wij naar Denemarken zijn verhuisd?’

Myrthe lacht. ‘Dat gaat ze niets aan, toch? Ik heb me van de domme gehouden en na een paar dagen gaven ze het op.’

‘God, ik kan je wel zoenen. Ik weet niet of ik ook zo koel had gereageerd.’

‘Heb jij een idee waarvoor ze kwamen?’

‘Ik zou het niet weten. Niet dat het me verbaast, want ik ben erachter gekomen dat ik mijn inmiddels ex-vriend heel slecht ken. Nou, ik hoop echt dat je geen last meer krijgt met die lui.’ En ik ook niet als ik daar weer woon, denk ik erachteraan. We spreken nogmaals af dat we alle twee zullen proberen nieuwe woonruimte voor Myrthe te vinden, meer valt er op dit moment niet aan te doen.

Als ik heb opgehangen, blijf ik lang op de bank voor me uit staren. Ik moet weer denken aan de keer dat we uit eten gingen en die engerd, die Jacko, aan onze tafel verscheen. Zie je wel dat mijn gevoel klopte dat er toen iets helemaal fout zat. Wat kan er gespeeld hebben? Liet Robin zich met verkeerde mensen in, had hij schulden gemaakt of werd hij gechanteerd? Het was in ieder geval duidelijk dat Jacko niet blij met hem was. En Robin was bang, dat kon ik horen. Waarom heb ik dat destijds genegeerd en niet verder doorgevraagd? Dat kwam natuurlijk door ons vertrek kort daarna, dat mijn aandacht volledig opslokte.

Zou de snelheid waarmee we naar Denemarken zijn gegaan zijn ingegeven door de moeilijkheden waarin Robin kennelijk verkeerde, bedenk ik ineens. Nee, nou draaf ik door. Robins manager wilde toch dat hij zo gauw mogelijk ging opstarten? Al met al is dit knap vervelend allemaal; ik heb weinig trek in agressieve lui aan mijn deur straks. De eerstvolgende keer dat ik Robin spreek, zal ik zeggen dat hij dit zo snel mogelijk moet oplossen. Dat is wel een probleem, want eigenlijk wil ik helemaal geen contact meer met hem. Hij heeft me de afgelopen dagen meerdere appjes gestuurd waarin hij me eerst vroeg en daarna bijna smééкte om hem te bellen. Ook informeerde hij een paar keer of en wanneer ik weer bij hem terugkwam. Omdat ik zijn berichtjes helemaal zat werd, heb ik hem een appje gestuurd met de mededeling dat ik zolang bij een vriend logeer en dat hij me voorlopig met rust moet laten. Bij wie ik logeer zei ik niet, hoewel ik niet de illusie heb dat zoiets hier lang geheim blijft. Niet dat het mij wat kan schelen; ik ben hem geen verantwoording schuldig.

'Jij bent diep in gedachten.' Huh? Verschrikt kijk ik op. Jens staat in de deuropening zonder dat ik hem heb horen binnenkomen. Hij loopt de kamer door en legt zijn hand even op mijn schouder. 'Alles oké?'

'Hm, ik weet het niet. Ik belde net met de huurder van mijn huis in Nederland, en zij vertelde me dat ze een paar weken terug werd lastiggevallen door een aantal gasten die wilden weten waar Robin uithangt.'

'O?' Jens loopt naar de keuken en komt terug met twee flesjes bier. Hij overhandigt mij er een en gaat op de bank tegenover me zitten met zijn ellebogen steunend op zijn knieën. 'Waarom informeerden ze daarnaar?'

'Ze denkt dat het lui waren van de sportschool waar Robin trainde.'

'Ah, zo.' Aan Jens' gezicht te zien begrijpt hij iets wat voor mij nog in raadselen is gehuld.

'Wat: zo?'

'Nee, niets. Op sportscholen kom je inderdaad wel vaker van die agressieve types tegen.'

'Niet alleen agressieve types, toch? Jij bent zo niet, en Robins motivatie was dat zijn vader ongeneeslijk ziek bleek te zijn. Dat was voor hem het sein om zo fit en sterk mogelijk te worden.'

'Leeft zijn vader nog?'

'Nee, hij is vijf maanden geleden overleden. Hij had leverkanker in een vergevorderd stadium toen het ontdekt werd. Zijn ziekbed heeft amper een halfjaar geduurd.'

'Ai, dat is wel heel kort. Ik kan me voorstellen dat zoiets heftigs je confronteert met je eigen sterfelijkheid. Alleen wil het niet zeggen dat je per se gezond bezig bent als je je zo focust op spieraanwas zoals Robin doet, hoe ironisch dat ook mag klinken.'

'Wat doet hij fout dan?'

Jens' blik is ondoorgrondelijk. 'Dat leg ik je nog wel uit, maar niet nu. Ik heb namelijk vis meegebracht uit het dorp. Heb je zin in een barbecue?'

Ik kijk naar buiten, waar het pikkedonker is. 'Echt?'

Jens knikt lachend. 'Laat mij maar even.' Hij trekt zijn jas aan en verdwijnt via de keukendeur naar buiten. Hij blijft lang weg en ik pak nog maar een biertje uit de koelkast. Morgen zal ik de voorraad wel aanvullen. Ha, daar is hij eindelijk weer. 'Mevrouw, uw diner is klaar. Jas, muts en sjaal aanbevolen.'

Ik pak de attributen van de kapstok en volg hem naar buiten. Hij heeft zelf ook een beanie opgezet en zijn wangen zien rood van de kou. Hij leidt me naar iets waarvan ik dacht dat het een schuurtje was, maar het blijkt een tuinhuis te zijn. De barbecue staat net buiten de openstaande deuren. Binnen zie ik een loungebank met dikke plaids en een brandende vuurkorf ernaast. Aan het plafond hangen gekleurde lampjes aan visnetten en allerlei nautische vondsten versieren de wanden. 'Wat knus!' Ik nestel me diep in de kussens en trek een plaid over me heen. Ook vanuit het tuinhuis kijk je zo tussen de duinen door uit op zee. De maan glipt net achter de wolken vandaan en werpt zijn licht op de golven.

Ik kijk naar Jens, die de vis beetpakt met een tang, hem vervolgens inwrijft met olie en hem dan terug op het rooster legt. Over de gegrilde kant sprenkelt hij een beetje citroensap. Zoals hij daar bezig is, lijkt hij volkomen in zijn element. Ik zou moeiteloos verliefd kunnen worden – als ik het al niet ben. Alsof hij voelt dat mijn blik aan hem vastgekleefd is, draait hij zich opeens om en geeft me een knipoog. 'Heb je het warm genoeg?' Ik knik en heb het gevoel dat de hitte van de vuurkorf bij me naar binnen is geslagen. Vlug zet ik het bierflesje aan mijn mond.

'Waarom belde je je huurder eigenlijk?' Hij geeft me een bord aan en komt naast me op de bank zitten.

Ik kijk naar hem op, naar zijn gezicht dat nu heel dicht bij me is, en probeer het antwoord op zijn vraag ergens uit mijn geheugen op te diepen.

22

Badend in het zweet wordt Robin tegen twaalven wakker. Zijn hele lijf is kletsnat en de dekbedhoes plakt aan zijn huid. O god, zijn hart, er is iets mis met zijn hart. Hij legt zijn handpalm op de plek waar het zo heftig bonkt dat het pijn doet en probeert het aantal slagen te tellen. Fuck! Dat gaat niet. De *activity tracker* om zijn pols, daar moet hij op kijken. Het getal negentig licht op. Een stuk hoger dan zijn normale rusthartslag van zestig, maar niet verontrustend afwijkend. Waarschijnlijk is hij gewoon wakker geworden uit een nachtmerrie die hij zich niet kan herinneren.

Hij staat op en loopt naar de badkamer om zichzelf in de spiegel te bekijken. Tjeez, hij ziet er verschrikkelijk uit. In plaats van twee sieren nu vier grote puisten zijn voorhoofd. Onder de douche wast hij de transpiratie van zich af, maar zo gauw hij eronder vandaan komt gutst het zweet alweer van zijn lichaam. Met trillende handen probeert hij het scheermes te hanteren. Verdomme! Hij smijt het wegwerpmesje in de wastafel. Die klote Jorg ook!

Sinds hun ruzie in de jacuzzi heeft hij de pillen van zijn buurman niet meer ingenomen, vastbesloten zijn afhankelijkheid van de man te doorbreken. En van dat besluit merkt hij nu de gevolgen. Zijn lichaam schrééuwt om wat er ook in die pillen mag zitten. Maar hé, ze werken wel, zegt een tegenstribbelend stemmetje in zijn hoofd. Kijk eens naar je spieren, man. Hij spant zijn biceps zo groot als meloenen. Onoverwinnelijk, zo ziet hij eruit. De dood zal er een flinke kluif aan krijgen om hem te halen; zijn vader kan trots op hem zijn. Wat zijn lichaam betreft dan, of hij ook met voldoening neerkijkt op zijn gedrag betwijfelt hij. Dat zit hem zelf ook helemaal niet lekker, maar wat moest hij anders die avond in de jacuzzi? O zeker, het kwam voor hem ook als een enorme schok dat Jorg Merel in zijn bed wilde. Hij dacht echt dat Jorgs onbeschaamde gedrag eerder het gevolg was geweest van te veel drank. Een uitglijder zoals iedere man die ooit in zijn leven weleens maakt. Dat het de inleiding vormde voor zijn werkelijke plannen met Merel had hij totaal niet zien aankomen. Nadat Merel het bad halsoverkop had verlaten, vroeg hij kwaad waar Jorg het gore lef vandaan haalde om zo'n voorstel te doen. Dacht hij nou echt dat hij, Robin, zijn vriendin aan hem ging uitlenen? Jorg keek hem uiterst koel aan en antwoordde beheerst dat dat toch echt zou gebeuren, want Robin kon niet zonder hem. Of interesseerde het hem niet dat zijn lichamelijke ontwikkeling tot stilstand zou komen. Sterker nog, dat zijn spieren ineen zouden schrompelen als een ballon waaruit de lucht is ontsnapt zonder de pillen die hij hem verstrekte. En o ja, wist hij al dat dit effect zich ook zou voordoen bij zijn balzak? Niet? Gut, dan was hij zeker vergeten te vertellen dat de lichaamseigen productie van testosteron door die pillen volledig stil kwam te liggen en dat die zich daarna maar moeizaam en soms helemaal niet meer herstelde. Niet fijn, maar ja, dat deed dat spul nou eenmaal met je lichaam. Wel sneu natuurlijk als je vriendin een kinderwens heeft die je daardoor niet meer kunt vervullen.

Met open mond en toenemende angst hoorde hij Jorg aan tot het zwart voor zijn ogen werd. Hij móést die pillen kunnen blijven gebruiken. Hij vloog de jacuzzi uit, Merel achterna. Ze moest doen wat Jorg van haar wilde, dat was de enige manier om zijn leveranties te behouden.

Hij kan zichzelf nu wel voor zijn kop slaan als hij eraan terugdenkt hoe hij Merel behandeld heeft. Het enige goede wat hij die avond deed, was Jorg de doorgang versperren toen hij Merel buiten wilde achtervolgen. Pas nu ziet hij in hoe Jorg hem vanaf het begin heeft gemanipuleerd. Het kan bijna niet anders of zijn plannen met Merel zijn toen al gemaakt. Maar hij, sufferd die hij is, had niets door. Als hij bedenkt dat hij zelfs nog excuses heeft verzonnen voor Jorgs eerdere gedrag, kan hij wel door de grond zakken van schaamte. Teleurstelling en boosheid tollen in hem rond. Deze dinsdag stond al heel lang als enige vrije dag ingepland, maar in plaats van lekker thuis te relaxen loopt hij als een gekooid dier tegen de wanden van het huis op. Weg moet hij, naar buiten. Hij kleedt zich om en rijdt even later de heuvel af, op weg naar de sportschool. Wat stoom afblazen zal hem goeddoen.

Normaal wordt er overdag door hun groepje nooit getraind; hopelijk heeft Jorg niet besloten vandaag juist wel te gaan. Bij de parkeerplaats aangekomen scannen zijn ogen de voertuigen die er staan. Geen Mercedes. Hij herademt.

Van achter de balie begroet Niklas hem joviaal. 'Zo, overdag trainen?'

Robin knikt. 'Ik heb mezelf een dagje vrij van mijn werk gegeven.' Hij aarzelt kort en vraagt het dan toch maar: 'Heb je Jorg nog gezien vandaag?'

Niklas schudt zijn hoofd. 'Nee, die is er niet. Je andere maatjes ook niet, trouwens.'

'Oké, dan ga ik maar alleen aan de slag.'

Het is heerlijk rustig in de sportschool, hij heeft de toestellen voor het uitkiezen. Na de warming-up in wandeltempo stelt hij de snelheid van de loopband zoals gewoonlijk in op vijftien kilometer per uur en begint te lopen. Tjee, wat is er met hem aan de hand? Al snel hijgt hij als een afgebeuld karrenpaard. Is er dan toch iets mis met zijn hart? Voor de zekerheid maar een paar tandjes terugschakelen. Het helpt niet veel en als een kerel op leeftijd maakt hij de tien minuten vol. Hij laat de cardioapparatuur achter zich en richt zich op krachttraining. Zijn lichaam lijkt zich toch weer wat hersteld te hebben, hij beult zichzelf anderhalf uur probleemloos af. Als laatste loopt hij naar de legpress om zijn beenspieren nog even flink aan het werk te zetten. Nauwelijks heeft hij plaatsgenomen of er komt iemand op het toestel naast hem zitten. Hij kent de man alleen van gezicht en knikt hem kort toe, een beetje geïrriteerd dat hij in de verder bijna lege ruimte juist het apparaat naast hem moet uitkiezen. Zijn benen voelen plotseling niet erg goed meer aan en hij vreest dat hij zijn maximum gewicht niet kan wegdrukken.

'Ik snap je ergernis,' zegt de man zomaar uit het niets, 'maar ik zit hier omdat ik je wil waarschuwen.'

Door de indringende manier waarop de woorden worden uitgesproken schieten de haartjes op Robins arm recht overeind. Hij heeft de kerel wel vaker uit zijn ooghoeken naar hem en Jorg zien kijken en vroeg zich af of dat uit jaloezie was. 'O, is dat zo... Hoe heet je eigenlijk?'

'Ik heet Søren, Robin.'

Oké, zijn naam weet hij dus al. Het maakt hem onrustig, het doet vermoeden dat Søren veel meer van hem weet dan hij zou willen. 'En waarom denk je mij te moeten waarschuwen, Søren?'

Het levert hem een laatdunkende blik op. 'Ooit, Robin, iets meer dan een jaar geleden, was ook ik een Robin. Toen ik voor het eerst in deze sportschool kwam, was mijn fysieke gesteldheid vergelijkbaar met die van jou een paar weken terug. En ook ik wilde heel graag snel groter worden. Blijkbaar straalde ik dat uit, want in diezelfde week knoopte Jorg een praatje met me aan, zogenaamd omdat ik een nieuw gezicht was. De keer daarna dat ik hem sprak, vroeg hij of ik geïnteresseerd was in zijn hulp om op een hoger level te komen. Uiteraard hapte ik toe en ik werd toegelaten tot het groepje met wie Jorg destijds trainde. Allemaal heel fijn en geheel vrijblijvend, zo leek het. Tot we een poosje bezig waren en Jorg zich steeds meer liet gelden. Als ik verder wilde, kon hij me ook nog op andere manieren helpen. Wilde ik dat misschien proberen? Ik zei ja tegen zijn pillen, merkte al snel een verandering, en gaf aan ze graag te blijven gebruiken. Het bedrag dat Jorg rekende, leek alleszins schappelijk, hoewel de prijs in de weken daarna wel rap omhoogging. Al snel kostten ze me dusdanig veel dat het niet meer was op te brengen en ik besloot ermee te stoppen. Nou, dat heb ik geweten.' Søren zwijgt en staart langs Robin heen. De haartjes op Robins arm staan opnieuw recht overeind. Het liefst was hij opgestaan om het verhaal niet verder te hoeven aanhoren, maar een vorm van zelfkastijding dwingt hem onbeweeglijk te luisteren.

'Ik was compleet verslaafd geraakt. Mijn lichaam reageerde zo heftig dat ik nog maar één ding wilde: Jorgs pillen. En toen begon de ellende.' Sørens blik roept spontaan koude rillingen bij hem op. 'Jorgs prijs was intussen verder gestegen en ik kon hem met geen mogelijkheid betalen. Smeekbeden om het afsluiten van een lening vonden geen gehoor. Jorg wilde geld zien, en als ik het hem niet kon geven, moesten we maar naar een andere manier van afbetalen zoeken.' Onverwacht stoot Søren een korte harde lach uit. 'De zoektocht duurde niet lang, de oplossing lag volgens Jorg bij mijn toenmalige vriendin.'

O god, Robin voelt zich spontaan misselijk worden. Hij slaat zijn hand voor zijn mond en blijft zo zitten. Sørens blik is er een vol mededogen. 'Je wilt de rest ongetwijfeld niet horen, maar ik wil echt dat je naar me luistert, zodat je weet met wie je te maken hebt.'

En Søren praat verder, terwijl Robin ademloos toehoort. Een bittere galsmaak vult zijn mond en de neiging tot kokhalzen wordt bijna onbedwingbaar. Tegelijk welt er een enorme woede in hem op nu het glashelder is dat Jorg inderdaad vanaf het allereerste moment zijn oog op Merel had laten vallen en daarop zijn plannen met hem ingericht had.

Zonder nog iets tegen Søren te zeggen staat hij op van de legpress en rent weg in de richting van de uitgang. Bijna botst hij daar tegen Jens op, die net de sportschool binnenkomt. Hij merkt het amper. Hete tranen prikken achter zijn ogen; hij zou het uit willen schreeuwen van frustratie en kwaadheid. Wat is die Jorg een ongelooflijk gewetenloze klootzak. Dat Søren de waarheid heeft gesproken, betwijfelt hij geen moment. Dit moet stoppen. Niet alleen voor hem en Merel, maar voor iedereen die ermee te maken heeft. Hij denkt aan zijn trainingsmaten. Zou hun aanbidding van 'de dokter', zoals ze hem vaak noemen, ook zijn ingegeven door angst en dreiging? Zal hij proberen hen mee te laten opstaan tegen Jorg? Nee, beter van niet. Stel dat zijn aanname niet klopt of dat er een tussen zit die zich geroepen voelt Jorg in te lichten. Nee, dit moet hij zelf opknappen – en wel zo snel mogelijk. Hij pakt zijn mobiel om Jorg te appen dat ze vandaag nog in het geheim moeten afspreken, omdat hij belangrijke informatie heeft. Waar zal hij hem ontmoeten? Een vastomlijnd plan over hoe een en ander aan te pakken zit nog niet in zijn hoofd, maar zijn instinct zegt hem dat het een afgelegen plek moet zijn. Hij moet ineens denken aan de bunkers in het duingebied. Er ligt een grote bunker ten oosten van de meest westelijke punt van Denemarken, die kent Jorg vast wel.

Het duurt even voor er een antwoord op zijn app komt, waarin Jorg zegt daar met een halfuur te zijn. Robin ademt diep in en voelt de adrenaline door zijn lijf schieten. Met hernieuwde energie zoekt hij zijn auto op en rijdt naar de parkeerplaats vlak bij het strand. Na wat rommelen in de kofferbak haalt hij de bijl tevoorschijn die er sinds zijn moeilijkheden in Nederland standaard in ligt. Het gewicht van de steel voelt lekker aan in zijn hand. Met ferme passen loopt hij de duinen in, zijn doel helder voor ogen.

De Noordzee geeft de aanlandige wind een ijskoude lading mee, hij rilt ervan in zijn jack. Of komt het door de spanning die zijn lichaam steeds meer in zijn greep krijgt? Er is hem zoveel aan gelegen om Jorg te laten ophouden. Het besef dat de man hem niet alleen privé, maar ook zakelijk nietsontziend in de tang heeft genomen, laat hem sidderen. Al zijn opdrachten dankt hij aan zijn buurman, die waarschijnlijk maar met zijn vingers hoeft te knippen om ze als in een sprookje te laten verdwijnen. Waarom heeft hij nu pas door dat Jorg zijn invloed puur voor eigen gewin heeft gebruikt?

Hij nadert de bunker en verschanst zich binnenin. Zijn horloge laat weten dat hij tien minuten te vroeg is. Het wachten kan beginnen.

Een kwartier later is Jorg er nog niet, en Robins woede bereikt het kookpunt. Denkt die arrogante klootzak gewoon te laat te kunnen komen voor hun afspraak? Robin wacht wel, Robin heeft toch niets te vertellen, Robin is toch afhankelijk. Nou, mooi niet.

Hij pakt zijn mobiel en hoort op hetzelfde moment ergens achter zich een geluidje. Snel draait hij zich om en tuurt de donkere gang in. Wat was dat? 'Hallo?' Voorzichtig loopt hij dieper de bunker in. 'Jorg, ben jij daar?' Shit, hij had moeten controleren of de bunker meerdere ingangen heeft. Hij verstevigt zijn grip op het heft van de bijl. Langzaam sluipt hij verder. Om hem heen wordt het almaar donkerder; hij heeft zich nooit gerealiseerd dat je zo ver kunt lopen. Hij stopt even om de zaklamp op zijn mobiel aan te zetten. Behoedzaam gaat hij verder.

'Nee maar!' Onverwacht klinkt Jorgs stem vlakbij. Robin schrikt zo dat hij de bijl bijna uit zijn vingers laat glippen. Hij zwaait zijn mobiel naar links en ziet Jorg in een nis een meter verderop staan. Om zijn hoofd draagt hij een band met een lamp erin. Wanneer hij die hij inschakelt, raakt Robin bijna verblind door het felle licht. 'Daar hebben we Robin. Jij komt me zeker vertellen dat je je vriendinnetje zo ver gekregen hebt om de nacht met mij door te brengen? Of kijkt ze er van zichzelf al naar uit om eindelijk eens door een echte kerel genomen te worden?'

Het sarcasme druipt van zijn woorden. Het vuur in Robins kokende binnenste wordt er nog verder door opgepookt. 'Vuile schoft,' sist hij. 'Jij zult haar nooit krijgen, ook niet met geweld, zoals je met de vrouw van Søren gedaan hebt.'

Jorg spuugt op de grond. 'Dat wijf van Søren was een ziekelijke fantast.'

'Jij hebt haar tot zelfmoord gedreven, jij smerige verkrachter!' Hij springt naar voren met de bijl in de aanslag. Maar voor hij hem kan heffen pakt Jorg zijn onderarm beet en zet kracht om die naar beneden te duwen. Met alles wat in hem zit biedt Robin weerstand. Zijn spieren trillen ervan en toch verliest hij langzaam terrein. Centimeter voor centimeter dwingt Jorg hem de arm met de bijl te laten zakken. 'Wat wilde je nou beginnen? Dacht je: die oude man pak ik wel even?' Jorg snuift. 'Alsof jij met die opgeblazen spieren van je ook maar in de buurt van mij kunt komen. Dat is allemaal lucht, jongen, meer niet. Zonder die pillen zak je als een lekke opblaaspop in elkaar. Je zult het nooit van mij winnen!' Met een razendsnelle beweging probeert Jorg de bijl te grijpen, maar in een reflex pakt Robin hem op hetzelfde moment over in zijn andere hand. Het blad lijkt voor Jorg langs te schieten. Of heeft hij hem toch geraakt? Jorg grijpt tenminste naar zijn buik, om daarna met een verbaasde uitdrukking naar zijn bebloede vingers te kijken. Robin volgt kort Jorgs blik en is even afgeleid. Wanneer hij weer opkijkt, springt Jorg naar voren en geeft hem een duw naar achteren, zo hard dat zijn hoofd met een klap tegen het beton slaat. Hij hapt naar adem. Onder zijn schedel explodeert de pijn.

'Godverdomme, jij etterbak! Het is nu echt afgelopen met jou en dat wijf van je. Denken jullie soms dat alles in het leven gratis is? Als ik haar niet kan hebben, gaat dat kutwinkeltje van haar als opslag dienen voor mijn pillen, zeg dat maar tegen haar! En vertel haar dan ook meteen dat jij door die dezelfde pillen nooit meer haar kinderwens zult kunnen vervullen. Dat klusje zal ik dus wel voor je klaren. Of ze het nou wil of niet, die teef gaat voor mij met haar benen wijd!' Opeens blikkert er een mes in Jorgs hand dat dreigend op hem af komt. Het duizelt hem. De bijl, heeft hij de bijl nog vast? Robin heft onvast zijn arm en wankelt op zijn benen als hij uithaalt. Terwijl hij ineenzakt, ziet hij zijn buurman op handen en knieën op de grond zakken.

'Verdomme, waar is dat kloteding?' brult Jorg.

In het licht van Jorgs hoofdlamp ziet hij hem zoeken naar het mes dat hij kennelijk geraakt heeft.

Een verlammende angst maakt zich nu van hem meester. Als Jorg dat ding vindt, is hij er geweest. Hij voelt dat hij wegzakt, er is niets wat hij kan doen om zichzelf nog te redden.

Het laatste waarvan hij zich bewust is, is dat er zomaar uit het niets iemand achter Jorg opdoemt.

23

Mijn telefoon gaat. Becka, zie ik. Gadver, ik heb helemaal geen zin om haar na gisteren te spreken. Met een zucht tik ik toch maar op 'aannemen'.

'Merel, ik zit ergens mee, kun jij me helpen?'

Na alles wat ze voor mij heeft gedaan zou het uiterst ondankbaar zijn om nu nee te zeggen, en dus antwoord ik: 'Natuurlijk, zeg het maar.'

'Jorg is nog niet thuis en ik maak me zorgen.'

Wat?! Ik rol met mijn ogen. Hoe komt ze erbij om mij over Jorg te bellen? *Maak je maar niet druk, Becka, je man is waarschijnlijk bij een vrouw blijven plakken, hij komt vast – maar niet thuis.* 'O?' Miniemer kan ik mijn reactie niet verwoorden.

'Ik begrijp niet waar hij kan zijn. Ik heb hem om kwart over twee bij het duingebied afgezet. Hij had een afspraak met Robin bij een van de bunkers.'

Ik veer op. Robin? 'Wat een vreemde plek om elkaar te ontmoeten. Weet je waar het over ging?'

'Nee, Robin had per whatsapp gevraagd of hij naar de grote bunker wilde komen. Jorg zou lopend naar huis teruggaan, of met Robin meerijden, dat hing een beetje van hun ontmoeting af. Weet jij waar Robin nu is?'

'Nee Becka, ik heb geen idee. Hoe laat was die afspraak?'

'Om halfdrie.'

Ik kijk op mijn horloge en zie dat het kwart voor vier is. Het is al schemerig aan het worden en buiten is het berekoud, wat een wandeling voor het plezier uitsluit. 'Ik bel Robin.'

Meteen verbreek ik de verbinding. Hoewel ik Robin heb laten weten dat hij me met rust moest laten, heeft hij me iedere dag toch wel een keer geappt. Hij neemt zeker op als ik hém nu bel. Ik toets op het groene hoorntje en hoor het toestel overgaan tot de voicemail wordt ingeschakeld. Ik spreek een bericht in. 'Met Merel. Weet jij waar Jorg heen is gegaan na jullie afspraak? Hij is nog niet thuis en Becka is bezorgd. Bel me.' Ik verwacht hem direct aan de lijn te krijgen, maar er verstrijken minuten zonder dat Robin zich meldt. Dan maar een appje versturen. Het bericht komt aan, de blauwe vinkjes blijven uit. Hoewel het me mateloos irriteert van mezelf, begint er ook bij mij onrust te ontstaan. Een gevoel bekruipt me dat ik niet goed kan plaatsen, maar het grijpt me bij de strot. Robin heeft zijn telefoon altijd stand-by, waarom reageert hij niet? Ik bel hem nogmaals en word weer doorgeschakeld naar voicemail. Volgens WhatsApp is hij inderdaad niet online.

'Becka, met Merel. Ik heb Robin gebeld, maar hij neemt niet op en heeft ook mijn appje niet gelezen. Heb jij al iets van Jorg gehoord?' Haar ontkennende antwoord voedt mijn ongerustheid. 'Ik vind dat we erheen moeten gaan.' Becka is het met me eens en we spreken af dat zij mij in het dorp zal oppikken. Snel schrijf ik een briefje voor Jens. Hij is de hele dag al weg en ik vraag me ineens af waar hij is. Moest hij vandaag nou werken? Ik herinner me niet dat hij er iets over heeft gezegd. Sinds mijn burn-out laat mijn geheugen me nog te vaak in de steek.

'Wat stond er in dat appje dan?' vraag ik als ik bij Becka ben ingestapt.

'Dat Robin Jorg in het geheim wilde ontmoeten omdat hij informatie voor hem had.'

'Informatie?' zeg ik fronsend. 'Wat kan hij daar nou mee bedoeld hebben?'

Becka haalt haar schouders op. 'Dat weet ik niet. We waren vanaf Esbjerg onderweg naar huis. Ik reed en na dat appje moest ik Jorg bij de strandweg ter hoogte van de grote bunker afzetten. Hij was duidelijk geagiteerd, maar weigerde eerst om te zeggen waardoor dat kwam. Hij zat maar te draaien naast me en vertelde uiteindelijk toch wat Robin had geappt. Het klonk bijna als een waarschuwing voor het geval hij niet thuis zou komen, denk ik nu.'

'Dan ben ik benieuwd of en hoe we ze zullen aantreffen.' Becka's woorden klinken nogal onheilspellend en ik kijk er helemaal niet naar uit om bij een eventueel conflict betrokken te raken. Algauw bereiken we de plek vanwaar het pad naar de grote bunker begint. Becka parkeert de Mercedes en ik open het portier om uit te stappen. Direct waait een kille wind me in het gezicht. Toen Becka belde kwam ik net onder de douche vandaan en de haren onder mijn muts zijn nog nat. Diep weggedoken in mijn kraag loop ik naast haar voort. De sfeer tussen ons is nog steeds gespannen, het zal nooit meer worden zoals het was. 'Dan moet het hier zijn,' zeg ik na tien minuten. We staan bij de ingang en staren de donkere gang in. Een huivering trekt langs mijn ruggengraat; ik heb zó geen zin om naar binnen te gaan.

'Ik ga wel eerst.' Becka haalt een zaklantaarn uit haar jaszak en schakelt hem in. Met forse tegenzin loop ik achter haar aan, de naargeestige spelonk in. Voor mijn gevoel is het kwaad van de Duitse bezetter hier nooit helemaal verdreven en wacht het zijn kans af om opnieuw aan te vallen.

'Zie je iets?' informeer ik al na een paar meter lopen. Het liefst maakte ik direct rechtsomkeert. 'Zullen we ze maar roepen? Robin, ben je hier?'

'Jorg!' schalt Becka's stem erachteraan.

We staan stil om te luisteren, maar het enige wat we horen is de weerkaatsing van onze stemmen tegen de betonnen wanden. We lopen verder. Hoe diep is zo'n bunker? Zou je er kunnen verdwalen? Onzin, zo groot lijkt hij van buiten ook weer niet. Als mijn telefoon bereik heeft, kan ik Robin natuurlijk proberen te bellen. Terwijl ik mijn mobiel uit mijn jaszak vis, staat Becka plotseling stokstijf stil, waardoor ik bijna tegen haar op bots. Een ijselijke gil vult de ruimte.

‘Wat is er?’ hijg ik verschrikt.

Ze komt in beweging en stort zich op de vloer. O god! Ligt daar een lichaam? Wie is dat? Het is of mijn hart stilstaat. Op een of andere manier lukt het me de zaklamp op mijn telefoon in te schakelen en het tafereel voor me te beschijnen. Het is Jorg! De opluchting die ik voel omdat het niet Robin is, is van korte duur. Wat mijn ogen zien is zo naar dat dat gevoel meteen weer verdwijnt: Jorgs lichaam ligt bewegingsloos op de grond met naast hem een plas donker, geronnen bloed. Mijn maaginhoud komt omhoog bij het zien van de levenloze blik in zijn ogen en ik sla mijn hand krampachtig voor mijn mond. Het kan niet anders of Jorg is dood, maar toch buigt Becka zich over haar man heen en begint hem te reanimeren. Waarom? Ze is arts, ziet ze niet dat dat zinloos is?

Ik overwin mijn afschuw en loop naar mijn buurvrouw, die met haar handen krachtig op de borstkas van haar man drukt. ‘Becka, stop, het is te laat, Jorg is dood,’ zeg ik indringend. Ze kijkt even naar me op, haar blik wezenloos, dan buigt ze zich weer voorover. ‘Stop, Becka! Je moet de politie bellen, toe.’ Ik voel me volkomen hulpeloos en vrees dat ik al mijn Engels ben vergeten als ik nu moet uitleggen wat we hebben aangetroffen en waar we ons bevinden.

De tranen prikken achter mijn ogen, terwijl Becka maar doorgaat, doof en blind voor mijn smeekbede. Ten einde raad probeer ik toch zelf maar te bellen. Natuurlijk, geen bereik. ‘Luister Becka, ik moet naar buiten om te kunnen telefoneren.’ Het is onduidelijk of ik tot haar doordring. Terwijl ik me in de richting van de uitgang haast, klinkt in mijn hoofd opeens Robins stem. ‘Merel,’ hoor ik hem fluisteren. Een koude rilling trekt over mijn rug. Zijn stem klinkt heel ijl en lijkt nauwelijks nog menselijk. Waar zou Robin gebleven zijn? Als hij iets met Jorgs dood te maken heeft is hij vast weggevlucht, maar als dat niet zo is, zal Robin toch niet ook...?

'Robin?' schreeuw ik zo hard als ik kan en ik begin weer te rennen. Is hij hier nog ergens? Shit, wat is dat nou? Ik eindig in een doodlopende gang, terwijl ik dacht dat ik dezelfde weg terug volgde. Ik draai me om – en dan hoor ik het: een zacht kreunen. Met trillende handen richt ik mijn mobiel op de hoek vanwaar het geluid klonk. De lichtbundel onthult het lichaam van een man, ineengedoken zittend tegen de wand. 'Robin!' Ik ren op hem af en kniel naast hem neer. 'Ik ben het, Merel.' Er volgt geen reactie. Ik leg mijn hand tegen zijn wang en voel dat hij ijskoud is. 'Robin, hoor je me?' Zachtjes schud ik hem heen en weer. Hij opent even zijn gesloten ogen en kreunt opnieuw zacht. Godzijdank, hij leeft nog.

Paniek vliegt me naar de keel. Wat moet ik doen? Hij moet er heel slecht aan toe zijn, anders zou hij wel meer reactie vertonen. Ik heb geen idee of hij gewond is of alleen versteend van de kou. Hoe dan ook moet er zo snel mogelijk hulp komen. 'Hou vol, Robin, ik ga bellen, maar ik kom terug.' Ik sta op en hol terug tot het punt waar ik daarnet een verkeerde gang heb genomen. Aan wat er gebeurd zou zijn als ik dat niet had gedaan, wil ik nu niet denken. Robins toestand schijnt me zo ernstig toe dat ik elke gedachte verder angstvallig mijd. 'Hulp halen' is het enige wat door mijn hoofd schalt. Tot overmaat van ramp geeft mijn telefoon aan dat hij moet worden opgeladen. Please, niet uitvallen, niet nu. Au! Ik stoot mijn voet tegen een uitsteeksel, struikel en val voorover.

Een paar sterke armen vangen me op.

'Daar ben je dus! Wat heb je in godsnaam in deze bunker te zoeken?'

'Jens?' stamel ik vol ongeloof. Ik kom direct bij mijn positieven. 'Vlug, je moet het noodnummer bellen. Robin ligt verderop, gewond of onderkoeld, dat weet ik niet en Jorg...' Ik haper even. 'Jorg is dood. Becka is bij hem.'

Bij het licht van zijn mobiel zie ik Jens' gezicht verstrakken. 'Hoe kan dat? Wat is er gebeurd?'

Ik hef mijn handen in wanhoop. 'Ik weet het niet, we troffen hen zo aan.'

'Blijf hier wachten.' Hij draait zich om en rent weg. Ik leun tegen de muur, biddend dat hij snel terugkomt. Zelden heb ik me zo radeloos en zo alleen gevoeld. Ik wil naar Robin, maar de gedachte dan in mijn eentje terug te moeten gaan, houdt me vastgepind op mijn plek. Na wat een eindeloze tijd lijkt, keert Jens terug. 'Politie en ambulance zijn onderweg,' deelt hij kortaf mee.

'Breng me bij Robin.'

Zodra we de plek bereiken waar Robin nog steeds in dezelfde houding zit, ontfermt Jens zich over hem. Hij legt zijn eigen jas over Robins schouders heen en vraagt of hij ergens pijn heeft, terwijl hij ondertussen zijn pols opneemt. Ik sta er op een afstand wezenloos naar te kijken tot Jens me zegt naar buiten te gaan en de hulpdiensten hierheen te leiden. Blij dat ik iets kan doen volg ik zijn bevel op. Deze keer bereik ik direct de uitgang, maar pas als ik buiten sta ontdek ik dat we hier niet naar binnen zijn gegaan. Rechts van mij ruist de zee, ik moet naar links om de parkeerstrook te bereiken. Zo snel als ik kan loop ik over de smalle paadjes. Het geluid van sirenes bereikt mijn oren en geeft me vleugels. De hulp voor Robin komt op tijd – dat moet! Nauwelijks heb ik de parkeerplaats bereikt of blauwe zwaailichten verstrooien hun spookachtige licht over de kustweg. Algauw stoppen er twee politieauto's en twee ambulances. Ik loop erop af en leg de situatie uit. Er worden snel spullen uitgeladen en daarna gaan we op weg, bijgelicht door de schijnwerpers van de agenten. Ze weten precies welke bunker ik bedoel en het tempo ligt hoog. Bij de betonnen kolos aangekomen moet ik vooroplopen om de ambulancebroeders naar Robin te leiden. De agenten vinden hun weg naar Jorg en Becka zelf wel, zeggen ze.

Jens zit tegen Robin aan naast hem op de grond en houdt zijn hand vast, terwijl hij zo te horen zachtjes voor hem zingt. Het is een tafereel dat me een brok in mijn keel bezorgt. Zodra Jens de ambulancebroeders ziet, maakt hij plaats en praat hen bij. Daarna komt hij naast mij staan en slaat zijn arm om me heen. Ik leun dankbaar tegen hem aan. ‘Heb je iets kunnen ontdekken? Is hij gewond?’

‘Hij heeft een wond aan zijn buik, maar die kwam me niet levensbedreigend voor. Het lijkt erop dat hij ook hoofdletsel heeft opgelopen, maar ik weet niet waardoor. Hij viel tenminste steeds weg, maar dat zou ook door onderkoeling of een shock kunnen komen.’

Mijn ogen gaan naar Robin, die op een draagbare brancard is gelegd en onderzocht wordt. Wat heeft zich hier in godsnaam afgespeeld? En hoe is het met Becka? ‘Ik moet kijken hoe Becka het maakt,’ zeg ik.

‘Ga maar, ik blijf hier en kom je halen als ze klaar zijn om te vertrekken.’

Ik loop terug door de gang. Verderop is een hartverscheurend huilen te horen en ik spoed me die kant op. Als een zielig hoopje zit Becka op de harde koude vloer naast het afgedekte lichaam van haar man. Een agent zit op zijn hurken tegen haar te praten. Als hij mij ziet, komt hij omhoog. Ik neem zijn plaats in en trek haar tegen me aan. ‘Hij is dood, Merel, hij is echt dood.’

Ik strijk over haar rug. ‘Ik weet het Becka, en ik vind het heel erg voor je. Zullen we een beetje plaatsmaken voor de politie zodat zij hun werk kunnen doen?’ Ik help haar opstaan en direct komt de agent weer naar ons toe. Zijn collega’s van de recherche zijn onderweg en zullen met ons willen praten. Achter ons wordt een wit scherm neergezet, waardoor we het zicht op Jorg kwijt zijn. ‘Kom Becka, kom maar mee. We kunnen hier niets meer voor hem doen. Ik heb Robin ook gevonden.’

Ze heft met een ruk haar hoofd en kijkt me vragend aan. Ik lees de angst in haar ogen en schud vlug mijn hoofd. ‘Nee, hij leeft, maar is wel gewond. De ambulancemedewerkers zijn nu bij hem.’

Jens komt naar ons toe gelopen en meldt dat Robin klaar is om naar het ziekenhuis te worden gebracht. Hoewel ik het liefst met hem mee zou gaan, besef ik dat de politie dit waarschijnlijk niet zal toestaan. Ik vraag het toch maar en krijg te horen dat ik inderdaad niet mag vertrekken voor ik ben gehoord door de recherche. Gelukkig mag ik wel even naar hem toe, maar ik schrik vreselijk als ik hem in folie gewikkeld vastgebonden op de brancard zie liggen. Zijn ogen zijn gesloten en zijn gezicht is inwit. Ik kan me zomaar voorstellen dat hij dood is en onverwacht wellen er tranen in mijn ogen op. Ik loop naar hem toe en leg mijn handen op zijn nog steeds koud aanvoelende wangen. 'Hou vol, Robin, ik kom je opzoeken zo gauw ik kan.' De woorden *ik hou van je* komen als vanzelf boven, maar ik krijg ze niet meer over mijn lippen.

De ambulancebroeders pakken de brancard op en ik loop terug naar de plaats delict, waar net de rechercheurs zijn aangekomen. Het zijn twee mannen van middelbare leeftijd die zich voorstellen als Glerup en Søderthal. Er is ook een vrouwelijke rechercheur aanwezig. Haar naam is Marie Andersen en zij zal als 'onze' familierechercheur fungeren. Ze leidt Becka en mij naar een andere ruimte in de bunker. Verbaasd kijk ik rond. De ruimte is uitgelicht met staande schijnwerpers, als op een filmset. Er staan een klaptafel en vier stoelen. 'Glerup en Søderthal komen zo gauw ze kunnen hierheen om met jullie te praten,' zegt Andersen.

Ik kijk naar Becka. Haar lippen en vingernagels zien blauw van de kou. De bloedvlekken op haar kleding zijn zo confronterend dat ik mijn ogen afwend. Rillend zoek ik naar iets van afleiding om mijn geest te verlichten, maar de naargeestigheid van deze locatie is zo groot dat er helemaal niets is om me aan vast te klampen. Het enige wat ik kan doen is in gedachten proberen te ontsnappen naar een plek hier ver vandaan, ergens waar het licht en warm is en waar vrolijkheid heerst. Felle zonnestralen, een blauwe zee. Ik drijf loom op een luchtbed en lach om Robin, die als een dolfijn naast me opduikt om me uitgebreid te zoenen.

'Mrs. Van Os?' Een hand daalt neer op mijn schouder. In één

klap is de herinnering aan onze laatste vakantie verdwenen en ben ik terug in de realiteit. 'Mijn collega's willen u graag een paar vragen stellen.'

De rechercheurs blijken zich al in de ruimte te bevinden en zonder dat ik het heb gemerkt is Becka verdwenen. Wat vreemd. Was ik dan zo ver weg met mijn gedachten? Beide mannen nemen tegenover me plaats. Ze vragen me wat de aanleiding was dat Rebecka Pedersen en ik hierheen zijn gekomen.

'Weet u wat voor geheime informatie uw partner met de heer Pedersen wilde delen?' vraagt Glerup als ik alles heb verteld.

Ik schud mijn hoofd. 'Ik kan me er niet veel bij voorstellen. Het klinkt als een lokkertje om hem over te halen naar deze plek te komen.'

'Hoe was de verhouding tussen uw partner en de heer Pedersen?'

Ik slik. Ik vind het vervelend om inspecteur Glerup te corrigeren, maar hij moet weten dat ik Robin niet langer als zodanig beschouw. 'Meneer Zwaansma is mijn partner niet meer.'

'O?' De wenkbrauwen van Glerup schieten omhoog. 'Sinds wanneer is dat?'

Ik sla mijn ogen neer. 'Wij zijn sinds zaterdag uit elkaar.'

'En waarom is uw relatie beëindigd?'

Er is geen ontkomen aan, ik zal het hele vernederende verhaal moeten vertellen als ik geen informatie wil achterhouden, waar ik geen enkele reden toe heb. Met zachte stem en nog steeds neergeslagen blik vertel ik wat er zich die avond in en rond de jacuzzi heeft afgespeeld. Mijn verhaal wordt zonder onderbrekingen aangehoord en pas als ik uitgesproken ben, kijk ik op om de reactie te peilen. In de ogen van Glerup, die tot nu toe als enige het woord voert, meen ik medeleven te zien. 'De enige reden waarom ik u dit vertel, is dat het aangeeft hoe de verhouding tussen Robin en Jorg was de laatste keer dat ik hen zag.'

'De mannen waren dus niet alleen buren, maar hadden ook een zakelijke band.'

‘Robins zaak was nauwelijks open toen Jorg zich als eerste klant meldde, waar hij natuurlijk erg blij mee was. En ook daarna zorgde Jorg op zijn sociëteit voor nieuwe klandizie.’

‘Is er naar uw mening bij uw ex-partner een afhankelijkheid van zijn buurman ontstaan?’

‘Ik weet niet of Robin dat echt zo voelde, maar zijn reactie op mijn weigering lijkt daar wel op te wijzen. Hij was duidelijk bang om Jorg tegen zich te krijgen en daardoor klanten te verliezen.’

‘Dan dichtte hij meneer Pedersen dus veel macht toe?’

Ik haal mijn schouders op. ‘Ik denk het wel, maar dat kunt u beter aan hemzelf vragen. Het werd voor mij wel pijnlijk duidelijk dat hij zijn zakelijke belang boven mij stelde.’ En er speelde nog iets tussen hen, iets wat de inspecteur beslist moet weten, alleen weet ik niet meer wat het is, hoe hard ik ook mijn best doe. Soms kan ik wel schieten op dat geheugen van mij.

‘Waar hebt u de afgelopen dagen verbleven?’

‘Bij Jens Arnesen. Hij is mijn personal trainer bij de sportschool en had nog een logeerkamer over,’ zeg ik om geen misverstand over onze relatie te laten ontstaan. ‘Hij liep hier net ook nog rond, maar ik weet niet waar hij is gebleven.’ Ik kijk zoekend om me heen.

‘Hij wordt gehoord door een andere inspecteur en zodra het kan, zullen wij meneer Zwaansma ook horen. Op dit moment heb ik geen vragen meer voor u, maar ongetwijfeld wil ik u later nog uitgebreider spreken. U kunt uw gegevens achterlaten bij inspecteur Andersen.’

‘En Becka, Jorgs vrouw?’

Glerup schudt zijn hoofd. ‘Mijn collega’s spreken met haar in een andere ruimte. Misschien zijn ze al klaar; ik informeer even.’

‘Mevrouw Pedersen kan ook gaan,’ zegt hij als hij terugkomt. ‘Ze is erg van streek en het is beter dat ze komende nacht niet alleen is. Weet u iemand naar wie ze toe kan gaan? Het echtpaar heeft geen kinderen, begrijp ik?’

De korte aarzeling die ik voel, druk ik direct weg. 'Ik blijf bij mevrouw Pedersen.'

'Fijn als u dat wilt doen. U kunt altijd een beroep doen op mevrouw Andersen als u hulp nodig hebt.'

We staan allemaal op en ik schud beide mannen de hand. Andersen staat klaar om me naar Becka te brengen. We moeten even wachten omdat er net iemand binnenkomt die ik nog niet eerder heb gezien. Hij loopt naar de rechercheurs en overlegt op fluistertoon met hen, waarbij er nadrukkelijk in mijn richting wordt gekeken. Een ongemakkelijk gevoel bekruipt me en de familierechercheur maakt ook geen aanstalten meer om weg te gaan. De houding van Glerup en Søderthal wordt steeds alerter en een bijna voelbare spanning vult de ruimte. Even later glipt de man weer langs ons heen.

'Mevrouw Van Os, wacht u nog even?' Glerup spreekt zijn vraag uit als een bevel. 'Komt u maar weer zitten.' Ik doe wat hij me opdraagt. Wat zou er aan de hand zijn? Is er nu al iets ontdekt? Ik voel me misselijk worden.

De man keert weer terug. Hij draagt een plastic zak in zijn hand die hij angstvallig voor mij verborgen houdt en overhandigt die aan Glerup, die hem voor me op tafel legt.

Mijn ogen schieten naar de inhoud van de doorzichtige zak en het is of iemand me een keiharde klap geeft.

'Deze bijl, mevrouw Van Os, komt die u bekend voor?' vraagt Glerup.

24

De aanblik van de bijl met het rode blad en de blankhouten steel die normaal altijd in de kofferbak van de auto ligt en waar nu bloedvlekken op zitten, laat een koude rilling over mijn rug lopen. Dat deze bijl door de politie is gevonden kan maar één ding betekenen en het laat me sidderen van afschuw. Waarom heeft Robin dat ding in godsnaam mee naar binnen genomen? Was de afspraak bedoeld om Jorg aan te vallen, of op zijn minst te bedreigen? Hebben ze ruzie gekregen, als gevolg waarvan Jorg nu dood is? Waardoor is dit allemaal zo uit de hand gelopen? Toch een zakelijk conflict, of... De gedachte dat ik de inzet kan zijn geweest van hun ruzie bezorgt me een steek in mijn borstkas en ik grijp naar mijn hart.

'Mevrouw Van Os,' dringt Glerup aan. 'Hebt u deze bijl eerder gezien?'

'Ja,' fluister ik. 'In onze kofferbak ligt net zo'n bijl als deze.'

'We laten onderzoeken of het dezelfde is.'

'En als dat zo is, wat dan?' vraag ik nog steeds op fluistertoon. De consequenties zijn zo ernstig dat ik ze nauwelijks durf te overdenken.

'Laten we niet op de zaken vooruitlopen en ons beperken tot wat we weten. U hoort nog van mij.'

'Mag ik gaan?' Ik hoor zelf het ongeloof in mijn stem. Ergens had ik verwacht dat ik gevangengenomen zou worden tot er meer duidelijkheid is.

'Ja hoor, u kunt gaan. Marie, breng jij mevrouw Van Os naar mevrouw Pedersen?'

Als in een droom loop ik achter de vrouw aan. Robin heeft een bijl meegenomen naar zijn afspraak met Jorg in een afgelegen bunker. Dat het onze bijl is, betwijfel ik geen moment. Als ik wil kan ik het zo meteen controleren. Hé, maar wacht eens even, ik heb de auto helemaal niet zien staan toen we aankwamen. Heb ik hem over het hoofd gezien of staat hij er echt niet?

In de gang komen we Jens tegen. Ook hij mag vertrekken. Ik zeg hem dat ik bij Becka blijf en dat ik hem later zal appen.

Bij Becka aangekomen is het alsof mijn benen in beton zijn gegoten. Roerloos kijk ik haar aan. Voor het eerst dringt het vol tot me door dat de man met wie ik samenwoonde zomaar de moordenaar van háár man kan zijn. Ik verzamel al mijn moed en stap op haar af. Ze zit met haar hoofd in haar handen en kijkt pas op als ik haar naam noem, haar ogen rood van het huilen. Ik kniel naast haar neer. 'We mogen weg, Becka. Ga je met me mee?' Ik pak haar bij haar arm, trek haar voorzichtig omhoog en ondersteun haar terwijl we naar de uitgang schuifelen.

'Jorg?' vraagt ze als we bijna buiten zijn. 'Waar is hij?'

'De begrafenisondernemer komt hem straks halen, je kunt hem later weer zien.'

Ze mompelt iets in het Deens en loopt door.

Op de parkeerplaats gekomen speur ik rond of ik onze Golf ergens zie staan. Nergens te bekennen. Misschien betekent het niets, maar ik besluit het toch te melden bij een van de agenten in de buurt van Becka's wagen. Omdat ik haar niet tot rijden in staat acht, zet ik haar op de bijrijdersstoel en neem zelf plaats achter het stuur. Nadat Becka me de sleutel heeft overhandigd, start ik en rijd weg. In plaats van rechtstreeks naar huis te gaan kies ik de tegenovergestelde richting, in de hoop ergens onze auto te ontdekken. Als snel blijkt dat een goede beslissing te zijn: ongeveer tweehonderd meter verderop staat de zwarte Golf geparkeerd. Dat Robin hem bewust verder weg heeft gezet, versterkt mijn vermoeden dat hij een vooropgezet plan had. Maar wat bezielde hem om met een bijl naar een afspraak te gaan? Ik kan er met mijn verstand niet bij. Hoewel er nog steeds een kleine kans is dat het niet om onze bijl gaat, geloof ik dat niet.

Ik zet de Mercedes stil en zeg Becka te blijven zitten. Dat we naast mijn auto staan, lijkt niet tot haar door te dringen. Met bonkend hart open ik de kofferbak. Het lampje springt aan en ik til de afdekplaat in de bodem op. Gevarendriehoek, twee gele hesjes, sleepkabel, deken, acculader – alles ligt er. Maar niet de bijl.

Met een klap laat ik de deksel in het slot vallen. Onder me voel ik mijn benen slap worden en ik blijf staan tot ik me weer enigszins in staat voel om te lopen. Met een plof land ik op de bestuurdersstoel. Ik kan Becka niet veel langer in onwetendheid laten, dat zou net zo goed misdadig zijn. Zodra we bij haar thuis zijn, moet ik haar vertellen dat mijn ex-vriend hoogstwaarschijnlijk haar man heeft gedood.

‘Is je conclusie niet een beetje voorbarig? We weten nog helemaal niets zeker. Ik vind dat je Robin tekortdoet door hem nu al als dader te zien.’

Mijn mond valt nog net niet open, maar het scheelt niet veel. De metamorfose die Becka doormaakt sinds we bij haar thuis zijn en iets gegeten en gedronken hebben, is spectaculair. Ze lijkt haar verdriet ergens gestald te hebben en is helemaal bijgetrokken.

‘Maar alles wijst er toch op? Wie zou er anders verantwoordelijk moeten zijn?’ werp ik tegen. Ik hoor mezelf de vraag stellen en dan gebeurt er iets vreemds. In mijn hoofd weerklinkt, net als in de bunker gebeurde, Robins stem: ‘Merel!’ Zijn stemgeluid is even ijl, maar ik zie hem voor me alsof hij er werkelijk is. ‘Merel,’ zegt hij weer. Zijn blik is gericht op iets wat hij me lijkt te willen tonen. Maar als ik met hem mee probeer te kijken, lost het beeld voor mijn ogen op. Gefrustreerd roep ik zijn naam. Tevergeefs. Ik knipper met mijn ogen en kijk opgewonden naar Becka. ‘Hoorde jij ook Robins stem?’

Haar blik is er een vol verbazing. ‘Nee, hoe zou dat nou kunnen?’

Ik sta perplex. 'Hoorde je Robin niet? En dat ik "Robin" riep?'

Ze schudt haar hoofd. 'Helemaal niets. Wel zat je opeens roerloos voor je uit te staren, alsof je met je gedachten mijlenver weg was.'

Ik wrijf verward over mijn voorhoofd.

'Je maakt je veel te druk,' zegt Becka sussend, 'waardoor je je van alles gaat inbeelden. Laten we gewoon afwachten waar de politie mee komt.'

'Maar vind je het dan niet erg om mij om je heen te hebben? Stel dat het wel mijn vriend was...'

Becka fronst. 'Je ex-vriend, toch? Nou dan,' zegt ze vastberaden als ik knik. 'Jou treft geen schuld.'

'Maar het kan zijn dat hun ruzie over mij ging.'

'Ook daar kun jij niets aan doen. Hou op met jezelf te kwellen, Merel.' Ze gaapt nadrukkelijk. 'Goh, ik ben nu ineens wel heel moe, ik ga naar bed. Jij ook?'

Nog steeds verbaasd over de verandering die zich in haar voltrokken heeft, stem ik in. We hebben afgesproken dat ik bij Becka in de logeerkamer slaap. Morgen ga ik mijn spullen bij Jens ophalen, omdat mijn eigen huis nu ook weer tot mijn beschikking staat, want Robin zal er voorlopig niet terugkeren. Eerder vanavond belde Anderson om te vertellen dat Robin hoofdletsel heeft en onderkoeld is geraakt. Zodra hij voldoende hersteld is, wordt hij van het ziekenhuis in Esbjerg overgebracht naar het huis van bewaring. Hij zit in beperking, waardoor niemand hem mag zien of spreken. Dat is een boodschap die ondanks alles hard aankomt. De gedachte dat hij daar helemaal alleen ligt, raakt me toch.

Wanneer ik op de logeerkamer ben, bel ik Robins enige zus Mara. Ze hebben niet een heel hechte band, maar dit zal ze willen weten. Zoals begrijpelijk is, reageert Mara aangedaan. Ze weigert om te geloven dat haar broer zoiets zou doen, maar moet toegeven dat de feiten tegen hem lijken te pleiten. Ik zeg dat ik haar op de hoogte zal houden van de ontwikkelingen. Het heeft weinig zin om halsoverkop naar Denemarken te komen als ze toch niet bij haar broer mag – en bovendien heeft ze een gezin met twee kleine kinderen bij wie ze niet zomaar weg kan. Opgelucht dat deze onheilstijding erop zit, hang ik op. Dan bel ik mijn moeder.

Na een lang en emotioneel gesprek lukt het me niet meteen om in slaap te vallen. Ik lig in een vreemd bed en de gebeurtenissen van deze dag blijven maar door mijn hoofd spoken. Alle mensen die een rol hebben gespeeld, trekken aan mijn geestesoog voorbij en droppen informatie in mijn brein als honderden stukjes van een nog te leggen puzzel. Zo veel vragen, zo weinig antwoorden. Een gedachte zet zich vast in mijn hoofd, maar wanneer ik hem nader wil onderzoeken is hij alweer gevlogen en het lukt me niet meer hem te vangen, ook al zegt mijn gevoel dat hij van belang is. Uiteindelijk moet ik toch doodmoe en dolgedraaid in slaap zijn gevallen, want ineens schiet ik overeind van Becka's geschreeuw. Direct klaarwakker stuif ik mijn bed uit, naar haar kamer. Ik knip het licht aan en zie haar rechtop in bed zitten, haar schouders schokkend van verdriet. Zonder iets te zeggen kruip ik naast haar, negerend dat dit Jorgs plek was, en houd haar vast tot ze kalmeert en weer gaat liggen. Voor ik het licht uitdoe, beloof ik bij haar te blijven.

In het donker vindt haar hand mijn arm en geeft er een kneepje in. 'Ik ben nog steeds zo blij met jou,' laat ze me weten. En ondanks alle narigheid geven haar woorden me toch een goed gevoel.

Het eerste wat ik de volgende ochtend doe, is het ziekenhuis bellen om te informeren hoe Robin de nacht is doorgekomen. Daarna ga ik eerst langs de winkel om een briefje op te hangen waarop staat dat die wegens onvoorziene omstandigheden deze week gesloten is. Ik zie niet in hoe ik Becka anders kan ondersteunen bij alles wat er ongetwijfeld nog op haar afkomt. Daarna rijd ik bij Jens langs. Hij begroet me ietwat afstandelijk en blijkt al mijn spullen al in een tas te hebben gepakt.

Als hij mijn vragende blik ziet, zegt hij: 'Ik dacht: je gaat nu vast terug naar je eigen huis. Of blijf je bij Becka?'

'Dat laatste, zeker tot na de begrafenis. Daarna zie ik wel. Het hangt er ook van af hoe het met Robin verdergaat.' Voor ik hierheen reed dacht ik dat ik Jens over de bijl zou vertellen, maar om een reden die ik zelf niet goed doorgrond voelt dat niet aan als juist. 'Ik wil je trouwens nog wel een gunst vragen.'

'Ja?' Nu klinkt hij bepaald gretig.

'Als het goed is, staat Robins auto nog op de parkeerplaats bij het strand. Zou jij me erheen kunnen brengen, zodat ik hem kan ophalen? Ik laat Becka liever niet rijden.'

'Natuurlijk,' zegt hij opeens zo kortaf dat ik me afvraag of hij soms iets anders had verwacht. 'Maar weet je zeker dat de auto is vrijgegeven?'

Daar heb ik geen moment aan gedacht. 'O? Je bedoelt vanwege sporenonderzoek. Geen idee, daar zeg je wat, ik zal eens bellen.' Ik kies het nummer van Andersen. Het blijkt maar goed te zijn dat ik eerst informeer, want de auto is opgehaald en bevindt zich op het terrein van de politie om te worden onderzocht. 'Je had gelijk,' zeg ik als ik heb opgehangen, 'de auto is in verzekerde bewaring genomen. Als ik jou toch niet had...'

Mijn glimlach wordt niet beantwoord. 'Hoe doen we het verder met trainen?' zegt hij, opnieuw nogal kort aangebonden. 'Zal ik onze afspraak voor komende week maar cancelen?'

Onderzoekend kijk ik hem aan. Wat heeft die jongen vandaag? 'Dat is goed, dan kijken we later wanneer we het weer kunnen oppakken. Ik wil er nu voor Becka zijn en misschien heeft de politie mij ook nog nodig.'

Hij kijkt me aan alsof hij zich er eigenlijk het liefst heel ver van houdt, maar informeert dan toch: 'Is er al iets uit het onderzoek gekomen?'

'Niet dat ik weet. Nou, Jens, heel erg bedankt voor alles wat je voor me gedaan hebt.' Ik ga op mijn tenen staan om drie kussen op zijn wangen te drukken. 'Je bent een echte vriend.'

‘Het is al goed.’ Hij duwt me nog net niet van zich af.

Met een onbestemd gevoel draai ik hem mijn rug toe en verlaat het huisje dat me inmiddels al heel dierbaar is geworden. Of dat ook voor zijn eigenaar geldt is een vraag die ik onbeantwoord laat. Iets schuurt er, dat is duidelijk, maar ik heb geen idee wat dat is.

Becka, die nog sliep toen ik wegging, is inmiddels opgestaan en aangekleed. Ze heeft een ontbijt gemaakt dat we samen aan tafel opeten. Als ik informeer hoe ze zich nu voelt, zegt ze dat het best met haar gaat, en zo ziet ze er ook wel uit. Na het eten belt ze Anderson om te vragen waar Jorg is heen gebracht en of ze hem al kan zien. Dat laatste is niet het geval, de patholoog-anatoom moet zijn werk nog doen en naar verwachting kan hij op zijn vroegst eind van de middag bij de begrafenisondernemer zijn. Als Becka heeft opgehangen, kijken we elkaar onwennig aan. Het is net alsof we ons alle twee in een vacuüm bevinden, onmachtig om elkaar te bereiken. Wat ons bezighoudt, verbindt ons niet.

‘Robin... Hoe is het met Robin?’ vraagt Becka, die zich hem opeens lijkt te herinneren.

‘Ik heb vanmorgen vroeg gebeld en hij is de nacht goed doorgekomen. Verder konden ze nog niet veel zeggen; de dokter bezoekt hem vanmorgen. Als hij voldoende hersteld is, wordt hij overgebracht naar het huis van bewaring.’

‘Heeft hij familie die je moest inlichten?’

Ik knik. ‘Ik heb zijn zus gisteravond gebeld. Ze komt voorlopig niet, dat heeft weinig zin. Mijn moeder wilde wel direct hierheen komen, maar dat heb ik haar ontraden. Mijn vader heeft een stevige griep en ik vind dat ze bij hem moet blijven.’

‘Verstandig.’

‘Is er nog familie van jou of van Jorg die op de hoogte gesteld moet worden?’ Ik realiseer me nu pas dat ik nooit iets over familieleden heb gehoord.

Becka schudt dan ook haar hoofd. ‘Nee, ik zou niet weten wie.

Er zijn alleen wat neven en nichten met wie we nauwelijks contact hebben.'

'Die zullen het vanzelf wel horen als het in het nieuws komt.'

Becka kijkt me verschrikt aan. De gedachte dat de dood van Jorg voorpaginanieuws zal zijn, is blijkbaar nog niet bij haar opgekomen. Mijzelf viel het al mee dat ik vanochtend ongestoord het huis in en uit kon. Zou nog niet bekend zijn geworden dat er iemand in de bunker is vermoord? Het bevreemdt me opeens dat ook nog niemand van Jorgs vrienden zich heeft laten zien of horen. Ik pak mijn telefoon erbij en googel de zoektermen 'Blåvand', 'moord' en 'Pedersen', maar dat levert niets op. Voer ik echter 'Blåvand', 'bunker' en 'dode' in, dan verschijnen er wel een paar hits. Ik laat ze aan Becka zien, die vertaalt: 'Er staat dat in een van de bunkers een dode is gevonden en dat de politie de doodsoorzaak nog onderzoekt.' Kennelijk is de politie er dus goed in geslaagd de ware toedracht en de identiteit van de overledene nog even uit de media te houden.

'Zodra bekend wordt wat er echt is gebeurd, is het gedaan met je rust,' voorspel ik Becka somber.

'En met die van jou,' voegt ze er, bijna achteloos, zo lijkt het, aan toe.

25

Het leek erop dat onze uitspraken hét startsein waren voor een waar mediacircus dat opgetuigd werd. Niet lang na ons gesprek stond de huistelefoon roodgloeiend en meldden zich allerlei mensen aan de voordeur. Sociëteitsgenoten van Jorg, die wilden weten of het echt waar was wat ze hadden gelezen. De dames van de bakclub, die Becka aan hun boezem wilden drukken, en algauw journalisten, heel veel journalisten. In paniek belden we Andersen en vroegen hulp om de stroom nieuwsgierigen in banen te leiden. Als het er nu al zo veel waren, terwijl Robins betrokkenheid nog niet eens bekend is… Gelukkig reageerde de politie meteen. Er werd een surveillancewagen aan het begin van de weg geparkeerd en iedereen die geen belang had werd tegengehouden.

Becka liet weten dat ze niemand wil ontvangen. 'Ik organiseer twee momenten waarbij iedereen afscheid kan nemen van Jorg en mij kan condoleren, daarbuiten wil ik geen mensen over de vloer.' De praktische kant van haar karakter had zich goed hersteld van de schok van Jorgs dood – zo kende ik haar weer. Na die eerste dag en nacht had ik haar geen traan meer zien laten. Niet dat ik dacht dat ze geen verdriet had, maar ze wist het nu waarschijnlijk gewoon goed te maskeren.

Om twaalf uur kwam de begrafenisondernemer langs om de uitvaart te bespreken. Hoewel ik me liever aan dat gesprek had onttrokken, wilde Becka dat ik erbij was. Tot mijn opluchting werd het in het Deens gevoerd en hoefde ik niet actief mee te doen. Slechts een enkele keer vroeg Becka naar mijn mening.

Pas toen de begrafenisondernemer vertrokken was, vertelde ze dat Jorg thuis zou komen zo gauw zijn lichaam werd vrijgegeven. Dat was nu het enige waar ik graag wél over geraadpleegd had willen worden. De gedachte eerdaags met Jorg onder een dak te moeten wonen, ook al is hij dan dood, staat me totaal niet aan.

Na de lunch gaf Becka aan dat ze erg moe was en wilde gaan slapen. Ik zei haar dat ze dat vooral moest doen: het gaf mij de gelegenheid om even naar mijn eigen huis te gaan.

En dus steek ik nu de sleutel in het slot en maak de deur open van mijn eigen huis. Ik loop meteen door naar de woonkamer en… jemig! Met open mond staar ik naar de rotzooi die Robin er in die paar dagen van heeft weten te maken. De bank ligt bezaaid met papieren, op de salontafel staan vuile borden en glazen met Robins laptop daartussenin. De kookplaat is bedekt met aangekoekte etensresten en er staan vieze pannen op het aanrecht. Op een stoel ligt een stapel kleren. Hoofdschuddend begin ik de papieren te verzamelen. De vaat stop ik in de afwasmachine en de zo te zien nog schone kleding leg ik terug in de slaapkamerkast. Ik kijk meteen even welke kleren ik zelf de komende dagen wil dragen en stapel die zolang op het bed op. Eigenlijk zou ik veel liever hier blijven dan terugkeren naar Becka, maar mijn gevoel geeft me in dat ik dat niet kan maken. Ik zal haar tot zeker na de begrafenis bijstaan, en nog langer als zij daar behoefte aan heeft. De komende uren kan ik hier in ieder geval wel doorbrengen. Mijn ogen worden naar de laptop getrokken. Het staat me tegen om erin te snuffelen, maar wie weet kan ik aan de browsegeschiedenis zien waar Robin zich de laatste dagen mee heeft beziggehouden. Misschien kom ik zelfs wel achter de 'geheime' informatie die hij voor Jorg zou hebben gehad. Opeens razend nieuwsgierig pak ik de computer en zet hem op de eettafel. Er zit geen beveiliging op; dat vonden we alle twee niet nodig omdat we – hoe ironisch komt dat me nu voor – niets voor elkaar te verbergen hadden. Robins zoekgeschiedenis ligt voor me open, eens kijken wat die behelst.

Ik scan de items een voor een met mijn ogen, maar zie weinig verband. Hij heeft een paar keer op Jorg Pedersen gezocht en op ene Søren Slagter. Wanneer ik die laatste zoekopdracht herhaal, stuit ik op een overlijdensbericht van een mevrouw Slagter en een in maart van dit jaar uitgesproken faillissement. Tevergeefs probeer ik te bedenken wat Robin hiermee moest en laat het dan rusten. Ik speur nog even door, maar ook eerdere zoektermen zetten me niet op het spoor van eventuele 'geheime informatie' en als ik de laptop dichtklap, is dat met een onbevredigd gevoel. Ik maak een kop thee in de keuken en ga daarna met mijn telefoon op de bank zitten om Robins baas op de hoogte te brengen. Het kan niet lang meer duren of Robins betrokkenheid bij Jorgs dood wordt bekend, en dat is nieuws dat zich niet tot Denemarken zal beperken. Pascal moet van mij horen waar Robin van verdacht wordt, ook al zie ik huizenhoog tegen dit gesprek op.

Na twee keer overgaan wordt er opgenomen. 'Spa4U, met Pascal van Seumeren.'

'Dag Pascal, je spreekt met Merel van Os, de vriendin van Robin.' Het is eruit voor ik er erg in heb. Macht der gewoonte blijkbaar, denk ik zuur.

'Ha Merel! Hoe is het met je? Bevalt het je in Denemarken? Ik ben zo ongelooflijk trots op die vent van jou. Sleept zomaar de ene na de andere order binnen, echt fantastisch.' Pascal klinkt even brallerig als ik me hem herinner. Een echt baasje met een hoge dunk van zichzelf.

'Nou, daar bel ik dus over. Het gaat niet zo goed in Denemarken. Niet met mij, en zeker niet met Robin. Hij...' Tjezus, wat is dit moeilijk. Ik adem diep in en probeer het opnieuw. 'Hij en ik zijn uit elkaar en hij...'

'Ach, wat jammer nou, Mereltje. En hij gaf nog wel zo hoog op van jou, noemde je een echt topwijf. En nu bezorg je die arme Robin zomaar liefdesverdriet. Nou, ik hoop niet dat dat ten koste gaat van de verkopen.'

Pascals reactie bezorgt me spontaan kotsneigingen. 'Nee, maak je geen zorgen. Zijn verkopen hebben niet te lijden onder zijn eventuele liefdesverdriet, maar wel onder het feit dat hij waarschijnlijk betrokken is bij een misdrijf.' Ik kan het niet helpen dat ik sarcastisch klink.

Aan de andere kant valt Pascal stil. 'Ho, Merel, even rustig aan. Zeg je dat Robin een misdaad heeft begaan?'

'Dat staat nog niet vast, het wordt nog onderzocht, maar hij had een afspraak met iemand en diegene is onder verdachte omstandigheden om het leven gekomen. We weten niet wat er precies is voorgevallen tussen die twee, maar Robin ligt momenteel zelf in het ziekenhuis en ik vrees dat hij voorlopig niet aan het werk kan.'

'Maar dat is een ramp!' Pascal vloekt. 'Hij heeft orders binnengesleept die allemaal in de komende weken moeten worden uitgevoerd. Wie moet dat in godsnaam gaan regelen?'

'Stuur een van je andere medewerkers, zou ik zeggen.'

'Denk je dat ik zomaar een blik mensen kan opentrekken en die op korte termijn naar Denemarken kan sturen?'

Ik haal mijn schouders op. Zinloos, daar krijgt Pascal niets van mee. 'Ik zie het probleem niet. Je hebt Robin toch ook verplicht om binnen een week zijn boeltje te pakken en te verhuizen? Nou dan.'

'Ik heb Robin verplicht? Echt niet. Hij drong er zelf op aan om de klus op zich te nemen en wilde zo snel mogelijk vertrekken. Het stond voor mij zelfs nog niet helemaal vast of híj zou gaan of Dennis, maar zijn gedrevenheid overtuigde me om voor hem te kiezen. Een goede beslissing, dacht ik... Tot nu.'

Het is nieuws waardoor ik zowat tegen de vlakte gemept word, maar ik heb geen zin om Pascal te laten merken hoe ontzet ik ben. 'Zo had ik het niet begrepen. Dan heb je inderdaad een probleem op te lossen. Het enige wat ik kan doen is je op de hoogte houden van de ontwikkelingen.'

'Ja, graag. Niet te geloven dat hij het zo kan verknallen.'

'Je hoort nog van me.'

Ik verbreek de verbinding en staar verslagen voor me uit. Zo zit het dus: ik ben er gewoon in geluisd. Achter ons overhaaste vertrek zat geen enkele dwang, het was Robin die zo snel mogelijk weg wilde uit Nederland. Voelde hij ondanks zijn ontkenning de hete adem van Jacko in zijn nek? Mijn besluit om hem te volgen en daarmee mijn carrière bij de speelgoedwinkel te verspelen is volledig op valse gronden genomen. Dat hóéfde helemaal niet. Niet zo snel en niet op dat moment. Hij heeft me een rotstreek geleverd en de reden ontgaat me nog steeds. Maar niet lang meer. Ik wil nu weleens precies weten waarvoor hij op de vlucht is geslagen. Wie zou me meer kunnen vertellen? Jacko uiteraard, maar daar heb ik geen zin in. Ineens moet ik weer aan Dennis denken. Dennis, die me zo op het eerste gezicht zonder enige reden aansprak en in lachen uitbarstte toen ik zei dat Robin zo hard trainde. Van Pascal begrijp ik dat voor het filiaal in Denemarken de keuze net zo goed op Dennis had kunnen vallen als Robin zich niet had opgedrongen.

Ik pak nu meteen maar door en stuur Dennis een Messengerbericht met het verzoek mij te bellen. Nog terwijl ik bezig ben een nieuwe kop thee te maken gaat mijn telefoon. Vlug neem ik op. 'Met Merel van Os.'

'Hi, met Dennis. Hoe is het in Denemarken? De zaken lopen daar wel heel lekker, is het niet? Maar daarover moest ik je waarschijnlijk niet bellen?'

'Nee, het gaat om Robin, hij zit in moeilijkheden.' Ik vertel Dennis kort wat er gebeurd is en ook wat Pascal heeft gezegd.

'Klopt,' antwoordt Dennis nadat hij eerst zijn verbijstering heeft uitgesproken over Robins situatie. 'Spa4U wilde uitbreiden naar Denemarken en de directie was nog aan het bekijken wie ze erheen zouden sturen. Robin meldde zich direct met veel enthousiasme en eerlijk gezegd vond ik dat best; ik hoefde niet zo nodig weg.'

'Herinner jij je nog dat jij me aansprak op straat? We hadden het toen over Robins veelvuldige sportschoolbezoek en jij barstte in lachen uit bij mijn opmerking dat hij keihard trainde. Waarom deed je dat?'

'Ja, nou, ik vond het gewoon eh... komisch dat Robin van een bankzitter in een bankdrukker was veranderd.'

De lach die ook nu weer volgt ergert me een beetje. 'Weet je zeker dat er niets anders was dat die reactie uitlokte? Het klonk niet of je uit vrolijkheid lachte, eerder spottend.'

'Ach, het was toch ook om te gillen, zo fanatiek als hij was geworden?'

In het besef dat Dennis me niet wijzer gaat maken, hang ik op, behoorlijk chagrijnig inmiddels. Contact zoeken met Jacko staat me helemaal niet aan, maar hij is de enige die ik kan bedenken. Ik merk dat ik daar zo tegen opzie dat ik een uitvlucht zoek door een foto van Robin en mij van het dressoir te pakken. Hij is gemaakt op een terras in Scheveningen na een warme dag op het strand en het geluk spat ervan af. Mijn blik gaat naar buiten, waar het zicht op de zee is vertroebeld door een fijne miezerregen. Een groter contrast met de omstandigheden op de foto is er niet. Ik staar peinzend voor me uit.

Wat speelde er eigenlijk tussen Robin en Jorg? Een zakelijk conflict is bijna uitgesloten. Het project was af, en Jorg en Becka waren er uiterst tevreden over. Voor zover ik weet hebben ze de kosten in drie termijnen betaald en resteerde er nog een relatief klein bedrag. Daar kan de oorzaak niet in zijn gelegen. Ging het dan toch om mij? Kreeg Robin spijt van zijn reactie op mijn weigering Jorg te plezieren? Maar was het dan niet veel logischer geweest als Robin de banden met Jorg gewoon had verbroken en mij zijn excuses was komen aanbieden? Voor een moord is het is in ieder geval een belachelijk motief. Maar wat dan? In welke richting moet ik het dan wel zoeken?

Ineens schiet me weer te binnen waar ik gisteren tijdens de ondervraging niet op kon komen: het rare gesprek dat ik opving de eerste dag dat Robin zijn werkzaamheden was begonnen. Ook nu lukt het me niet om me alles wat er gezegd is te herinneren, maar wel dat Robin kennelijk bij Jorg in het krijt stond. En Jorgs verzekering dat het allemaal dik in orde kwam als de afbetaling verliep zoals hij in gedachten had, komt ook weer boven. Wat hij daarmee bedoelde is me inmiddels duidelijk, maar dat andere?

Rusteloos klap ik toch weer de laptop open. Misschien geven Robins financiën me meer inzicht.

We maken gebruik van gescheiden bankrekeningen en hebben een rekening waar we alle twee geld op storten om de gezamenlijke kosten te betalen. Al die tijd dat we samenwoonden heb ik toegang gehad tot Robins gegevens, maar de behoefte ernaar te kijken was er nooit. En ik ga ervan uit dat dit omgekeerd ook gold. Ik herinner me tenminste niet dat Robin ooit naar mijn uitgaven heeft gevraagd. Het voelt nu alsof ik hem controleer, en toch doe ik het. Bovendien zal er binnenkort een oplossing moeten worden gevonden voor de gezamenlijke rekening.

Even later ben ik volledig verdiept in het financiële wel en wee van mijn ex. Er zijn uitgaven, gedaan met zijn pinpas in Deense winkels. De meeste namen die erbij horen ken ik en ik kan er niets vreemds aan ontdekken. Boodschappen buiten de gezamenlijke huishoudpot om, persoonlijke verzorgingsproducten, benzine, kleding. Ook de contributie van de sportschool staat ertussen. Zijn saldo is steeds positief en er lijkt niets bijzonders aan de hand te zijn met zijn bestedingen. Zo is er geen enkele overschrijving op Jorgs naam te vinden. Dan maar zijn inkomsten checken. Ik zie bijschrijvingen van zijn salaris van Spa4U en kortgeleden is er door de laatste een storting gedaan van een mooi bedrag met de omschrijving: bonus omzet. Ha, dus Robin is beloond voor al zijn inspanningen. Wel vreemd dat hij me daar niets van heeft verteld. Maar niet misdadig. Naast zijn loon zijn er geen andere bedragen binnengekomen.

Ik slaak een zucht en onderbreek mijn speurwerk om een reep chocolade uit de keuken te halen. Al knabbelend scrol ik verder, maar niets wijst erop dat Robin van iets of iemand geld ontving. Het lijkt erop dat hij sinds we in Denemarken zijn helemaal niets afwijkends heeft gedaan. Zit ik dan compleet op dood spoor? Bestaat zijn schuld aan Jorg wel uit geld? Hoe zat het met zijn uitgaven en inkomsten in Nederland? Om niet eindeloos ver terug te hoeven zoeken, neem ik het moment waarop zijn vader ziek bleek te zijn als startpunt. Als er iets speelt wat met de sportschool te maken heeft, moet het van daarna zijn. Ook nu zie ik weer uitgaven die te linken zijn aan bekende winkels en stortingen op onze gezamenlijke rekening. Dan valt het me op dat er een paar keer hetzelfde bedrag wordt overgeschreven naar steeds hetzelfde rekeningnummer op naam van… R.W. Zwaansma. Het kan niet anders of dit staat voor Robin William Zwaansma, er is geen ander familielid met deze voorletters. Robin moet dus nog een bankrekening hebben, een waar ik niets van afweet, waarnaar hij regelmatig vijftig euro overmaakt.

Het komt me compleet zinloos voor. Waarom zo'n laag bedrag consequent van de ene bankrekening naar de andere overboeken? Kocht hij er soms iets voor wat hij niet zichtbaar op zijn afschriften wilde hebben, wetende dat ik die eventueel kon inzien? Hij ging er waarschijnlijk niet van naar de hoeren, daarvoor lijkt het bedrag me te laag. Maar wat deed hij dan wel? Ik raak er steeds meer van overtuigd dat mijn gedachtegang dat hij iets voor mij wilde verbergen juist is. Hoe vaak heeft hij dat bedrag nou precies weggesluisd? Ik voer een zoekopdracht in en een lijst soortgelijke mutaties vult het scherm. Het valt me op dat de eerste overschrijving van ongeveer vier maanden voor het overlijden van zijn vader dateert, dat het bedrag wekelijks terugkomt en dat de boekingen na drie maanden ook weer stoppen. Een korte periode dus. Dan valt me één afwijkende transactie op. Ha! Het lijkt erop dat Robin per ongeluk een betaling van de verkeerde bankrekening heeft gedaan. Ik open hem om de details te zien.

Het is een betaling aan een webwinkel met de naam Anabolenstrength.com.

26

Anabolen? Gebruikt Robin dát? Natuurlijk weet ik wat anabole steroïden zijn, maar de associatie die ik ermee heb is die van topsporters die betrapt zijn op dopinggebruik. Winnaars op Olympische Spelen die hun medaille moesten inleveren na positief getest te zijn op spierversterkende middelen. Maar Robin is bepaald geen topsporter, dus wat moet hij met dat spul? Ik bezoek de website van het bedrijf waaraan de betaling is gedaan en wordt bedolven onder een aanbod van kracht- en spiergroeibevorderende preparaten. Pillen, poeders, injectievloeistof – ik kan het tot mijn verbazing allemaal zó bestellen. Het spul wordt openlijk aangeprezen om snel in kracht en omvang toe te nemen. Dus op die manier is Robin in korte tijd steeds breder geworden, het harde trainen heeft daar niet alleen voor gezorgd. Ik denk opeens zeker te weten waar Dennis zich vrolijk om maakte, dat was natuurlijk om mijn grenzeloze naïviteit. Blijkbaar was het voor hem al zonneklaar waar Robin mee bezig was. Nou, op twee vlakken ben ik vanmiddag zelf ook een stuk wijzer geworden: Robin heeft de natuur een flinke hand geholpen én hij wilde dat voor mij verborgen houden. Schaamde hij zich voor het gebruik? Was hij bang dat ik het zou afkeuren? Waarom is hij er in godsnaam mee begonnen? Ik laat mijn blik weer over de overboekingen gaan, waaruit ik zou kunnen afleiden dat hij er na drie maanden weer mee gekapt is. Alleen weet ik zeker dat dat niet zo is. Wat is er na die periode gebeurd? Heeft hij toen een andere manier gevonden om aan dat spul te komen? Dat moest haast wel. Is Jacko daarbij in beeld verschenen? Hoezeer het me ook tegenstaat, ik moet die creep dus spreken. Het risico dat ik daarmee neem, kan ik moeilijk overzien en ik hoop dat ik er geen spijt van krijg. Aan de andere kant is de kans groot dat hij er op een bepaald moment toch achter komt dat Robin in Denemarken zit. Het wrange is alleen dat Robin, in tegenstelling tot mij, waarschijnlijk voorlopig veilig zit opgesloten.

'Always Fit, met Gerbrand.'

'Hoi, met Merel. Ik zou graag het telefoonnummer hebben van een lid van jullie. Kun jij me dat geven?' zeg ik met mijn meest onschuldige stem.

'Nee, dat mag ik niet doen in verband met de privacy. Maar om wie gaat het?'

'Om Jacko.'

'Dat nummer heb ik wel. Ik kan vragen of hij jóú wil bellen?'

Ik noem mijn naam en telefoonnummer zonder erbij te vermelden waar het over gaat. Er zit niets anders op dan te wachten of en wanneer Jacko terugbelt. Nog een mazzeltje dat hij zo'n weinig voorkomende naam heeft, anders was het nog lastig geworden. Nu ik hier toch ben, kan ik meteen nog wel een onderzoekje instellen. Wie weet ontdek ik wát Robin gebruikte. Ik begin met de badkamer te doorzoeken, ook al verwacht ik daar niets te vinden omdat er weinig verstopplekken zijn. Mijn gevoel is juist; er ligt niets wat ik niet kan thuisbrengen. De slaapkamer dan maar. Robins nachtkastje is schoon, en ook in de linnenkast ontdek ik niets. Zelfs niet als ik een trap pak om helemaal achterin bovenin te kijken. Staand voor de kast bedenk ik dat hij misschien wel wat persoonlijke spullen nodig heeft in het ziekenhuis. Ook al mag ik niet bij hem, een tasje zal toch wel zijn toegestaan? Schone pyjama's, ondergoed, zijn ochtendjas; ik stop ze allemaal in een shopper en pak als laatste het etui van zijn scheerapparaat. Om te controleren of de oplader erbij zit, rits ik hem open en dan lijk ik beet te hebben. Behalve het scheerapparaat en de lader zit er een bruin potje zonder etiket in. Ik draai de deksel eraf en schud wat van de inhoud op mijn handpalm. Kleine roze pilletjes, geurloos wanneer ik ze onder mijn neus houd en eraan ruik. Er een in mijn mond steken durf ik niet zolang de werking me niet bekend is. Zouden dit anabolen zijn? Ik doe de tabletjes terug in het potje, draai de dop erop en steek het in mijn broekzak.

Dan gaat mijn telefoon. Direct schiet mijn hartslag de hoogte in.

'Met Merel.'

'Jacko hier. Wie is Merel?'

'We hebben elkaar ontmoet toen ik met Robin Zwaansma in restaurant The Rosary zat te eten. Jij kwam bij ons tafeltje staan.'

'Een van de twee vogeltjes; ik weet het weer. Goed dat ik je spreek, ik ben al een tijdje op zoek naar die loser.'

'Dat heb ik van mijn huurster gehoord, ja. Val haar niet meer lastig, wil je, zij heeft nergens wat mee te maken.' Mijn angst voor de confrontatie met Jacko is weggeëbd.

'En dat bepaal jij? Jij hebt wel erg veel lef. Zorg er liever voor dat die kerel van je zijn schuld afbetaalt.'

'Daar wilde ik je ook over spreken. Om hoeveel gaat het precies?'

'Zeg, wat speel jij voor spelletjes? Die luis weet donders goed wat ie me moet betalen.'

Ik niet, maar dat laat ik Jacko niet merken. 'Het gaat om de levering van pillen, toch? Daarvoor heb jij geld van hem tegoed.'

'Precies, dame. Kijk, dat hij het voor mekaar krijgt om zich van een tas met een flinke voorraad pillen die hij voor mij zou bezorgen te laten bestelen is lullig voor hem, maar dat is niet mijn probleem. Wel dat hij denkt dat de schade niet voor zijn rekening komt, maar dat die voor Jacko is. Dat maakt Jacko boos, en je moet Jacko nóóit boos maken.'

Razendsnel verwerk ik de informatie. Is Robin van pillen bestolen? Daar heeft hij met geen woord over gesproken. Nee, hè hè, logisch, zeg ik tegen mezelf. 'Dat begrijp ik. En daar heeft Robin ook spijt van. Je weet dat hij niet zo'n held is, en daarom knap ik het voor hem op.'

'Jezus, die pisvlek is nog erger dan ik dacht. Als je je meissie inschakelt om jouw problemen op te lossen ben je wel heel diep gezonken.'

Je moest eens weten hoe diep. 'Nou, laten we ter zake komen. Hoeveel is Robin jou schuldig?'

'Honderd meier.'

Stik, wat is een meier? Ik weet alleen dat de term nog uit het guldentijdperk stamt. 'En dat is in gewoon Nederlands?'

'Tienduizend euri.'

Ik hap stilletjes naar adem; het gaat om veel meer geld dan ik hoopte. Geen wonder dat Robin zo snel weg wilde. Wat een eikel om zich zoveel ellende op zijn nek te halen! Je zou zo'n kerel toch aan zijn ballen in de hoogste boom hangen? 'Oké, ik wist niet dat het om zo'n groot bedrag gaat. Hoe kan dat trouwens? Zijn die pillen zó duur?'

'Die kosten wel wat, ja. En rente, dame, dat loopt per dag flink op. En ook nog een vergoeding voor bijkomende schade. Jacko levert eersteklasspul en liep hierdoor wel het risico dat zijn naam in verkeerde handen viel, en dat zint Jacko niet. Er is nogal concurrentie in de handel, begrijp je.'

Eerlijk gezegd heb ik geen idee waar hij het over heeft, maar het lijkt me beter er niet op door te gaan. 'Laat me een plan bedenken, dan bel ik je later terug. Dag Jacko.' Ik verbreek de verbinding en blokkeer direct zijn nummer. Tienduizend euro! Jemig, wat een teringzooi heeft Robin ervan gemaakt. Waarom is hij met Jacko in zee gegaan? Jacko had het over pillen die Robin ergens moest bezorgen... Dacht hij op die manier snel geld te verdienen of zo? De reden van ons vertrek is me hiermee wel duidelijk en ook dat het nu dus aan Merel is om de scherven op te vegen en de boel weer aan elkaar te lijmen. Er borrelt een wrange lach in me op. *En daar houdt Merel niet van.*

Mijn telefoon gaat opnieuw en wantrouwend neem ik de oproep van een onbekend, zo te zien Deens nummer aan.

'Hallo, mevrouw Van Os,' zegt een stem in het Engels. 'U spreekt met de politie van Esbjerg. We willen u een paar vragen stellen. Kunt u naar het bureau komen?'

Het is het telefoontje dat ik al min of meer verwachtte. 'Natuurlijk, ik kom er direct aan, als dat goed is?'

'Dat zou fijn zijn, u kunt zich melden bij de balie.'

Voor de zekerheid vraag ik het adres. Ik app Becka dat ik nog wat langer wegblijf en stap dan in de auto.

Als ik een goede drie kwartier later het politiebureau aan de Kirkegade binnenloop, meld ik me bij de dienstdoende agent. Die gaat meteen bellen en even later word ik opgehaald door een man die ik nog niet eerder heb gezien. Hij stelt zich voor als Andreas Horn. Ik had verwacht Glerup of Søderthal te ontmoeten, maar blijkbaar werkt deze inspecteur ook aan de zaak. Hij loodst me naar een klein kamertje, waar we tegenover elkaar plaatsnemen. 'Bedankt voor uw snelle komst. Ik zal meteen ter zake komen. Vanmiddag is bij de Bocht van Ho tussen de struiken aan de oever van de baai, een telefoon gevonden. Toen we de gegevens gingen uitlezen, kwam uw telefoonnummer naar voren als het laatste waarmee contact is gelegd.'

Horn kijkt me zo ernstig aan dat ik het onrustig in mijn buik voel kriebelen. Vooralsnog snap ik niets van zijn boodschap. 'U hebt een telefoon gevonden? Van wie? Van Jorg Pedersen?' Zodra ik dat zeg, realiseer ik me dat het een domme vraag is omdat Jorg mij nooit gebeld heeft. 'Nee, dat kan niet, Jorg belde mij nooit,' corrigeer ik mezelf direct.

'Het gaat om de telefoon van mevrouw Ditte Farnø. Zij wordt al enige tijd vermist.'

Ditte? Dit overvalt me; ik dacht dat ik hier was vanwege Jorgs dood. Is Dittes telefoon gevonden? Zei hij nou aan de oever? Mijn gedachten tollen in het rond en laten zich maar moeilijk ordenen. 'Stond mijn telefoonnummer als laatste uitgaande oproep geregistreerd? Dat kan niet, ze heeft mij nooit gebeld.'

Zwijgend overhandigd Horn me een geprinte lijst. Bovenaan staat inderdaad mijn telefoonnummer. 'Hè, hoe kan dat nou? Dan moet ik haar oproep hebben gemist...' Nerveus haal ik mijn mobiel tevoorschijn om alle inkomende oproepen te checken. 'Door welk nummer zou ik gebeld moeten zijn?'

Horn krabbelt tien cijfers op een blaadje en het is of het bloed in mijn aderen stolt, want ik herken ze meteen. Ik sla mijn hand voor mijn mond. 'O, daar ben ik inderdaad door gebeld, maar de verbinding was zo slecht dat ik nauwelijks verstond wat er werd gezegd. Toen ik een paar keer probeerde terug te bellen, kreeg ik steeds de voicemail.' Er trekt een vertroebelend waas voor mijn ogen dat er één ding uit laat springen. 'Wat betekent het dat haar telefoon is gevonden? Is er iets met haar gebeurd?' Ik sper mijn ogen open. 'Is zíj gevonden?'

'Daar mag ik geen uitspraken over doen.'

'Heeft haar man haar ooit als vermist opgegeven?' Ik herinner me niet ooit ergens een dergelijk bericht gelezen of gehoord te hebben, maar dat kan me ook gemakkelijk zijn ontgaan doordat ik de taal niet spreek.

'U kent haar man ook?'

Ik schud mijn hoofd. 'Nee, niet echt. Nou, ik ben een keer naar Dittes huis gegaan en toen deed hij open. Zij was op dat moment al vertrokken... verdwenen... Nou ja, ze was... weg.' Mijn gehakkel laat me vuurrood worden, ik voel het aan mijn wangen. Wat voor indruk wek ik wel niet? Als ik met mijn ogen die van Horn zoek, zie ik dat daar een groeiende belangstelling voor mij in valt te bespeuren.

'Waarom ging u naar het huis van mevrouw Farnø?'

'Ik eh... Ik wilde haar een aantal vragen stellen.' Ik wiebel ongemakkelijk op mijn stoel heen en weer. De houten rugleuning voelt onaangenaam hard aan.

Horn fronst zijn wenkbrauwen. 'Waarover had u vragen dan?'

Schichtig kijk ik van hem weg, mijn zenuwen inmiddels tot het uiterste gespannen. 'Kort nadat mijn vriend en ik in Denemarken zijn komen wonen, zijn er wat incidenten geweest. Later bleek dat Ditte de dader was.'

'Incidenten?'

'Ons hek werd beklad met de tekst dat buitenlanders niet welkom zijn; ons zwembadwater was rood gekleurd doordat iemand er verf in had gegooid; de salontafel heeft in brand gestaan en… Er was nog wel meer.' Ik schrik zelf weer van de heftigheid van die voorvallen nu ik ze zo achter elkaar opnoem.

Van Horns gezicht valt inmiddels regelrechte verbijstering af te lezen. 'Daar noemt u nogal wat op. Hebt u aangifte gedaan van deze zaken?' Ik schud mijn hoofd. 'Waarom niet?'

Opnieuw kijk ik weg van de man tegenover me. Het lijkt allemaal alweer zo lang geleden en er is daarna zo veel gebeurd wat er nog veel meer heeft in gehakt. Ik krijg het allemaal niet meer helder in mijn hoofd en zeg dat ik niet zo goed meer weet waarom we geen aangifte hebben gedaan. 'O ja, op een gegeven moment heeft Ditte alles bekend. Later had ik toch nog een aantal vragen en daarom ging ik naar haar toe.'

'En u weet zeker dat u haar toen niet hebt gesproken, waarbij u misschien boos bent geworden?'

'Ja,' zeg ik op scherpe toon, 'dat weet ik heel zeker.'

'Laten we het hebben over het telefoontje dat mevrouw Farnø naar u pleegde. Volgens u was ze heel slecht verstaanbaar, maar wat dacht u dat ze zei?'

'Laat me duidelijk zijn: ik had geen idee wie mij belde en het enige wat ik verstond waren de woorden: "must warn" en "neighbour".'

'Wat concludeerde u daaruit?'

Ik schraap mijn keel, die kurkdroog aanvoelt. Is het hier geen gewoonte om mensen een glaasje water aan te bieden? 'Dat iemand me wilde waarschuwen voor mijn buurman, die mij kort daarvoor had aangerand in mijn eigen keuken.'

'Hebt u het dan over de buurman die dood is aangetroffen in een bunker bij de duinen?'

‘Ja, ik dacht dat het over hem ging.’

‘En met hem bedoelt u Jorg Pedersen, in wiens nabijheid een hakbijl is gevonden afkomstig uit de kofferbak van uw auto?’

Ik staar Horn aan zonder hem te zien. Voor me is een diepe afgrond verschenen en ik word onherroepelijk en onontkoombaar naar de rand geduwd.

Een uur later ben ik terug bij Becka’s huis. Een particuliere beveiligingsdienst heeft de bewaking van de toegangsweg twee dagen geleden van de politie overgenomen. Hoewel inmiddels bekend is dat er een Nederlander in voorarrest zit wegens betrokkenheid bij de dood van Jorg Pedersen, heeft dat, zoals ik wel had verwacht, geen nieuwe stormloop van journalisten opgeleverd. Op dit moment is er zelfs niet een te zien. Ik zwaai naar de beveiliger in de auto en rijd door. Tijdens de rit is er een knallende hoofdpijn komen opzetten en ik zeg Becka dat ik even op bed ga liggen.

‘Doe dat en neem een pijnstiller in; ze liggen in het spiegelkastje op de badkamer.’

Ik loop naar de badkamer en scan de inhoud van het kastje op paracetamol. Algauw zie ik een doosje liggen, maar dan valt mijn oog op een klein bruin potje. Met kloppend hart pak ik het, draai de deksel eraf en schud wat van de inhoud op mijn handpalm.

Het zijn dezelfde roze pilletjes als ik bij ons thuis aantrof in het etui van Robins scheerapparaat.

27

‘Becka!’

Haastig komt ze op mijn geschreeuw af. ‘Wat is er? Voel je je niet in orde?’ Ik schud mijn hoofd en toon haar de roze tabletjes. ‘O, maar die moet je niet nemen. Die zijn niet goed voor je.’

‘Waarvoor zijn deze pillen?’

‘Waarom wil je dat weten? Ze zijn van Jorg.’

‘Maar wat doen ze?’

Ze werpt me een onderzoekende blik toe. Dan haalt ze haar schouders op. ‘Jorg sportte er lekker op. Maar wat interesseert jou dat?’

‘Ik heb bij ons thuis dezelfde aangetroffen. Zou het kunnen dat Jorg ze ook aan Robin gaf?’

Becka slaat haar armen over elkaar. ‘Daar weet ik niets van.’

‘Ach toe, Becka, volgens mij wíl je het niet weten. Wat ik je nu ga zeggen hoor je daarom misschien liever niet, maar het kan veel duidelijk maken.’ Ik neem een diepe ademteug. ‘Is het mogelijk dat Jorg deze pillen niet aan Robin gaf, maar ze verkocht? Dat er geld, mogelijk veel geld, mee gemoeid is?’ Gespannen kijk ik Becka aan.

Tot mijn verbijstering begint ze – nogal onecht – te lachen. ‘Mijn lieve Merel, ik geloof dat je fantasie een loopje met je neemt. Jorg was dol op Robin… En op jou.’

Jemig, het is toch onvoorstelbaar dat ze er nog steeds niet aan wil dat Jorg het op mij had voorzien? Het credo ‘over de doden niets dan goed’ viert kennelijk hoogtij hier. ‘O ja? Wie wil je nou voor de gek houden? Mij of jezelf? Jorg is dood en Robin is zijn potentiële moordenaar. Er moet iets tussen die twee gespeeld hebben en ik wil uitzoeken wat dat geweest kan zijn.'

'Zou je dat niet beter aan de politie overlaten? Ik voel geen enkele behoefte om te gaan speculeren, zeker niet zolang mijn man nog boven de grond staat. Mijn hoofd staat nu naar andere dingen.'

Ik sla mijn ogen neer. 'Nee, sorry, dat begrijp ik; ik dacht niet goed na. Ik zal het voorlopig laten rusten. Waarschijnlijk heb je gelijk en komt de recherche binnen de kortste keren achter de waarheid. Ik dacht trouwens dat ze mij vanmiddag weer wilden horen.'

Becka fronst haar wenkbrauwen. 'O?'

'Ik werd gevraagd naar het politiebureau in Esbjerg te komen, maar toen ik daar was bleek het over Ditte te gaan. Haar telefoon is gevonden bij de Bocht van Ho en mijn telefoonnummer stond opgeslagen als laatst gebelde nummer. Weet je nog dat ik jou een onbekend nummer toonde waardoor ik gebeld was?'

'Ja, ik herinner het me.' Ze spert haar ogen open. 'Was dat van Ditte? En haar telefoon lag aan de kant… Denken ze nu dat Ditte daar in het water ligt?'

'Ik heb gevraagd of ze gevonden is, maar kreeg geen antwoord. Het moet haast wel. Waarom zou ze anders haar telefoon daar neerleggen en vervolgens verdwijnen?'

Ditte moet zich verschrikkelijk miserabel hebben gevoeld na haar schuldbekentenis aan mij – en ze was toch al depressief. Is er echt nog een sterfgeval waarvan ik indirect de veroorzaker zou kunnen zijn? Een vreselijke gedachte. En op een of andere manier is ook dit weer terug te voeren op Jorg. Was hij het niet voor wie Ditte mij wilde waarschuwen?

'Becka, ik weet dat je er niet mee geconfronteerd wilt worden, maar kan het zijn dat Jorg hetzelfde bij Ditte heeft gedaan als bij mij? Het enige wat ik opving tijdens dat korte gesprek waren "must warn" en "neighbour".'

'Begin je nou weer? Jorg kan zich niet meer verdedigen en…'

Dan slaat ze ineens haar handen voor haar gezicht. Wanneer ze ze weer weghaalt, staan de tranen in haar ogen.

'Het is waar,' fluistert ze. 'Ik wou dat het niet zo is, maar Ditte, jij... En zo zijn er nog veel meer geweest. Hoe denk je dat het voelt als je man zijn handen niet kan thuishouden en een voorkeur heeft voor jonge vrouwen?'

Opluchting golft door me heen. Zie je nou wel dat ik Jorg geen aanleiding heb gegeven, waar ik toch weleens aan twijfelde. Hij flikte dit ook gewoon bij anderen! Voor me staat Becka nu hevig te huilen. Ik sla mijn armen om haar schokkende schouders heen. 'Wat erg voor je, maar waarom ben je niet bij hem weggegaan? Als je dit toch wist?'

'Het waren altijd maar kortdurende bevliegingen. Hij beweerde het nodig te hebben om af en toe verliefd te zijn. En verder hadden we het heus heel goed samen.'

Dat betwijfel ik. Ik herinner me de eerste keer dat Robin en ik onze buren vanuit ons keukenraam zagen en dat Jorg toen in eerste instantie Becka te lijf leek te willen gaan. 'Nou, volgens mij was Jorg ook weleens agressief naar jou toe. Je had eerder voor jezelf moeten kiezen.'

'Misschien wel,' geeft Becka toe.

'Zijn gedrag is hem uiteindelijk wel fataal geworden. Zoals ik het nu zie, lijkt het erop dat hij met Robin net de verkeerde heeft getroffen.'

Becka maakt zich van me los en droogt haar tranen. 'Heb je nog iets gehoord over Robin?'

'Alleen dat zijn lichamelijke conditie een verhoor in de weg staat.'

'Hoe ernstig is zijn toestand dan?'

'Dat weet ik niet, officieel krijg ik namelijk niets meer te horen. Robin heeft een pro-Deoadvocaat toegewezen gekregen en het enige wat die me heeft verteld is dat het Robins wens is dat niet ik, maar Mara als contactpersoon fungeert. Daarmee ben ik geen belanghebbende en word ik dus ook niet geïnformeerd.'

'Frustrerend lijkt me dat.'

'Ach...' Ik haal mijn schouders op. 'Het verbaast me vooral. Het is toch veel makkelijker als ik hier in Denemarken contact opneem met de Nederlandse ambassade in plaats van dat zijn zus dat vanuit Nederland moet doen via het ministerie van Buitenlandse Zaken? Maar goed, het is zijn keuze en hij zal zijn redenen wel hebben. Weet je wat me momenteel meer dwarszit? Dat we niet weten of Ditte nu wel of niet is gevonden. Is er geen manier om daarachter te komen?'

'Jij had toch hoofdpijn en wilde slapen?' zegt Becka met opgetrokken wenkbrauwen.

'Die is weg. Wacht, ik googel even.' Mijn gezoek levert niets bruikbaars op. Misschien is het nog te vroeg of ik zit ernaast met mijn aanname dat Ditte bij het water gevonden is. Of zou... Mijn gedachtestroom wordt onderbroken door het trillen van mijn telefoon. Glerup, de politie, zie ik op het beeldscherm.

'Mevrouw Van Os, bent u in de gelegenheid om weer naar het bureau te komen? Ik heb nog wat vragen voor u.'

Ik slaak een onhoorbare zucht. Nog geen uur geleden was ik in Esbjerg, nu kan ik er alweer naartoe. 'Het kan zeker niet over de telefoon?' probeer ik.

'Nee, ik wil u iets laten zien.'

Dat bericht prikkelt me en vijf minuten later zit ik weer in de auto, op weg naar de Kirkegade.

Glerup loodst me hetzelfde kamertje binnen als waar ik eerder vandaag ben geweest.

'Hebt u Robin al kunnen verhoren?' vraag ik nieuwsgierig zodra we tegenover elkaar zitten.

Hij schudt zijn hoofd. 'We wachten nog op toestemming van zijn behandelend arts. In de tussentijd zijn we uiteraard volop bezig met ons onderzoek en daar zijn een aantal zaken uit naar voren gekomen waardoor we graag het kluisje van meneer Zwaansma in de sportschool wilden doorzoeken. De Officier van Justitie heeft hieraan zijn medewerking verleend en de doorzoeking heeft vanmorgen plaatsgevonden.'

Ik frons mijn wenkbrauwen. 'Had Robin daar een eigen kluisje?' Ik wist niet eens dat dat mogelijk was; dat had Jens me ook weleens kunnen vertellen.

Glerup knikt. 'Bij ieder bezoek aan de sportschool kunnen willekeurige kluisjes gebruikt worden, maar het is ook mogelijk om een vaste kluis te huren. Dat laatste heeft meneer Zwaansma gedaan en we hebben daarin het volgende aangetroffen.'

Als vanzelf gaat mijn hart sneller kloppen, ook al denk ik te weten wat de buit is. Ik krijg gelijk. Glerup zet een pot op de tafel die ongeveer vier keer zo groot als die ik bij ons thuis en bij Becka heb aangetroffen. Hij draait de deksel eraf en strooit een aantal roze pilletjes op tafel. 'Hebt u deze tabletten eerder gezien?'

'Jazeker. Ik heb een kleiner potje bij ons in huis gevonden en ook bij Becka Pedersen thuis. Jorg Pedersen gebruikte ze ook.'

'Hebt u ook gezien dat meneer Zwaansma ze slikte?'

Ik schud mijn hoofd. 'Nee, ik had er geen weet van tot ik ze vond. Hij heeft het gebruik voor mij verborgen gehouden.'

'Hebt u een idee van de werking?'

Ik neem de inspecteur van onder mijn oogharen op. Vermoedelijk weet hij het antwoord wel, maar wil hij uitvissen hoe loyaal ik nog ben ten opzichte van Robin. Nou, daar kan ik kort over zijn. 'Ik denk dat het anabolen zijn. Jorg Pedersen leverde ze aan hem, al of niet tegen betaling, en ik vermoed dat hun conflict hierover ging.'

'We hebben vanuit de sportschool van meerdere mensen signalen gekregen dat Pedersen in anabolen handelde. Heeft Pedersen deze pillen naar uw mening bij Zwaansma geïntroduceerd?'

'Nee, ik heb pasgeleden ontdekt dat hij al gebruikte toen we nog in Nederland woonden. Toen trainde Robin ook al fanatiek en spiegelde hij zich waarschijnlijk aan mannen die al veel langer bezig waren en besloot dat het bij hem niet snel genoeg ging.'

'Hij heeft het gebruik in Denemarken dus voortgezet. Ver

hoefde hij er niet naar te zoeken: zijn sportieve buurman, arts in ruste, kon ze hem leveren. Wat daartegenover stond is ons nog niet bekend, maar hij was zijn buurman dankbaar en droeg hem op handen… Dat heb ik althans uit uw eerdere verhaal kunnen opmaken?'

Ik knik. 'Op het oog gingen ze heel erg goed met elkaar om. Er was maar één moment waarbij ik wrijving opmerkte. Jorg en Robin stonden zonder dat ze het wisten binnen gehoorsafstand van mij toen Robin zich hardop afvroeg wat de prijs was voor alles wat de familie Pedersen voor ons deed. In zijn antwoord had Jorg het over een "schuld" en hij nam het woord "afbetalingsregeling" in de mond.'

Glerup fronst. 'Weet u waarop hij doelde?'

'De Pedersens hebben op eigen initiatief een pand in Blåvand gekocht, zodat ik daar mijn speelgoedwinkel kon beginnen. Ze hadden ons dat net verteld, en Robin was bezorgd dat we hun niet konden terugbetalen. Hij had het over leveranties, en dat dit er nu ook nog bij kwam. Jorg stelde hem gerust. Als de afbetaling verliep zoals Jorg het wilde, was er niets aan de hand. Het kwam op mij nogal intimiderend over.'

Ik merk dat deze informatie Glerup overvalt. Hij klappert nog net niet met zijn oren, maar de verbijstering valt van zijn gezicht te lezen. 'Uw buren hebben een winkelpand gekocht voor ú? Zomaar, zonder dat u hun dat gevraagd heeft?'

'Het klinkt ongelooflijk, en dat is het ook. Ik zei alleen een paar keer dat ik graag een winkel wilde beginnen en ben met mevrouw Pedersen gaan kijken naar een geschikte ruimte. Maar ik had nooit verwacht dat ze het zou kopen.'

'Dat is echt wel uitzonderlijk, inderdaad. Maar er was dus wel sprake van een afbetaling.'

'Kennelijk wel, alleen weet ik niet waaruit die precies bestond.' Ik schraap mijn alweer droog geworden keel. Ook nu is er geen glaasje water te bekennen. 'Het spijt me dat u dit nu pas van mij te horen krijgt. Ik wist in de bunker al dat ik u nog iets moest vertellen, maar ik kon er toen onmogelijk op komen en later is het me weer ontschoten. Sinds ik anderhalf jaar geleden met een burn-out thuis heb gezeten, functioneert mijn geheugen nog steeds af en toe heel slecht.' Ik haal verontschuldigend mijn schouders op.

Glerup staart me nadenkend aan terwijl hij over zijn kin wrijft en ik zou er heel wat voor overhebben om zijn gedachten te kunnen lezen. Hij blijft zo zitten kijken en geeft me dan toestemming om te vertrekken.

28

Er kreunt iemand. En nog eens. Het duurt even voor het tot Robin doordringt dat hij zelf dat geluid voortbrengt. Hij grijpt naar zijn hoofd, waar zich een enorm zware pijn in zijn achterhoofd manifesteert. Wat is er in godsnaam met hem gebeurd? Koud... Hij heeft het zo vreselijk koud gehad. Maar nu zweet hij. Over heel zijn lichaam, zo lijkt het. Hij gooit het dekbed van zich af en probeert rechtop te gaan zitten. Direct brengt de pijn hem een mokerslag toe die hem doet terugvallen in de kussens. God, wat heeft hij het warm, het transpiratievocht druipt uit zijn poriën. Zijn hart bonkt in zijn borstkas en hij wordt met de minuut misselijker. Nog even en hij moet overgeven. In paniek zoeken zijn ogen naar iets om in te kunnen spugen. Witte muren, witte lakens. Waar is hij? Ach, natuurlijk, hij ligt in het ziekenhuis. Ze hebben hem hierheen gebracht toen hij het zo koud had. Hoe dat zo kwam, weet hij zich niet meer te herinneren.

De kamerdeur gaat open en er komt een verpleegster binnen. 'Hallo, mijn naam is Anna.' De blonde vrouw steekt haar hand uit en begint een aantal handelingen te verrichten aan de apparatuur die zich naast zijn bed blijkt te bevinden. 'Voelt u zich een beetje beter? Volgens de dokter bent u genoeg opgeknapt om vragen van de politie te kunnen beantwoorden. In de gang wacht een inspecteur op u; ik zal hem binnenlaten.' Het Engels van de vrouw wordt door zijn hersens met enige vertraging vertaald, waardoor hij pas begrijpt wat ze heeft gezegd als de lange man met grijzend haar zich al naast hem bevindt.

'Hallo meneer Zwaansma, mijn naam is Søderthal, inspecteur bij de recherche van Esbjerg. Ik lees u nu uw rechten voor.' De stroom woorden gaat grotendeels langs Robin heen; hij doet nauwelijks moeite om te begrijpen wat er wordt gezegd. Pas wanneer de inspecteur weer op normale gesprekstoon tegen hem praat, keert zijn aandacht terug. 'Ik onderzoek de dood van Jorg Pedersen.'

Robin fronst zijn wenkbrauwen. Jorg. Jorg Pedersen. De naam weerklinkt in zijn hoofd zonder direct een beeld op te roepen. Blijkbaar kijkt hij de inspecteur nogal glazig aan.

'Zegt de naam u niets? De heer Pedersen was uw buurman. U had een ontmoeting met hem bij een bunker in de duinen. Meneer Pedersen is daar dood aangetroffen en u bevond zich even een stukje verderop. Herinnert u zich dat?'

Het woord 'bunker' doet hem onbedaarlijk trillen en jaagt zijn hartslag de hoogte in. De duizelingen nemen toe en vertwijfeld grijpt hij naar zijn hoofd. Het voelt alsof hij een bom is die op het punt van afgaan staat. Het zweet stroomt nu daadwerkelijk zijn lichaam uit; nooit eerder heeft hij zich zo beroerd gevoeld.

'Gaat het wel met u?' Bezorgd kijkt de inspecteur hem aan.

Hij schudt zijn hoofd. De beweging maakt hem zo misselijk dat hij weer bijna moet overgeven. Wat mankeert hem in godsnaam?

'U hebt een hersenkneuzing opgelopen,' zegt de inspecteur, alsof hij zijn gedachten kan lezen, 'en u bent enige tijd buiten bewustzijn geweest. Het kan daarom zijn dat uw geheugen u af en toe in de steek laat. Dat is niet erg, we hoeven ons niet te haasten. Denkt u rustig na voor u antwoord geeft op de vragen die ik voor u heb.'

De woorden van Søderthal zorgen alleen maar voor meer verwarring. Hoe komt hij aan een hersenkneuzing? Hij sluit zijn ogen en direct speelt zich voor zijn geestesoog een complete voorstelling af. Kennelijk stond die daar klaar en was het wachten tot het doek opging. De beelden buitelen over elkaar heen. Daar is hij in de bunker. Zijn linkerhand omklemt de bijl die hij ter verdediging uit de kofferbak van zijn auto heeft meegenomen. Tegenover hem staat Jorg. Oude Jorg. Beresterke Jorg. Jorgs hand dwingt zijn arm met de bijl naar beneden en probeert die te pakken te krijgen. In een reflex beweegt hij de bijl naar zijn andere hand, en het blad schampt Jorgs lichaam. Jorgs hand gaat naar zijn buik en met een licht verbaasde blik kijkt hij naar het bloed dat aan zijn vingers kleeft. Dan komt Jorg dichterbij en duwt hem keihard naar achteren, waarbij zijn hoofd tegen het beton slaat. Hij ziet sterretjes en voelt een heftige pijnscheut onder zijn schedel schieten. Versuft hoort hij Jorg heel gemene dingen zeggen over hem en over Merel. En dan opeens blijkt Jorg over een mes te beschikken. O god! De bijl, heeft hij de bijl nog vast? Robins arm maakt een zwaaiende beweging. Hij hoort het geluid van metaal op beton. Jorg zakt op zijn knieën en kijkt vloekend om zich heen. Dan ziet Robin vanuit zijn ooghoeken plotseling een beweging. Is hier nog iemand? Het is zo donker dat hij niet kan zien wie zich achter Jorg bevindt; het licht van de lamp om zijn hoofd reikt niet verder dan heuphoogte. Maar wacht eens... die broek. In een flits realiseert hij zich dat hij die broek eerder heeft gezien. Maar dan is de figuur bij Jorg dus... Dat is dus...

Hij worstelt om wakker te blijven, maar dan rukt onverbiddelijk het zwart op en raakt zijn blikveld totaal verduisterd.

29

Ik lig in bed met mijn ogen nog dicht. Ik wil ze niet openen, ik heb geen zin in nog weer een dag van rouw om Jorg. Hoe ik ook mijn best doe geen onderdeel te zijn van alle voorbereidingen rond zijn uitvaart, er valt niet aan te ontkomen. Tijdens de afscheidsuren die Becka heeft georganiseerd en waarbij ik me verplicht voel aanwezig te zijn, word ik ook gecondoleerd en onbekende mensen wensen me sterkte toe. Lief bedoeld allemaal en ik laat het ook maar gelaten over me heen komen, maar soms kan ik de neiging om te zeggen dat Jorgs dood me koud laat amper bedwingen. Sinds Jorg in het kamertje naast dat van mij staat opgebaard, slaap ik slecht. Ik heb hem één keer gezien, toen Becka me zowat mee naar binnen sleepte. Daarna herinnert slechts het irritante, monotone gezoem van de koelinstallatie me aan zijn aanwezigheid.

Vandaag lijkt het trouwens wel of ik het geluid niet meer hoor. Langzaam open ik toch maar mijn ogen, en direct weet ik het. Jorg is weg! De begrafenis was gisteren al; wat raar dat ik dacht dat die nog moest plaatsvinden. Net of iemand een hap uit mijn geheugen heeft genomen.

Ik ga rechtop zitten en ben nu klaarwakker. Was het hele gebeuren zo stressvol dat ik het gewoon verdrongen heb? Dat moet haast wel. En toch ervaar ik nu geen opluchting. Het gevoel van opgejaagd zijn dat ik de afgelopen dagen heb ervaren, is er nog steeds. Het is alsof iets of iemand continu om mijn aandacht schreeuwt, maar als ik wil onderzoeken wie of wat dat zou zijn, lukt het me niet om er de vinger op te leggen. Het is net zoiets als Robins stem, die soms zomaar vanuit het niets in mijn hoofd klinkt. Het blijft ongrijpbaar. Ik pieker me suf en kom toch geen stap verder. Doodvermoeiend – en dit is niet eens het enige waar ik me zorgen over maak.

Toen ik gisteren na de begrafenis thuiskwam, belde Robins baas Pascal om te vertellen dat hij een andere medewerker naar Denemarken stuurt om de zaken van Robin over te nemen. Hij liet er geen misverstand over bestaan dat Robin niet langer in zijn dienst is, of het nou tot een veroordeling komt of niet. Er is een nieuwe kapitein onderweg om het schip een veilige haven in te loodsen en ons huis wordt zijn stuurhut. Ik heb tot morgen om mijn spullen te pakken, daarna moet ik de sleutel overdragen.

Wanneer ik de keuken binnenkom, blijkt Becka al op te zijn. De laatste dagen moeten buitengewoon aangrijpend voor haar zijn geweest en ik had verwacht dat ze vandaag wel zou uitrusten. Niets is minder waar. 'Goedemorgen lieverd,' zingt ze als ze me ziet.

Ik druk een kus op haar wang en wens haar ook goedemorgen. 'Wat ben je vroeg op? Kon je niet meer slapen?'

'Ik voelde me uitgerust en ben maar opgestaan. Wil je thee?'

Ze staat op en pakt de theepot van het aanrecht. Als ze de kop voor me neerzet, aait ze even over mijn wang. 'Je vindt het fijn hè, dat hij er niet meer is?'

Ik had net een slok genomen en verslik me prompt. 'Becka!' proest ik verontwaardigd.

'Ach,' ze haalt haar schouders op, 'we kunnen beter eerlijk tegen elkaar zijn nu we toch samenwonen.'

Ik verslik me opnieuw. 'Samenwonen?'

Ze knikt. 'Ik hoorde dat je gisteren gebeld werd. Je moet toch morgen het huis hebben ontruimd?'

'Ja, maar ik heb nog niet nagedacht over mijn vervolgstap. Het lijkt me het meest logisch dat ik terugga naar Nederland.'

'Waarom zou je dat nu nog doen? Je wilde weg vanwege Jorg,

en die reden is komen te vervallen. Dit huis is groot genoeg om met z'n tweeën in te wonen zonder dat we elkaar in de weg zitten, en ik neem aan dat je morgen de winkel weer open gaat doen?'

Verrast kijk ik haar aan. 'Zou dat kunnen? Na alles wat er gebeurd is? Iedereen in Blåvand weet dat mijn ex-vriend verdacht wordt van betrokkenheid bij Jorgs dood. Er zal oneindig geroddeld worden, en waarschijnlijk zal niemand nog iets bij me willen kopen.'

Becka snuift. 'Nu overdrijf je toch schromelijk. Dat gepraat verstomt gauw genoeg als ze zien dat ik er geen enkele moeite mee heb om bij jou achter de toonbank te staan. En zeg nou zelf: je stroopwafels zijn toch onweerstaanbaar?'

Ik staar haar even verbluft aan en begin dan te lachen. 'Je hebt gewoon gelijk, weet je dat? Ik ga ervoor!'

'Dat is mijn meisje.' We staan alle twee op en omhelzen elkaar. Het voelt warm. Het voelt goed.

Later die ochtend ga ik naar mijn eigen huis om mijn spullen in te pakken. Alleen. Natuurlijk wilde Becka helpen, maar ik heb wat tijd voor mezelf nodig om alles te overdenken wat zich de afgelopen weken heeft afgespeeld. De verhuizing hierheen was al zo'n enorme stap en niemand had kunnen vermoeden dat ons leven opnieuw een draai van honderdtachtig graden zou moeten maken. We waren zo hoopvol gestemd toen we hier aankwamen en kijk waar we nu staan, denk ik terwijl de tranen me in de ogen schieten. Met de rug van mijn hand wrijf ik ze weg. Het heeft geen zin om me in zelfmedelijden te wentelen; ik heb werk te doen en begin met de koffers op bed te leggen en de kledingkasten leeg te halen.

Eerst pak ik Robins kleding in, dan die van mijzelf. Wanneer ik mijn broeken op bed leg, kijk ik peinzend naar de broek met de print van rendieren en kerstmannetjes.

Kerstmis is al over tien dagen, maar ik weet nog niet met wie ik het ga vieren. De griep van mijn vader blijkt heel hardnekkig te zijn en reizen zit er voor mijn ouders niet in. Normaal zou ik dan naar Nederland gaan, maar het voelt ook niet goed om Becka alleen te laten. Zou ze met mij mee willen? Ze kan de afleiding best gebruiken en wie weet hoe leuk ze een hernieuwde kennismaking met Nederland vindt. Hoe langer ik erover nadenk, hoe beter dat idee me bevalt. Mijn gedachten gaan naar Jens. De afgelopen week hebben we iedere dag wel even appcontact gehad, maar gezien of gesproken hebben we elkaar niet meer. Ik had hem op de begrafenis verwacht, maar die heeft hij aan zich voorbij laten gaan. Alsof hij voelt dat ik aan hem denk, stuurt hij me een whatsappje. Wanneer zien we elkaar weer? Staat mijn hoofd alweer naar fitness?

De gedachte daaraan is nog niet bij me opgekomen, maar opeens lijkt het me heerlijk om mijn hoofd een poosje uit te schakelen en alleen lichamelijk bezig te zijn. Ik laat hem weten dat ik vanmiddag graag wil trainen en we spreken om drie uur af bij de sportschool.

Het geluid van een automotor die moeite doet om de heuvel op te komen kondigt aan dat er bezoek in aantocht is. Dat is opmerkelijk, want de toegangsweg wordt nog steeds bewaakt. Dit zal de laatste dag ook wel zijn, de belangstelling is bijna weggeëbd. Nieuwsgierig naar wie eraan komt, loop ik alvast naar de voordeur. Er parkeert een wagen waaruit Glerup en Søderthal stappen. Van hun strak staande gezichten krijg ik een knoop in mijn maag. Zouden ze nieuws hebben?

Na de begroeting nodig ik beide mannen uit in de woonkamer. Om mijn zenuwen een beetje tot bedaren te brengen vertel ik hun dat het huis moet worden ontruimd en dat ik zolang bij mijn buurvrouw intrek. Bij die mededeling wisselen beide mannen een blik waar ik nog nerveuzer van word. 'Wat is er?' vraag ik met een stem die me vreemd in de oren klinkt.

'Mevrouw Van Os,' zegt Glerup met nog steeds die ernstige uitdrukking op zijn gezicht, 'tijdens het onderzoek zijn er aanwijzingen naar voren gekomen waaruit blijkt dat u betrokken was bij de dood van Jorg Pedersen.'

'Ik?' Mijn mond zakt open. Het ongemakkelijke gevoel dat ik de afgelopen dagen al vaker heb gehad, grijpt me bij de keel en bemoeilijkt mijn ademhaling. Licht hijgend neem ik de mannen tegenover me op. Dit menen ze toch niet serieus? Waar komt dit vandaan? Er moet sprake zijn van een misverstand, dat kan niet anders. Ik haal een paar keer diep adem en stoot dan uit: 'Welke aanwijzing hebt u daarvoor?'

'U bent op de plaats delict gezien,' zegt Søderthal.

Ik heradem en knik. 'Ik was daar immers om Robin en Jorg te zoeken. En geloof me: de heer Pedersen was dood toen ik bij hem aankwam. Zijn vrouw kan dat bevestigen. Of...' Geschokt sla ik mijn hand voor mijn mond. 'U denkt toch niet dat Jorg nog leefde en dat ik, of zijn vrouw en ik...'

Glerup fronst zijn wenkbrauwen. 'Is die gedachte zo vreemd? U hebt ons zelf verteld dat Pedersen de nacht met u wilde doorbrengen. Uit ons onderzoek is gebleken dat het niet de eerste keer was dat een vrouw een dergelijk voorstel van hem ontving. De bij u gehanteerde methode blijkt een vaste werkwijze van hem te zijn.' Hij pauzeert even en bestudeert mijn gezichtsuitdrukking. 'Net als uw ex-vriend werden de partners van deze vrouwen door Pedersen voorzien van een spierbevorderend preparaat met een sterke werking en een verslavend effect. In het begin verstrekte hij het gratis, maar zodra de gebruiker niet meer zonder kon, schroefde Pedersen de prijs op. Op het moment dat het middel onbetaalbaar werd, sloeg hij toe en stelde hij voor dat de vrouw of vriendin de nacht met hem zou doorbrengen. Deed de vrouw in kwestie dat, dan was Pedersen tevreden en leverde hij zonder problemen de spullen verder tegen een betaalbare prijs. Hij zag de vrouwen als trofee en het was hem kennelijk puur om de eenmalige verovering te doen. Een weigering maakte hem echter furieus. Dan ging hij net zo lang door tot hij het stel persoonlijk en liefst ook zakelijk volledig in de tang had. Tijdens het onderzoek beschuldigde iemand hem van verkrachting, maar daarvan is nooit aangifte gedaan.' Glerup kijkt me opnieuw doordringend aan. 'Daar is bij u, meen ik, toch geen sprake van geweest?'

Verbijsterd schud ik mijn hoofd in ontkenning. 'Nee, maar het had misschien wel nog kunnen gebeuren.' Het besef wat een zegen Jorgs heengaan voor mij is, borrelt in me op. 'Ik begrijp nu,' zeg ik bedachtzaam, 'uw gedachtegang. Maar als ik Jorg had willen doden, waarom zou ik hem dan met een zwaar voorwerp als een bijl te lijf gaan? Het vergt vast heel wat kracht om die zodanig hard neer te laten komen dat...' Ik zwijg abrupt. Voor mijn ogen verschijnen lichtflitsen en in mijn hoofd klinkt weer Robins stem. Hij roept op dringende toon iets naar me, maar tot mijn frustratie lukt het me ook nu niet om hem te verstaan.

'Wat is er? U ziet nogal bleek.'

Ik wrijf in mijn ogen en glimlach bibberig. 'Ik heb geloof ik last van een te levendige fantasie. Maar u zei eerder dat iemand me heeft gezien. Wie beweert dat?'

'De heer Zwaansma.'

'Robin?' Ik hijg van ongeloof. 'Beweert Robin dat ik Jorg heb gedood? En u gelóóft hem? Dat is toch volstrekt bizar. Dit zegt hij alleen maar om zichzelf vrij te pleiten. Dat kan niet anders.'

'Zwaansma beweert dat u Pedersen van achteren naderde vlak voor hij het bewustzijn verloor. Toen hij weer bij zijn positieven kwam, was Pedersen dood en u was verdwenen.'

'Onmogelijk! Hij liegt. Hoe weet hij zo zeker dat ik het was?' De vlammen van verontwaardiging slaan me inmiddels uit.

'Bezit u een broek met een print van kerstmannetjes en rendieren?' gaat Glerup onverstoorbaar verder.

'Ja!' roep ik direct uit, 'ik heb hem toevallig zojuist ingepakt.' Ik veer overeind en leid de inspecteurs naar de slaapkamer. 'Hier, kijk maar.' Het bewijsstuk wordt aangepakt en aan alle kanten bestudeerd. Het prijskaartje zit er nog aan, waardoor duidelijk is dat het kledingstuk nog nieuw en ongedragen is. Opgelucht adem ik uit. 'Of Robins geheugen faalt, of hij probeert mij op te laten draaien voor wat hij zelf gedaan heeft.'

'Zwaansma heeft Pedersen niet gedood,' zegt Glerup kortaf.

'Sectie heeft uitgewezen dat Pedersen om het leven is gebracht door iemand die rechtshandig is en zoals u ongetwijfeld weet, is Zwaansma linkshandig,' vult Søderthal aan.

'Wat bent u eigenlijk? Rechts- of linkshandig?' vraagt Glerup er direct achteraan.

Tot mijn ergernis voel ik mijn wangen kleuren. 'Ik ben rechtshandig, net zoals circa negentig procent van de wereldbevolking is... En één procent is geloof ik zowel rechts- als linkshandig, al dan niet aangeleerd. Dat heb ik weleens gelezen. Rebecka Pedersen is bijvoorbeeld tweehandig. Maar dat hebt u ongetwijfeld al uitgezocht.'

Mijn woorden leiden tot geen enkele reactie. 'We zouden graag wat rondkijken in uw woning. Hebt u daar bezwaar tegen? U hoeft ons overigens geen toestemming te verlenen zonder huiszoekingsbevel.'

Ik haal mijn schouders op. 'Geen probleem, ga gerust uw gang. Ik heb niets te verbergen.' Terwijl Søderthal en Glerup zich door het huis begeven blijf ik op de bank zitten. Hoe kan Robin beweren dat hij de kerstmannetjesbroek heeft gezien? Het was pikdonker in die bunker; als er al licht was moet dat van zijn mobiele telefoon afkomstig zijn geweest of van de hoofdlamp die Jorg droeg. Maar hij was bezig het bewustzijn te verliezen, dus hoe kan hij zo stellig daarin zijn? Hij vergist zich, dat kan niet anders, zo prent ik mezelf in. En toch is er iets met die broek. Het zit me niet lekker. Wat gebeurt er toch allemaal in de keuken? Het geluid van bestek dat heen en weer wordt geschoven trekt mijn aandacht. Ik sta op en loop naar de mannen toe. 'Zoekt u ergens specifiek naar?' vraag ik met opgetrokken wenkbrauwen, als ik zie dat al het bestek op het aanrecht ligt uitgestald.

'We hebben het moordwapen nog niet gevonden en daar zijn we naar op zoek,' zegt Søderthal.

‘Hè?’ Verward wrijf ik over mijn voorhoofd. ‘U hebt de bijl toch?’

‘Pedersen is niet met bijlslagen om het leven gebracht.’

‘Nee! Maar, hè? Hoe dan wel?’

‘Daarover mag ik geen mededelingen doen. Zo, wij zijn voor nu wel even klaar.’

Ik sla mijn armen beschermend om me heen. ‘En dan? Hoe gaat het nu verder?’

‘Wij zetten ons onderzoek voort; mogelijk komen we vandaag nog terug met een officieel huiszoekingsbevel.’

‘Maar u neemt mij niet mee of zo naar aanleiding van Robins getuigenis?’

Søderthal schudt zijn hoofd. ‘Nee, op dit moment is daar onvoldoende aanleiding voor. U moet zich wel beschikbaar houden en u mag het land niet verlaten zonder onze toestemming.’

‘Dat is de komende dagen nog geen probleem, maar Kerstmis zou ik graag in Nederland willen vieren.’

‘Vraagt u ons tegen die tijd vooral toestemming.’ De beide inspecteurs geven me een hand en lopen naar de voordeur. ‘Nog een vraag, mevrouw Van Os,’ zegt Glerup, terwijl hij zich omdraait. ‘Waar was u rond het tijdstip van de moord?’

Daar hoef ik niet lang over na te denken. ‘In het huis van Jens Arnesen.’

‘Kan hij of iemand anders dat bevestigen?’

Ik schud mijn hoofd en sla mijn blik neer ‘Helaas niet. Jens was niet thuis.’

Er volgt een minzaam knikje. ‘Goed. Wij spreken elkaar nog.’

Met die weinig geruststellende woorden laten de mannen me alleen. Ik loop naar de keuken om het bestek terug te leggen en vul een glas onder de kraan. Mijn gedachten dwalen af naar het ontbrekende moordwapen. Als ze dachten het in een keukenla aan te treffen, kan het alleen om een mes gaan eigenlijk. Ja. Ik wéét ook dat het een mes moet zijn. Dan kruipt er een rilling over mijn rug. Waarom weet ik dat zo zeker? Ik sluit mijn ogen en probeer opnieuw Robins stem in mijn hoofd op te vangen. Heeft hij een mes gezien voor hij het bewustzijn verloor en probeert hij dat beeld steeds naar mij te projecteren?

'Kom op, laat het me dan zien; laat je in godsnaam horen!' roep ik gefrustreerd wanneer er helemaal niets gebeurt. Ik knijp mijn ogen stijver dicht en wacht, tot mijn vingers helemaal gevoelloos zijn door het koude kraanwater. Zwaar teleurgesteld wend ik me af en ga verder met inpakken. Mijn handen werken automatisch, terwijl mijn gedachten zich met heel andere dingen bezighouden. Er wordt dus uitgegaan van nog een aanwezige in de bunker, die verantwoordelijk is voor Jorgs dood. Iemand die dezelfde broek droeg als ik in mijn bezit heb. Ik haal hem weer uit de koffer en kijk nog eens naar het prijskaartje dat eraan hangt. Het gevoel dat ik iets over het hoofd zie is nog sterker dan daarstraks, maar het lukt me niet om een richting te bepalen waarin ik een antwoord moet zoeken. Het lijkt wel of mijn hoofd weer vol watten zit, hetzelfde gevoel dat ik tijdens mijn burn-out zo lang had. Nog steeds in gepeins verzonken sluit ik de koffers af en begin onze andere spullen in verhuisdozen te pakken. Om twee uur ben ik zover dat ik me kan omkleden in mijn sportkleren.

'Hej,' zeg ik tegen Niklas achter de ontvangstbalie.

'Hej Merel, wat goed om je weer te zien.' Niklas' glimlach zonder voorbehoud bezorgt me een fijn gevoel. Ik vind het best eng om me weer onder de mensen te begeven. In mijn achterhoofd speelt toch steeds de mogelijkheid dat ik erop zal worden aangekeken dat mijn vriend verdacht wordt van de moord op Jorg. Dat dit niet langer zo is, is natuurlijk nog niet bekend.

Ik glimlach terug. 'Ik heb een afspraak met Jens. Klopt het trouwens dat je een kluisje voor langere tijd kunt huren?'

'Ja, dat kan. Sommige leden houden er niet van om hun schoenen en shampoo en dergelijke steeds mee te moeten nemen en laten die liever hier staan.'

'En sommige leden gebruiken het om dingen te verstoppen

waar ze thuis liever niet mee worden gesnapt,' ontsnapt me onwillekeurig.

Niklas' gezicht verhardt. 'Zodra wij merken dat leden zich met verboden middelen bezighouden, worden ze direct geroyeerd. Wij wisten niets van de handel die Jorg Pedersen eropna hield. Echt, ik zweer het.' Hij zet zijn ontkenning net iets te fel aan en merkt dat zelf ook. Het kan ook bijna niet anders of de praktijken van Jorg zijn binnen de sportschool opgevallen.

'Hebben de personeelsleden toegang tot de verhuurde kluisjes?'

'We kunnen ze openen, ja,' geeft hij met duidelijke tegenzin toe. 'Dat doen we normaal gesproken natuurlijk niet, alleen als we vermoeden dat er misbruik van wordt gemaakt.'

Ik weet niet waarom, maar Niklas' woorden bezorgen me plotselinge jeuk bij mijn haarwortels. Ik frons mijn wenkbrauwen. 'Is Robins kluisje ook door jullie gecontroleerd?' Opeens heeft Niklas het heel druk met het schoonspoelen van de blender waarmee de eiwitshakes worden gemixt. 'Kom op, Nik,' dring ik aan, 'dit kan belangrijk zijn.'

'Oké dan,' zegt hij met een zucht. 'Ik weet dat Jens onlangs de inhoud heeft bekeken en dat hij woest werd toen hij zag wat Robin er bewaarde. Robin had kort daarvoor, na zijn training, de sportschool verlaten en Jens is hem direct achternagegaan. Waarschijnlijk om hem erop aan te spreken.'

'Wanneer was dat?'

'Op een dinsdag.' Hij grijpt nadenkend naar zijn kin. 'Nu ik erover nadenk… Het was diezelfde dag dat Jorg is vermoord.'

'Wat?' Ik heb het gevoel of mijn ogen bijna uit hun kassen rollen. 'Weet je dat heel zeker?'

Als Niklas knikt, begin ik over heel mijn lichaam te trillen. Vanuit mijn ooghoeken zie ik dat het kwart voor drie is. 'Ik… Ik moet weg!' roep ik paniekerig, en ik draai me om en ren naar de uitgang en vandaar in de richting van het duingebied. Frisse lucht heb ik nodig – en ruimte om me heen om na te kunnen denken. Het is duidelijk dat Jens heeft ontdekt dat Robin pillen verstopte en hij is daar kennelijk zo kwaad over geworden dat hij hem achterna is gegaan terwijl Robin op weg was naar de bunker. Daar aangekomen zag hij dat ook Jorg er was en besloot hij voor eens en altijd een einde aan diens praktijken te maken. Had hij me dat niet zelf beloofd? In mijn hoofd weerklinken de woorden die Jens op de avond van mijn vlucht tegen me uitsprak: *die twee kunnen je niets laten doen wat jij niet wilt*, en: *Het is afgelopen met ze!* De herinnering aan de felheid waarmee hij dat zei laat me beven. Heeft hij zijn belofte ten uitvoer gebracht?

Ik heb inmiddels de duinen bereikt en trek een sprintje om boven te komen. Daar sta ik hijgend stil; ik heb weer eens veel te hard gelopen. Leunend tegen de straffe wind die er staat laat ik me betoveren door het wonderschone uitzicht. Het bijna lege strand, de woest schuimende koppen op zee met daarboven dreigende, donkergrijze wolken. Heel in de verte is nog net de witte vuurtoren te zien. Terwijl ik nog steeds naar adem sta te happen, is het alsof een bliksemschicht me raakt.

'Merel?' klinkt het achter me. 'Wat doe jij hier? Ben je ook op weg naar de sportschool?'

Verschrikt draai ik me om. Daar staat Jens voor me, lachend, zijn blonde haren wapperen rond zijn hoofd en zijn blauwe ogen sprankelen. 'Ga weg,' zeg ik, terwijl ik mijn armen afwerend naar hem uitsteek.

'Ah nee, waarom? Ik ben juist zo blij dat ik je eindelijk weer zie. Ik heb je gemist, weet je dat?'

'Ga weg,' zeg ik achteruitdeinzend. Dan draai ik me vlug om naar het strand en zet het op een lopen. Al zodra ik de actie inzet, realiseer ik me dat het hopeloos is om te proberen van Jens weg te rennen. Ik verwacht ieder moment zijn ademhaling achter me te horen, maar dat gebeurt niet. Ik minder vaart en draai me om. Vanaf het duin staat Jens me na te kijken. Zijn houding drukt aarzeling uit, en ik merk hoeveel zijn aanblik me doet. Hij is me veel liever geworden dan ik me gerealiseerd heb.

Opeens voel ik me doodmoe door alle gebeurtenissen en niet in het minst mijn eigen gedachten. Wat verlang ik ernaar om uit zijn mond te horen dat hij er niets mee te maken heeft. Voor ik het besef, wenk ik hem naar beneden. Uiterst kalm, alsof hij nog steeds aarzelt, komt hij naar me toe. Wanneer hij eindelijk voor me staat, boren mijn ogen zich diep in die van hem en zeg ik bijna smekend: 'Vertel me alsjeblieft dat het niet zo is.'

Hij trekt zijn wenkbrauwen op. 'Wat bedoel je?'

'De moord,' stoot ik uit. 'Van de politie weet ik dat er behalve Robin en Jorg nog iemand in de bunker was. Een derde aanwezige, die de moord begaan moet hebben.'

Het duurt een paar seconden voor mijn woorden indalen. Dan vertrekt zijn gezicht tot een geschokte grimas. 'Denk jij dat ík daar was om Jorg te vermoorden?'

'Jij bent kort na Robin uit de sportschool vertrokken om hem te zoeken. Ik hoorde van Niklas dat je woest op hem was vanwege de pillen die hij in zijn kluisje verborgen hield.'

'Dat was ook zo, maar de reden dat ik hem achternaging was omdat hij heel erg van streek leek te zijn. Ik zag zelfs tranen in zijn ogen staan en dacht dat hij misschien eindelijk ontvankelijk was voor wat ik hem al eerder had proberen te vertellen. Eenmaal buiten gekomen kon ik hem echter nergens meer vinden. Ik hoefde die dag pas 's avonds te werken en wilde eigenlijk zelf gaan sporten, maar toevallig kwam ik iemand tegen die ik al lang niet gezien had en die net was terug verhuisd naar Blåvand. We gingen naar zijn huis en pas toen ik thuiskwam zag ik jouw briefje. Ik maakte me zorgen om je en reed direct naar de bunker. En toen...' Hij stopt midden in zijn zin en neemt me nieuwsgierig op. 'Waarom denk je eigenlijk dat ik Jorg had willen doden?'

Met het schaamrood op mijn kaken herhaal ik zijn eerdere woorden. Nu ik ze uitspreek, klink ik wel heel erg zelfingenomen. Alsof ik een moord waard ben; wat heb ik me wel niet verbeeld?

'Niet doen,' zegt hij zacht als hij ziet dat ik me geneer. 'Ik begrijp dat die gedachte bij je op is gekomen. Je staat al een hele tijd onder hoogspanning. Bovendien heb ik ook echt wel een pesthekel aan anabolen. Het is ongelooflijke troep en je wilt niet weten wie het allemaal gebruiken en hoe jong die gasten er tegenwoordig al mee beginnen. Types als Jorg wakkeren dat alleen maar aan. Maar om hem daarom te vermoorden, dat gaat wel wat ver.' Dat laatste zegt hij met een scheef lachje.

Dankbaar omdat hij mijn ongemak verzacht, glimlach ik kort terug. Dan zeg ik weer ernstig: 'Waarom is Jorg er nooit op aangesproken? De sportschool kan zo iemand toch gewoon de toegang weigeren?'

'Op persoonlijke titel heb ik hem heus wel duidelijk gemaakt hoe ik over hem dacht, maar officieel kreeg hij niets te horen.' Jens wrijft duim en wijsvinger tegen elkaar. 'Dat, snap je? Iemand die jouw bedrijf met een flink bedrag sponsort wijs je niet zo gauw de deur.'

'Onvoorstelbaar dat rijke mensen overal mee weg kunnen komen. Maar waarom wilde je Robin per se waarschuwen voor Jorg?'

Jens pint zijn blik vast in die van mij. 'Je hebt echt geen idee, hè?' Ik schud mijn hoofd. 'Robin moest gaan inzien hoe fout Jorg was. Ik had hem al gewaarschuwd voor die pillen en dat hij de rekening nog wel gepresenteerd zou krijgen, maar zelfs het incident bij de jacuzzi leek hem de ogen niet te openen. Ik wilde dat hij zich los zou maken van Jorg en dat kliekje waarmee hij trainde.'

'Ik snap het nog steeds niet. Waarom? Wat was jouw belang?'

'Robin moest tot inkeer komen en jou zijn excuses aanbieden. Dan zou jij hem eventueel weer terug kunnen nemen… Of niet.' Hij heft zijn handen in een gebaar van wanhoop. 'Ik ben al wekenlang stapelgek op jou, maar wilde niets met dat gevoel doen zolang jij zo boos was op Robin. Je was kwetsbaar en dan zou ik misbruik hebben gemaakt van de situatie. Ik wil je, Merel, maar niet met een tegenstander die bij voorbaat al op achterstand staat. Met zo iemand ga ik de strijd niet aan, dat zou oneerlijk zijn. Ik…'

De rest van zijn zin smoor ik door mijn mond op de zijne te drukken. Heel even lijkt hij mijn kus niet te beantwoorden, dan doet hij tot mijn opluchting zijn lippen vaneen en vindt zijn tong die van mij voor een lange, hartstochtelijke zoen. We klampen ons aan elkaar vast en kruipen nog dichter tegen elkaar aan. Net zolang tot de wind zo onbarmhartig om ons heen blaast dat we elkaar wel moeten loslaten.

'Wauw,' verzucht Jens met een gelukzalige glimlach, 'die had ik niet zien aankomen.'

Ik grijns. 'Ik wel. Al vanaf onze eerste ontmoeting doe je iets met me. Ik heb dat vanwege Robin ook lang ontkend, maar het was er al die tijd. Vanmorgen is de recherche me trouwens komen vertellen dat Robin niet langer verdacht wordt. Hij komt vrij zo gauw hij voldoende is hersteld.'

'Dat is toch goed nieuws?'

Ik knik. 'Voor hem wel, maar niet voor mij. Volgens Robin was ík op de plaats delict aanwezig toen de moord werd gepleegd.'

Jens zet grote ogen op. 'Hè? Hoe kan hij dat nou beweren?'

Ik haal mijn schouders op. 'Hij zegt dat hij me aan mijn broek herkende. Dan heeft hij het over die met de kerstmannetjes en rendieren. Je weet wel, ik heb hem jou laten zien toen we bij mij thuis mijn kleding gingen ophalen. Gelukkig kon ik aantonen dat hij mij nooit in die broek gezien kan hebben. Hij zat schoon en met het prijskaartje er nog aan in mijn koffer.'

'Ben je daarmee vrijgepleit?'

'Ik hoop het. Ze hebben wel het huis doorzocht op het moordwapen en zeiden dat ze eventueel terugkomen met een huiszoekingsbevel.'

'Dat begrijp ik niet. De bijl was toch het moordwapen?'

Ik schud mijn hoofd. 'Dat dacht ik ook al die tijd, maar dat schijnt niet zo te zijn. Waar ze naar zochten wilden ze niet vertellen, maar omdat ze uitgebreid in de besteklade keken, weet ik wel zeker dat het een mes moet zijn.'

'En daarmee zou de derde aanwezige Jorg vermoord hebben?'

'Kennelijk. Ze moeten er alleen nog achter zien te komen wie daar was.'

Jens' blik is onderzoekend. 'En jij hebt echt geen idee wie dat kan zijn?'

Peinzend kijk ik hem aan. Iets probeert er op te krabbelen aan de randen van mijn bewustzijn, maar ik kan er niet bij. Vertwijfeld schud ik mijn hoofd.

'Vermoei je er maar niet mee,' zegt hij als hij merkt dat ik het voor mezelf niet helder krijg. 'Laat de recherche dat maar uitzoeken.' Hij pakt mijn hand. 'Zullen wij alsnog de sportschool in duiken?'

Ik knik een beetje teleurgesteld. Stilletjes had ik gehoopt dat Jens het bed zou voorstellen.

30

Bezweet en fysiek heerlijk uitgeput kom ik later die middag thuis bij Becka. Ze lijkt me met enige reserve te begroeten, maar ik schenk er geen aandacht aan en stap direct onder de douche. Met een handdoek om mijn haren gewikkeld loop ik in mijn joggingpak even later de keuken binnen, waar Becka het avondeten staat klaar te maken. Ze vraagt of het me nog gelukt is om alles in te pakken.

Ik knik. 'Ja, uiteindelijk wel. Ik werd enige tijd opgehouden door de recherche.'

'O? Wat kwamen ze doen dan?'

'Robin heeft verklaard dat hij mij in de bunker zag vlak voor de moord op Jorg.'

'Wat?!' Becka zet de pan die ze in haar handen heeft met een harde klap op het aanrecht. Verbijsterd kijkt ze me aan. 'Hoe komt hij daar in godsnaam bij?'

'Hij beweert dat hij mijn kerstmannetjesbroek herkende en trok daaruit de conclusie dat ik aanwezig was. Onzin natuurlijk, want die broek hing gewoon in mijn kast; ik heb hem vanmiddag zelf ingepakt.'

'Robin móét het verkeerd hebben gezien!' Becka is duidelijk geagiteerd. 'Zo'n waarneming kan de recherche toch onmogelijk serieus nemen? Hij was nota bene zijn bewustzijn aan het verliezen!'

'Je zegt precies wat ik denk. En volgens mij nemen ze het ook niet erg serieus. Na de broek te hebben bekeken, zijn ze nog even het huis doorgelopen en weer vertrokken. Het is vast een storm in een glas water.'

Becka knikt instemmend. We wisselen een korte blik en kijken dan beiden naar buiten, waar winterse neerslag in de vorm van natte sneeuw langs het raam wordt gejaagd.

'Dus alles is nu wel ingepakt?'

'Alle kleding zit in de koffers en de rest van de spullen staat klaar in dozen. Ik hoef het morgenochtend alleen nog maar naar jouw huis te verhuizen en dan kunnen de sleutels worden ingeleverd.'

'O ja, dat is waar ook. Hier, voor ik het vergeet. Die is van jou. Van jullie huis.' Vanuit haar broekzak diept Becka een sleutel op die ze mij overhandigt.

Een beetje verward pak ik hem aan. 'Ik wist helemaal niet dat jullie een sleutel van ons huis hebben.'

'Robin heeft hem al vrij snel aan Jorg gegeven. Hé,' ze wrijft in haar handen en vervolgt vergenoegd: 'ik vind het toch zo leuk dat wij gaan samenwonen. Ik stel me zo voor dat het heel anders is dan het leven met een man. Wij tweeën, ik denk dat het gewoon zo moest zijn. Jorg is gaan hemelen en Robins rol in jouw leven is nu wel uitgespeeld. Alleen wat ik vanmiddag op het strand zag, bevalt me niet.' Volkomen onverwacht grijpt ze mijn arm beet en knijpt er hard in: 'Jij met die bodybuilder, dat moet je niet meer doen.'

Met een verbaasde frons kijk ik haar aan. Wat bezielt haar opeens? 'Jíj, jij hoort bij mij! Ik zei het vanaf het begin tegen Jorg, en toch wilde die geilaard jou alleen voor zichzelf. Na zijn dood dacht ik dat we nu eindelijk samen konden zijn… En dan zie ik jou vanmiddag volkomen onverwacht met die man zoenen. Dat wil ik niet, hoor je me? Ik heb geen zin in weer een relatie met anderen erbij!'

Onder het praten heeft ze haar nagels in mijn arm gedreven en ik sta als verlamd, totaal verbouwereerd door deze wending. Voorzichtig probeer ik me uit haar greep te bevrijden, maar ze geeft niet mee.

Glazig kijkt ze voor zich uit. 'Met anderen, zoals Ditte, mocht

Jorg zijn pleziertjes wel hebben, dat kon me niet schelen, maar niet met jou. Jij bent van mij!' Haar ogen komen plotseling weer tot leven en ze staart me intens aan. Ik ben volkomen overdonderd. Dat Becka deze gevoelens voor mij heeft, had ik werkelijk nooit kunnen bedenken. Hoe gaat ze reageren als ze ontdekt dat de aantrekkingskracht echt niet wederzijds is? En vooral: is ze in staat om me wat aan te doen, net zoals ze dat misschien ook wel bij Ditte heeft gedaan? Zou Becka verantwoordelijk zijn voor Dittes verdwijning? vraag ik me ineens af. Zodat Ditte mij nooit meer kon dwarszitten... De gedachte is nog niet bij me opgekomen of ik krijg een nieuw inzicht dat me inwendig doet beven. Kan het zo zijn dat Becka verantwoordelijk is voor die acties waarvoor Ditte de schuld op zich nam? Het is alsof de sleutel een gat in mijn broekzak brandt. Natuurlijk! Becka kon naar binnen wanneer ze maar wilde. Ze had vrij toegang tot het huis en het zwembadgebouw. 'Jij!' stoot ik uit. 'Niet Ditte, maar jij hebt ons die streken geleverd. Het hek besmeurd met verf, het zwembadwater rood gekleurd... Nou?'

Ik boor mijn ogen in die van haar, maar ze geeft geen krimp. Terwijl ik haar aanstaar, dringt het besef tot me door dat zij dan ook verantwoordelijk is voor de brandstichting, en de gedachte aan mijn opsluiting in de sauna doet me trillen op mijn benen. 'Besef je wel wat je me hebt aangedaan? Ik heb doodsangsten uitgestaan in die sauna. Wat zeg ik? Ik had daar kunnen sterven!'

'Natuurlijk niet,' zegt ze gedecideerd. 'Dat had ik uiteraard niet laten gebeuren.'

'O nee? Jullie waren die middag naar Kopenhagen vertrokken. Als ik mijn mobiel niet had meegenomen, had ik Robin niet eens kunnen waarschuwen.'

'Denk je nou echt dat ik vertrokken ben nadat ik de deur had geblokkeerd? Ik was steeds in de buurt en had je echt wel op tijd bevrijd. Pas toen Robin aankwam, ben ik naar mijn eigen huis gegaan en zijn we naar Kopenhagen vertrokken.' Ze schudt meewarig haar hoofd. 'Je liep dus geen enkel gevaar.'

Met stomheid geslagen hoor ik haar aan. Becka lijkt zo vol te zijn van haar eigen 'edelmoedigheid' dat ze niet eens doorheeft dat ze hiermee bekent de dader te zijn. 'Waarom in godsnaam, Becka?' fluister ik ontdaan.

Plotseling spuwen haar ogen vuur. 'Oké, als je dan zo nodig alles wil weten. Om je aan me te binden natuurlijk! Jullie moesten je onwelkom en bedreigd voelen, zodat ik me als jouw beschermengel kon opwerpen. Je moest álles aan mij te danken hebben.'

'Nou, daarin ben je uitstekend geslaagd. Ik was je ook zó dankbaar. Als je jezelf vanavond niet had verraden, had ik helemaal niets doorgehad. Ik was inderdaad met je gaan samenwonen en had je gevraagd samen de winkel te runnen. Die situatie had wat mij betreft nog heel lang voort kunnen duren.'

'Nee!' Becka schudt fanatiek haar hoofd. 'Ik heb dat ook gedacht en was ervan overtuigd dat jij ook van mij kon houden, maar vanmiddag heb je me duidelijk laten zien dat je mij nooit trouw zou blijven. Eens zou ik je wéér verliezen aan een man.'

'Omdat ik op mannen val en niet op vrouwen. Het spijt me voor je, maar zo is het. Hoe heb je Ditte in godsnaam zo ver gekregen dat ze de schuld op zich nam?'

Ze snuift nu onaangenaam hard. 'Het ongeluk waarbij haar baby is gestorven was geen ongeluk. Ik was er getuige van toen ze haar auto doelbewust de berm in reed en vervolgens in het water belandde.'

Een misselijkmakend gevoel trekt door me heen. Niet alleen vanwege de afschuwelijke beelden die Becka's woorden oproepen, maar ook door de onbewogen manier waarop ze het vertelt. Alsof het haar allemaal niet aangaat, alsof het haar niets doet. Wie is deze vrouw eigenlijk? Becka heeft tenslotte haar vriendelijke masker laten vallen en de kille vrouw die me nu aanstaart bezorgt me rillingen.

'Je chanteerde haar dus met iets wat haar hart gebroken moet hebben zodat jij je verderfelijke gang kon gaan. Wat ben jij voor onmens om zoiets te doen? Besef je dat je Ditte misschien wel de dood hebt in gejaagd?'

De blik in Becka's ogen is keihard. 'Wat moet, dat doe ik.'

Mijn ogen gaan naar het vleesmes dat ze tijdens het praten van het aanrecht heeft gepakt en waarmee ze nu de rollade in plakken begint te snijden. In een flits krijg ik een verhelderend inzicht. 'O!' Ik sla mijn hand voor mijn mond. 'Jíj was het in de bunker, jij hebt Jorg gedood! Jij hebt mijn kerstmannetjesbroek uit de kast gepakt en hem aangetrokken. En later moet je eenzelfde, nieuwe, broek hebben teruggehangen. Zodat de politie met lege handen zou staan, mocht iemand beweren dat de dader een dergelijke broek droeg, precies zoals nu is gebeurd. Dat verklaart dus waarom het prijskaartje er nog aan zat.' Ik hijg van ontzetting bij deze ontdekking. 'Ik herinner me nu pas weer dat ik het eraf heb geknipt. Ik weet dat honderd procent zeker.'

Tot mijn verbazing schudt Becka, bijna meewarig, haar hoofd. 'Je zit zo ver naast de waarheid.'

Maar ik laat me niet langer door haar bedotten. 'Dat denk ik niet, Becka, en ik ga vanavond nog met mijn verhaal naar Glerup.'

'Nee, dat doe je niet!' Haar ogen spuwen vuur. 'Verpest het nou niet voor jezelf, Merel. Samen staan we sterk.' Vastberaden zet ze een stap naar me toe en als vanzelf schiet mijn blik weer naar het mes dat ze nog steeds vastheeft. Becka volgt de beweging van mijn ogen en stoot een sinister lachje uit. 'Ben je nou bang voor me? Denk je dat ik jóú nu iets ga aandoen?'

Dat lijkt me zeker niet denkbeeldig en hoewel ik het doodeng vind om te doen, kijk ik nadrukkelijk van haar weg. Mijn blik richt zich op een punt rechts achter haar en ik sper mijn ogen vervolgens open.

'Jens!' roep ik zo opgetogen als ik kan uit. Becka laat verbaasd het mes zakken en draait zich half om naar achteren. Zonder aarzeling duik ik op haar af. Ze wankelt op haar benen en slaagt erin me nog net bij mijn shirt vast te grijpen als ze achterovervalt en mij met zich meetrekt. We komen met het mes op de grond terecht en rollen over elkaar heen in onze pogingen de ander te overmeesteren. Ik dwing Becka op haar rug, maar net als ik op haar wil gaan zitten, werpt ze me met onvermoede kracht van zich af, waardoor ik omrol en keihard met mijn hoofd tegen een tafelpoot klap. Voor mijn ogen dansen sterretjes en in de paar tellen dat ik niet reageer, ziet Becka kans het mes van de vloer te rapen. Opnieuw komt ze op me af, terwijl de pijn in mijn hoofd me misselijk maakt. Dus zo heeft Robin zich gevoeld, schiet het door me heen. Ik fixeer mijn ogen op de hand waarmee Becka het mes vasthoudt en pas dan dringt het tot me door. O mijn god!

Er welt een gil vanuit mijn tenen op en met alle kracht die in me huist schiet ik omhoog en geef Becka een harde duw, waardoor ze opnieuw achterovervalt. Half struikelend ren ik naar de gang, gris mijn jas en tas van de kapstok en stuif op mijn auto af. Driftig druk ik op de ontgrendelknop van de afstandsbediening en zodra ik in de wagen zit, klik ik de portieren op slot. In de haast lukt het niet meteen de sleutel in het slot te krijgen. Met trillende vingers probeer ik het opnieuw. De motor start en ik trap het gaspedaal diep in. De wielen slippen ervan en even vrees ik dat ik mezelf heb vastgereden, maar gelukkig vinden de banden weer grip en ik sjees weg van Becka's woning naar het huis van Jens. De fundamenten onder mijn bestaan schudden en de muren die ik rond mezelf heb opgetrokken staan op instorten.

Voor mijn ogen danst nog steeds het duivelse beeld van Becka met het mes in haar dominante linkerhand.

Met mijn vinger op de bel terwijl ik tegelijk mijn vuist op het hout laat neerdalen, sta ik bij Jens voor de deur. Wanneer hij opendoet, trakteert hij me op een blik die mijn ergste vermoeden bevestigt. Dan trekt hij me over de drempel, sluit de voordeur achter me en draait hem op slot.

Ik adem diep in. Het is tijd voor de waarheid.

31

De volgende ochtend rijd ik net na zonsopgang naar Becka's huis. Na alles wat Jens me vannacht heeft verteld, móét ik nog een keer met haar praten voor ik naar de politie... Hé, wat is dat nou? Langzaam minder ik vaart. Op het weggetje naar Becka's huis staat een politieauto met ingeschakeld zwaailicht. Wanneer ik de Golf stilzet komt er een agent naar me toe. 'Keert u maar om, u kunt niet verder rijden.'

'Maar ik woon hier; mijn huis staat boven op het duin. Is er iets gebeurd bij mijn buurvrouw, Rebecka Pedersen?'

'Daar kan ik u niets over zeggen.'

Ik kijk langs de agent heen en herken de dienstwagen van Glerup en Søderthal. Op mijn vraag of een van hen aanwezig is, antwoordt de agent bevestigend. Ik vertel dat ik beide mannen heb gesproken in verband met de dood van Jorg Pedersen en dat ik hen graag weer zou spreken. Hij loopt weg om navraag te doen en keert niet lang daarna terug. Ik krijg toestemming om door te rijden.

Voor het huis van Becka staat nog een politiewagen en een ambulance. Ik parkeer zo gauw dat mogelijk is en loop op het huis af, waar Glerup juist de voordeur uit komt. Direct klamp ik hem aan. 'Wat is er aan de hand? Is er iets met Becka gebeurd?'

Glerup werpt me een blik toe die me doet wankelen. 'Is ze...?' Ik krijg het woord 'dood' niet over mijn lippen.

'Laten we even in de auto gaan zitten, mevrouw Van Os, dan zal ik u op de hoogte brengen.' Verdoofd loop ik met hem mee. Hij houdt het portier voor me open en ik neem op de bijrijdersstoel plaats. Wanneer hij zelf ook in de wagen zit, bevestigt Glerup mijn vermoeden: 'Mevrouw Pedersen is dood aangetroffen in de jacuzzi. Ze heeft zichzelf door verdrinking om het leven gebracht.'

Als versteend zit ik naast hem, dan sla ik mijn handen voor gezicht en schiet ik vol. Verdomme! Was dit nou nodig? Tranen van spijt en schuldgevoel vermengen zich en stromen vrijelijk over mijn wangen. Glerup reikt me een zakdoekje aan. 'Waarom?' stoot ik uit. 'Wat bezielde haar om dit te doen? Heeft ze een afscheidsbrief nagelaten?'

'Nee, maar mevrouw Pedersen belde me vanmorgen om zes uur om te bekennen dat zij haar man heeft gedood. Ze kon niet langer met haar daad leven en vertelde hoe ze te werk is gegaan.

Nadat ze haar man had afgezet, is ze niet weggereden maar is ze hem op afstand tot in de bunker gevolgd. Ze was getuige van de ruzie met Zwaansma en zag dat haar man op zeker moment een mes trok. Ze zag het nadat Zwaansma het met de bijl raakte vallen en pakte het op. De mannen waren zo hard aan het vechten dat ze haar niet opmerkten, zo leek het. In een vlaag van verstandsverbijstering, zo noemde ze het althans, stak ze haar man neer, waarna hij voor haar ogen stierf. Als verklaring gaf ze de onophoudelijke vernederingen van zijn relaties met veel jongere vrouwen niet langer te kunnen verdragen. Ze noemde toen specifiek zijn interesse in u. Het vérgaande voorstel dat hij u had gedaan was de spreekwoordelijke druppel die een overvol vat deed overstromen. Hoewel haar daad impulsief was geweest, voelde ze er weinig berouw over. Ze had besloten te zwijgen zolang er niemand in staat van beschuldiging werd gesteld, maar toen Zwaansma beweerde u in de bunker gezien te hebben op basis van een kledingstuk dat u zou hebben gedragen, begon ze te twijfelen. De dag voor de moord, vertelde ze, hadden mevrouw Pedersen en u onenigheid met elkaar. Mevrouw Pedersen was nog steeds boos op u en om u dwars te zitten pakte ze de broek met de kerstmannetjes, waarvan ze wist dat u er erg dol op was, en trok hem aan met het doel er vlekken op te maken en hem dan later weer terug te hangen in uw kast.'

'Wat?! Was het een vooropgezet plan om er bloedvlekken op te maken?' onderbreek ik Glerup verbluft.

Hij schudt zijn hoofd. 'Nee, geen bloedvlekken. Gewoon vlekken, zoals van koffie of chocolade. Ze vertelde dat ze de beschikking had over uw huissleutel zonder dat u daarvan op de hoogte was en verkneukelde zich bij het idee dat u niet zou begrijpen hoe de vlekken op die broek waren gekomen. Ze droeg hem dus nog tijdens de moord, en dat stelde haar voor een probleem omdat ze het kledingstuk onmogelijk weer terug in de kast kon hangen.'

'Hoe heeft ze dat opgelost?' Hoewel het antwoord me bekend is, hang ik aan Glerups lippen.

'Ze heeft de originele broek verbrand op een moment dat u niet bij haar thuis was en kocht een nieuw exemplaar om in uw kast te hangen.'

Getroffen kijk ik Glerup aan. Wat hij vertelt benadert de werkelijkheid zo dicht, dat het bijna eng is. 'Dat was het exemplaar dat ik u heb laten zien,' zeg ik.

'Precies. Het mes heeft mevrouw in zee laten verdwijnen; waarschijnlijk vinden we dat nooit meer terug. Nadat mevrouw Pedersen haar bekentenis had voltooid, vroeg ze me om haar te komen arresteren. Samen met collega Søderthal ben ik hier zo snel mogelijk naartoe gereden. Helaas waren we te laat en had mevrouw zichzelf inmiddels van het leven beroofd. Het spijt me dat het zo heeft moeten eindigen.'

'Mij ook,' zeg ik met een snik in mijn stem. 'Het spijt me zelfs meer dan ik u ooit kan zeggen.'

Nog steeds totaal overdonderd door de manier waarop Becka verantwoordelijkheid heeft genomen voor Jorgs dood, betreed ik een uur na het vertrek van de begrafenisondernemer ons gehuurde vakantiehuis. De sleutel moet vandaag worden ingeleverd, daar veranderen de omstandigheden niets aan. Ik stap het huis binnen, recht op een envelop die op de deurmat ligt. *Voor Merel* staat erop. Met bonkend hart raap ik hem van de mat en neem hem mee naar de bank, waar ik de envelop met mijn vinger openrits, te ongeduldig om een schaar te pakken.

Mijn allerliefste Merel,
Als het goed is, ben ik dood wanneer jij deze brief onder ogen krijgt. En als alles volgens plan is verlopen, heeft inspecteur Glerup je haarfijn uit de doeken gedaan hoe ik Jorg heb vermoord en hoe ik jou probeerde dwars te zitten door je kerstmannetjesbroek aan te trekken. Hopelijk, en dat verwacht ik wel, pleit het jou voldoende vrij van iedere betrokkenheid bij Jorgs dood. Ik kan me vergissen, maar ik denk dat het scenario dat ik Glerup heb geschetst niet eens zo veel afwijkt van de werkelijkheid, is het wel? Ik ga er tenminste van uit dat je ervoor gezorgd hebt dat de bewuste broek onvindbaar is en dat je niet zelf een nieuwe broek bent gaan kopen, maar dat je daarvoor iemand hebt gecharterd. Anderen die de waarheid zouden vernemen, zouden misschien zeggen dat ik veel te mild voor je ben, maar dat interesseert me niet zo veel. Ik heb je tenslotte, ook al was dat niet mijn bedoeling, heel wat aangedaan. Geloof me alsjeblieft als ik zeg dat ik dat vanavond pas door jou ben gaan inzien. Op de momenten dat ik in actie kwam, leek het me een geoorloofde manier om jou op mij te laten leunen. Ik wilde zo graag van betekenis zijn in je leven, ik viel voor je al vanaf het allereerste moment dat ik je zag. Je vraagt je waarschijnlijk af hoe dat kan, terwijl ik toch al zoveel jaar getrouwd was.
Wel, dat ik ook van vrouwen houd, was voor Jorg nooit een probleem. We gaven elkaar wat dat betreft de ruimte, en het gebeurde vaak genoeg dat we voor dezelfde meisjes vielen en er leuke 'vriendschappen' ontstonden. Maar toen Jorg óók in interesse in jou bleek te hebben, stak het monster dat jaloezie heet de kop op. Jou wilde ik niet delen en al die tijd hield ik mezelf voor dat

jij op een dag ook wel voor mij zou vallen. Toen Jorg en Robin eenmaal uit ons leven waren verdwenen was ik zo vol hoop, ik dacht echt dat dit het begin van 'ons' zou zijn, ook al omdat jij ermee instemde bij mij in huis te komen wonen. Hoezeer heb ik me daarin vergist! Het deed zoveel pijn om jou samen met die bodybuilder te zien.

Ik besef nu wel dat ik het jou niet kwalijk kan nemen; ik heb mezelf door mijn valse verwachtingen pijn gedaan. Nu het duidelijk is dat ik nooit de leading lady *in jouw leven zal zijn, blijft er weinig voor mij over. Ik heb het je nooit verteld, maar ik ben al enkele jaren ziek en tijdens de laatste scan die ik in het ziekenhuis in Kopenhagen had, bleek de tumor voor het eerst in maanden te zijn gegroeid. Ja, ik lijd aan de ziekte die Jorgs specialisme was. Ironisch, niet? Maar ja, zo gaat het soms in het leven. Ik voel me de laatste tijd steeds vaker een oude vrouw – en mijn strijdlust is nu wel gedoofd. Daarom heb ik alle schuld op me genomen, zodat jij verder kunt. Ik troost me met de gedachte dat je misschien af en toe zult terugdenken aan dat gekke mens met wie je na je aankomst in Denemarken een tijd bent opgetrokken en hopelijk verschijnt er dan een glimlach om je mond.*

Lieve Merel, ik vergeef je wat je Jorg hebt aangedaan en hoop dat je je niet langer door Robin laat leiden, maar dat je voor jezelf kiest en zo gelukkig wordt als een mens zich kan voelen.

Was getekend, met al mijn liefde,
Rebecka Pedersen-Berg

Ik zit in de auto en ben op weg naar het Sydvestjysk Sygehus in Esbjerg. Vandaag, vijf dagen na Becka's dood en een dag na haar uitvaart, mag Robin eindelijk het ziekenhuis verlaten. Uit de speaker klinkt een song van ABBA. *'The winner takes it all, the loser is standing small.'* Hoe toevallig dat juist dit lied gedraaid wordt. Hoewel de toekomst voor me openligt, is mijn gevoel allesbehalve dat van een winnaar. Ik ben zojuist bij het notariskantoor geweest waar Becka haar laatste wil had laten vastleggen. Volgens de notaris heeft ze na Jorgs overlijden nog een wijziging aangebracht in haar testament, waarbij ze mij als haar voornaamste erfgenaam heeft aangewezen. Met een ruis in mijn oren die zich steeds luider manifesteerde, hoorde ik de notabele aan. Toen hij was uitgesproken, duizelde het me zo dat ik bijna onderuitging en me moest vastgrijpen aan de armleuningen van de stoel waarin ik zat. Het viel nauwelijks te bevatten wat Becka, naast haar onzelfzuchtige opoffering, nog meer voor mij had gedaan: mij aanwijzen als erfgenaam van het winkelpand én haar woning in Blåvand. Vaag hoorde ik iets over geld, dat er meer dan genoeg was om de verschuldigde belasting te betalen, gevolgd door het onwerkelijke ogenblik dat ik de sleutels van het huis overhandigd kreeg en ik mezelf officieel eigenaar mocht noemen.

Ik kan nog nauwelijks geloven wat me is overkomen en terwijl de wereld langzaam wit kleurt door de vallende sneeuw, arriveer ik bij het ziekenhuis, waar Robin in de hal zit te wachten. Zijn aanblik maakt me aan het schrikken. Van de man zoals ik die ken, is weinig meer over. Zijn gezicht is vermagerd, zijn wangen zijn hol, zijn teint is asgrauw. Ineengezakt zit hij op de houten bank, de omvang van zijn gespierde torso en armen nu inmiddels geslonken tot bijna normale proporties. 'Dag Robin.'

'Hej Merel.' Hij knikt me toe.

'Ga je mee? Kun je lopen of moet ik een rolstoel halen?'

'Ik kan wel lopen.' Hij staat moeizaam op en schuifelt meer dan dat hij loopt naar de uitgang met mij vlak naast hem, zodat ik hem eventueel kan opvangen.

'Gaat het wel?' vraag ik als we in de auto zitten. Op zijn bovenlip parelen zweetdruppels en hij ziet akelig bleek.

Hij haalt zijn schouders op. 'Ik ben nog lang niet de oude en zal nog lang restverschijnselen houden, zeggen ze.'

'Door je hersenkneuzing?'

'Ook, maar vooral door de ontwenningsverschijnselen van die

pillen van Jorg. Zweten, trillen, hartkloppingen... Het was echt de hel.' Hij werpt me een zijdelingse blik toe. 'Ik neem tenminste aan dat je ervan op de hoogte bent dat Jorg me pillen verstrekte?'

Ik knik. 'Ik heb ze in het etui van je scheerapparaat gevonden en weet dat je een voorraad in je kluisje in de sportschool bewaarde.'

'Niet echt een slimme plek, heb ik nu wel door. Maar wist ik veel dat ze daar de privacy van hun klanten schenden door die kastjes te controleren.'

'Alleen als ze denken dat er misbruik van wordt gemaakt. Maar even iets heel anders. Heb jij het al gehoord van Becka? Ik bedoel: dat ze zelfmoord heeft gepleegd?'

Hij knikt. 'Glerup kwam gistermiddag op bezoek en heeft me alles verteld. Ook dat het Becka was die ik in de bunker heb gezien en niet jij.'

Mijn stem trilt een beetje als ik zeg: 'Ze heeft zichzelf binnengelaten in ons huis met de sleutel die jij Jorg gegeven hebt en pakte mijn broek uit de kast omdat ze boos op mij was. Ze wilde me een streek leveren door hem vies terug te hangen. Het was dus puur toeval dat ze hem droeg toen jij Jorg appte.'

'Hm, ja, dat is zeker toevallig.' Robin klinkt niet erg overtuigd en er valt een stilte.

'Ik ben blij dat alles is opgehelderd en dat jij ook niet langer verdacht bent,' zeg ik maar.

'Eind goed al goed, niet?' Zijn toon is sarcastisch.

'Ik ben anders oprecht verdrietig over Becka's dood.'

'Waarom? Die komt jou toch heel goed uit?'

Met een ruk draai ik mijn hoofd zijn kant op. 'Hoezo?'

'Je kunt stoppen met de vermoorde onschuld uit te hangen, Merel,' gromt hij. 'Of was je niet van plan mij ooit de waarheid te vertellen?'

Zijn woorden laten mijn handen zo trillen dat ik het stuur nauwelijks nog kan vasthouden. In een impuls verlaat ik de Sædding Strandvej en zet de auto stil op de eerste de beste parkeerplaats die ik tegenkom. Ik ben zo van slag dat ik pas zie waar ik heb geparkeerd als ik naar buiten kijk en ik hap naar adem: we staan pal naast het beeldhouwwerk Man meets The Sea, vier enorme witte betonnen beelden van mannen die zittend uitkijken over zee. Kan het symbolischer, vraag ik me af, want het witte beton vertegenwoordigt het bestaan van een zuiver en onschuldig mens.

Meteen buigt Robin zich naar mij toe. 'Jíj was het in die bunker,' zegt hij met zijn gezicht dicht bij het mijne, 'ontken het maar niet. Zelf heb je het ongetwijfeld gewist, maar ik heb het whatsappje extern veiliggesteld waarin ik je vertel dat ik met Jorg bij de bunker heb afgesproken en dat ik je uitnodig er getuige van te zijn hoe ik hem, figuurlijk bedoeld natuurlijk, ga afmaken. Het is een kleine moeite om dat aan Glerup door te spelen. Zal hij vast interessant vinden, denk je niet? Het zou zijn kijk op de zaak weleens helemaal kunnen veranderen.'

Het zweet breekt me uit. Ik open mijn mond om hem tegen te spreken, maar krijg de ontkenning dat ik daar niet was niet over mijn lippen.

'Dat dacht ik al. En deze keer is er geen Becka bereid om de schuld op zich te nemen. Heb ik gelijk of niet?'

Ik besef dat ontkennen niet langer zin heeft – en ik wil het ook niet! 'Ja,' fluister ik, 'je hebt het goed gezien: ik was er, maar toch ook weer niet, want ik weet me niets te herinneren. Al die uren tussen jouw appje en het moment dat Becka mij belde om me van de vermissing van Jorg te vertellen, zijn uit mijn geheugen verdwenen. Jouw appje, dat ik inderdaad direct gewist moet hebben, heeft me waarschijnlijk zo nieuwsgierig gemaakt dat ik naar de bunker ben gegaan. Van wat er daar is gebeurd en wat er allemaal is gezegd, herinner ik me niets. Nog steeds niet, al ben ik er inmiddels zelf ook van overtuigd dat ík Jorg heb gedood. Kennelijk heb ik de gebeurtenis totaal geblokt, waardoor ik me er zelfs niet bewust van was dat ik jou daar in hulpeloze toestand heb achtergelaten.' Ik sla mijn handen voor mijn gezicht en blijf zo een paar minuten zitten; het schuldgevoel drukt loodzwaar op mijn schouders. 'Het spijt me zo dat ik je aan je lot heb overgelaten en ook dat ik niet in staat was om jouw onschuld aan te tonen, waardoor je ten onrechte als verdachte gold.' Smekend kijk ik hem aan. 'Je moet me geloven als ik zeg dat ik er echt niets aan kon doen. Door mijn burn-out kan ik blijkbaar nog steeds niet tegen stressvolle situaties. Dan vertoon ik vluchtgedrag.'

'Nou, lekker is dat dan.' Robin snuift. 'Door je geheugenverlies mag ik jou dus eigenlijk niks kwalijk nemen.'

'Ik kan het echt niet helpen! Ik heb vreselijke dingen gedaan, denk je dat ik mezelf daar niet om haat?'

Hij haalt zijn schouders op. 'Weet ik veel? De enige zekerheid die ik heb, is dat mijn carrière bij Spa4U naar de knoppen is. Zo'n beetje het eerste wat ik te horen kreeg toen de buitenwereld weer contact mocht opnemen, was dat er een nieuwe man in Denemarken is en dat mijn rol hier is uitgespeeld.'

'Dat klopt. Ik heb je opvolger van de week kort ontmoet; hij woont nu in ons huis.'

'Jezus, ook dat nog! Waar zijn onze spullen dan gebleven?'

'Die staan zo lang in Becka's huis.'

'Tot ze daar ook weer weg moeten. Hoelang hebben we nog voordat de erfgenamen ons eruit zetten?'

Ik sla mijn ogen neer. Het valt me moeilijk om Robin te vertellen dat ik het huis geërfd heb nu hij zoveel tegenslag heeft te verduren. 'In principe kunnen we dat zelf bepalen.' Ik kijk hem nu toch maar aan. 'Het huis is namelijk van mij, evenals het winkelpand. Becka heeft mij tot haar voornaamste erfgenaam benoemd.'

Robins mond zakt open, dan sluit hij hem weer met een klap. 'Dan ben je wel erg goed bedeeld.'

Ik knik. 'Na Jorgs dood is het testament aangepast.'

Hij knijpt zijn ogen samen. 'Ze zeggen weleens dat misdaad niet loont, maar het tegendeel is dus waar.'

Zijn woorden raken me. 'Je doet net of ik het allemaal zo heb gepland, maar ik werd totaal door de ontwikkelingen verrast. Als ik eerlijk ben, had ik het liever niet gehad. Niet na wat ik gedaan blijk te hebben.'

'Nou, daar heb ik wel een oplossing voor. Jij hebt mij in de narigheid doen belanden en het is niet meer dan normaal dat je mij daarvoor compenseert.'

'Ik heb jou in moeilijkheden gebracht?' weerleg ik verontwaardigd. 'Wat dacht je van jijzelf? Als jij geen koerier voor die Jacko was geworden, was je ook niet beroofd en hadden we nooit zo overhaast uit Nederland hoeven vertrekken, om maar iets te noemen.'

'Hoe weet jij dat?'

'Ik heb Jacko gesproken. Volgens hem krijgt hij tienduizend euro van jou voor de verloren gegane pillen... Als het intussen niet meer is geworden.'

Robin snuift. 'Die gast is gek.'

'Kan wel zijn, maar als je terugkeert in Nederland, weet hij je ongetwijfeld te vinden.'

Mijn woorden brengen hem aan het rillen; iets wat ik niet had verwacht. 'Je bent echt bang voor hem, is het niet?' constateer ik verbaasd. Opeens zie ik een oplossing. 'Weet je wat? Ik betaal jouw schuld bij Jacko af en dan kun je nog eens tienduizend euro van me krijgen... En dan praten we nergens meer over.'

Ik zie Robins hersens bijna op volle toeren draaien. Ongetwijfeld zoekt hij naar mogelijkheden om er meer uit te slepen, maar ik ben niet van plan me onder druk te laten zetten. Het enige wat hij tegen mij heeft is een whatsappje dat helemaal niets bewijst. Wie zegt dat dat voor mij aanleiding was om werkelijk naar de bunker te gaan? De enige die verder nog op de hoogte is, is Jens, en ik weet me verzekerd van zijn zwijgen.

Gisteren na Becka's begrafenis ben ik mee naar zijn huis gegaan en hebben we lang gepraat. Veel van wat hij me vertelde in de nacht dat ik bij hem aanklopte, is niet blijven hangen en ik vroeg hem nog eens uitgebreid uit de doeken te doen hoe alles volgens hem is gegaan.

Toen hij thuiskwam na het bezoek aan de vriend van vroeger vond hij bij de achterdeur tot zijn ontzetting mijn met bloedvlekken besmeurde broek. Erbovenop lag een bebloed mes. Hij schrok enorm en dacht dat ik gewond was. Vlug liep hij het huis in, waar hij me niet kon vinden. Omdat ik ook niet in het tuinhuis bleek te zijn, ging hij ongerust terug naar binnen en vond daar mijn briefje. Op dat moment begreep Jens nog steeds niets van zijn vondst, maar hij besloot de spullen zolang in een vuilniszak te stoppen en die goed te verbergen. Hoe die broek daar terecht is gekomen, is me nu nog een raadsel. Waarschijnlijk ben ik van de bunker dwars door de duinen naar Jens' huis gelopen en heb ik de broek uitgetrokken en hem samen met het mes zomaar bij de achterdeur laten liggen. Doordat mijn haren nat waren toen Becka belde, weet ik dat ik gedoucht heb. Ik verliet het huis daarna vast via de voordeur, me er totaal niet van bewust dat ik wat bij de achterdeur had laten liggen.

Nadat Jens mijn briefje had gelezen, is hij direct op de motor gesprongen om me te gaan zoeken. Toen hij me vond en duidelijk werd welk drama zich in de bunker had afgespeeld, trok hij voor zichzelf de conclusie dat ik er hoogstwaarschijnlijk mee te maken had, maar hij bemerkte ook dat ik totaal geen herinnering had aan de gebeurtenissen. Omdat hij niet heel erg rouwig was om Jorgs dood, besloot hij me zolang in bescherming te nemen. Zowel de broek als het mes begroef hij ergens diep in de duinen. De volgende ochtend reed hij direct naar Esbjerg om eenzelfde broek te kopen en die contant te betalen. Toen ik mijn spullen later bij hem ophaalde, zat de nieuwe broek in de tas. Het enige wat Jens vergeten was, is het prijskaartje eraf knippen.

Becka's 'bekentenis' benaderde de werkelijkheid zo griezelig dicht, dat je bijna zou denken dat die haar door een hogere macht is ingegeven. Sinds Jens me alles nog een keer heeft verteld, beginnen er langzaam flarden van herinneringen terug te keren. Veel is het nog niet, een woord, een geur, maar ik vermoed dat ik me de hele toedracht uiteindelijk, misschien met hulp van Robin, zal weten te herinneren. Niet dat ik daarnaar uitkijk, helemaal niet zelfs, maar ik zie het als mijn straf om daar doorheen te gaan. Sinds Becka's dood worstel ik sowieso met de vraag of ik mezelf niet zou moeten aangeven. Zij is gestorven om mij in vrijheid te laten leven. Maar wat als haar dood me meer gevangenhoudt dan tralies zouden kunnen?

'Oké.' Na wat me een eeuwigheid toeschijnt, haalt Robin me uit mijn gepeins. 'Ik ga akkoord met je voorstel.'

'Dan hebben we dus overeenstemming en wordt er verder niet meer over gepraat?'

Hij knikt en steekt zijn hand uit, die ik toch wel opgelucht druk. Het voelt raar om zo formeel met elkaar om te gaan en ik trek hem naar me toe om hem te omhelzen. Ondanks alles ben ik blij dat hij het overleefd heeft en met mijn gezicht tegen zijn borstkas verborgen zeg ik nogmaals hoeveel alles me spijt. En terwijl we daar zo staan, klinkt de song van ABBA weer in mijn hoofd.

'The winner takes it all, the loser is standing small.'

Ik bijt op mijn lip en denk terug aan de laatste week van oktober, toen we hier vol verwachting aankwamen, klaar om samen een mooi leven op te bouwen. Nu, nog niet eens twee maanden later, zijn we elkaar en onze droom kwijtgeraakt. Het voelt alsof we alle twee hebben verloren.

Ik kan alleen maar hopen dat er voor elk van ons apart nog een toekomst te winnen valt.

EPILOOG

'Hej Denemarken,' zeg ik zodra ik uit het vliegtuig stap en weer voet op Deense bodem zet. Het is misschien vreemd, maar het voelt als thuiskomen. De afgelopen twee weken ben ik in Nederland geweest om kerst en de jaarwisseling te vieren, en het was heerlijk om weer tijd door te kunnen brengen met mijn ouders. Aan mijn vader en moeder heb ik uiteraard de waarheid verteld en we hebben er heel lang over doorgesproken of ik mezelf wel of niet alsnog zal aangeven. Uiteindelijk hebben ze me ervan weten te overtuigen dat niet te doen. Mocht mijn geweten me toch te veel gaan dwarszitten, dan zal ik niet aarzelen de stap alsnog te zetten, maar voor nu is het goed zo. Dat vindt Robin ook. Hij is met me meegereisd naar Nederland en onderweg hebben we elkaar uitgebreid gesproken en heeft Robin me verteld wat er in de bunker is gebeurd en vooral gezegd. Het moeten de levensbedreigende situatie voor Robin en Jorgs dreigement met verkrachting zijn geweest die me ertoe dreven het mes op te pakken toen dat vlak voor mijn voeten neerviel. Ik weet bijna zeker dat mijn handelen intuïtief was en uit bescherming én zelfbescherming voortkwam.

Dat ik zijn leven heb gered, betekent volgens Robin dat ik nog steeds gevoelens voor hem koester, maar dat is niet zo. Ik wens hem alle goeds toe, maar een relatie zit er niet meer in. Gelukkig kan hij nu zijn onschuld bewezen is toch terugkeren bij Spa4U. Hij hoopt in een ander land snel een nieuwe start te kunnen maken en woont tot die tijd bij zijn zus in huis. Hij kan zich ook weer vrij bewegen, want Jacko is afbetaald. Volgens Robin was het bedrag van zijn zogenaamde schuld absurd hoog opgelopen, maar dat interesseerde me niet, ik wilde gewoon van die griezel af zijn.

Al met al zijn de afgelopen weken emotioneel maar wel heilzaam geweest, waardoor ik morgen met frisse moed de winkel ga heropenen. Ik ben overigens niet de eigenaar geworden. Het koopcontract is door Becka's dood ontbonden, iets wat ze waarschijnlijk niet had voorzien, maar gelukkig was de oude eigenaar bereid het pand voor een jaar te verhuren en de winkel onder zijn naam voort te zetten. Als buitenlander moet ik een heleboel zaken regelen die voor Becka geen probleem waren geweest en op deze manier heb ik de tijd om dat allemaal voor elkaar te boksen. Ook kan ik na het zomerseizoen gedraaid te hebben beter de levensvatbaarheid inschatten en daarna besluiten of ik tot aankoop overga of het geld gebruik om mijn toekomst op een andere manier vorm te geven. De medewerkers van Olegard zijn druk bezig geweest met nieuwe voorraad maken en ik heb in Nederland met enkele leveranciers gesproken over de levering van spullen. Ik verheug me er erg op om al dat moois te verkopen.

Buiten staat Jens me met de auto op te wachten. Zodra ik hem zie, maakt mijn hart een sprongetje en ik ren op hem af. Hij vangt me op in zijn sterke armen en tilt me een stukje van de grond. Onze monden vinden elkaar voor een lange kus. 'Ik heb je gemist,' zegt hij als ik weer op mijn voeten sta.

'Ik jou ook. Echt zo jammer dat we deze kerst niet samen konden zijn.'

'De volgende wordt van ons,' belooft hij, 'ik kijk er nu al naar uit. Hoe is het met je vader?' vraagt hij als we wegrijden van het parkeerterrein.

Aangenaam getroffen kijk ik hem aan. Zoiets zou Robin nooit gevraagd hebben. 'Veel beter, gelukkig, al hoest hij nog wel. Mijn ouders kijken ernaar uit om in het voorjaar hierheen te komen en jou dan te ontmoeten.'

'Dat lijkt mij ook erg leuk.'

Ik ben op het vliegveld van Billund geland en wijs Jens op de borden naar Legoland langs de weg. 'Weet je dat ik daar nog niet ben geweest? Robin en ik hadden ons bezoek tot het voorjaar uitgesteld.'

'Wat?! Dat kan echt niet, hoor.' Jens grijnst breed. 'Daar gaan we zo gauw mogelijk verandering in brengen.'

Ik glimlach tevreden en leun achterover. Het is wonderlijk hoe ontspannen ik me in zijn gezelschap voel. Wanneer we bijna in Blåvand zijn, zie ik opeens iemand lopen die ik denk te herkennen. 'Stop!' Verbaasd kijkt Jens me aan en doet dan wat ik zeg. Zodra we stilstaan duw ik het portier open en struikel in mijn haast naar buiten. De vrouw die ik zag komt onze kant op en ik ren haar tegemoet. 'Ditte?' Ik zwaai met mijn armen om haar aandacht te trekken. Ze ziet me en verstijft. Even lijkt het erop alsof ze rechtsomkeert wil maken, maar dan holt ze naar me toe. 'Ditte!' Vol ongeloof pak ik haar bij haar schouders. 'Hoe kom jij hier terecht? Je leeft! We dachten dat je dood was toen je telefoon werd gevonden. Hoe is dit mogelijk?'

'Wat goed je te zien, Merel!' Ditte omhelst me nu en drukt me tegen zich aan. 'Ik heb een tijdje ondergedoken gezeten. Dat met die telefoon was alleen maar een afleidingsmanoeuvre. Ik wilde iedereen, en speciaal Becka, laten denken dat ik misschien wel zelfmoord had gepleegd door het water in te lopen.'

Mijn mond valt open. 'Je hebt dat vanwege Becka gedaan?'

Ditte knikt. 'Ze heeft me gedwongen om jou die bekentenis te doen en ik wist dat ze ervoor zou zorgen dat ik er niet meer op terug kon komen. Het leek me veiliger om een poosje te verdwijnen, maar nu ze me niets meer kan doen, is er geen reden me nog langer te verstoppen.'

'God,' ik schud mijn hoofd, 'wat klinkt dat heftig. Dacht je echt dat Becka je iets aan zou doen?'

Ditte knikt. 'Wel als ze vreesde dat ik jou dingen zou vertellen die haar in een kwaad daglicht zetten. Ooit was ze een beetje verliefd op mij en toen kende haar bezitsdrang al geen grenzen. Van jou was ze helemaal hoteldebotel en ik wist dat ze alles zou doen om jou te behouden. Dat blijkt ook wel uit de acties die ze heeft ondernomen. Ze zag schijnbaar niet in dat ze jou daarmee ronduit in gevaar bracht.'

'Haar manier van liefde betonen was inderdaad zeer ongebruikelijk.'

'Weet je dat het me niets verbaast dat zij Jorg heeft vermoord? Niet dat ik hem en zijn vreselijke gedrag wil verdedigen, maar Becka was een gecompliceerde vrouw, heel anders dan je op het eerste gezicht zou denken.'

Ik trek mijn gezicht in een grimas. 'Laten we het daar maar op houden. Nou, ik moet weer verder. Zullen we binnenkort een keer samen koffiedrinken?'

'Dat lijkt me gezellig. Ik ben trouwens weg bij mijn man en woon voorlopig bij mijn moeder.'

We wisselen telefoonnummers uit en spreken af dat ik haar zal bellen.

Een kwartier later zet Jens me af bij mijn huis en rijdt door naar zijn eigen huis. Vanavond komt hij bij me eten, en ik heb hem een lekker nagerecht beloofd.

Na de inhoud van mijn koffer in de wasmachine te hebben gestopt, nestel ik me met een kop thee op de bank en ga verder met het uitzoeken van de spullen van Becka en Jorg, hoewel ik alles wat met de laatste te maken heeft het liefst direct in de vuilnisbak laat verdwijnen. In mijn hand heb ik een beduimeld medisch boek dat zo te zien heel wat keren is gelezen. Voorin staat Jorgs naam en het jaartal 1991, het jaar voor mijn geboorte. Ik heb het al bijna op de stapel 'afvoeren' gelegd als er een foto uit valt. Nieuwsgierig raap ik hem op. Het is een afbeelding van Jorg in zijn doktersjas en naast hem staat een verpleegster. Op de achtergrond is het gebouw van het MCMN te zien, waardoor ik weet dat de foto in Nederland is genomen. Ik kijk naar het gezicht van mijn buurman en richt me dan op de verpleegster, die stukken jonger is dan Jorg. Wanneer ik de foto omdraai, zie ik dat er iets op geschreven staat: *Hilda, de lekkerste van allemaal.*

Gadverdamme, wat was het toch een smeerlap!

Ik pak de aansteker waarmee Becka de kaarsen altijd aanstak van tafel en laat met satanisch genoegen het vuur aan de foto likken tot er niets meer van over is dan wat as.

NAWOORD

Een boek schrijven doe je nooit alleen. Ik wil daarom een aantal mensen bedanken.

Allereerst Marelle Boersma, die mij gevraagd heeft een deel voor haar succesvolle serie Vertrekthrillers te schrijven. Marelle, ik vond dat niet alleen een eer, maar ook een uitdaging en ik hoop dat het eindresultaat in de buurt komt van wat je met onze samenwerking beoogde.

Verder bedank ik mijn man Chris en mijn zoon Yari voor hun geduld, jullie hebben mijn gezelschap door het schrijven toch weer heel wat uurtjes moeten missen.

Ook ben ik dank verschuldigd aan mijn proeflezers van De Crime Compagnie: Lydia Los, Lisanne Stam, Moon Kager, Diane Kooistra en Wendy Wenning. Zonder jullie had dit boek er beslist anders uitgezien.

Datzelfde geldt voor Janine van der Kooij, die de uitgebreide eindredactie verzorgde. Dank daarvoor. Eventuele fouten die er nu nog in staan, komen voor mijn rekening.

Het was als altijd ook weer fijn om met de mensen van De Crime Compagnie samen te werken. Ilse Karman, Manon Hendriks en Coby Mesman, bedankt voor jullie kritische blik en jullie support.

En ten slotte bedank ik Kevin Friederich. Jouw personal training heeft me geleerd dat bewegen leuk kan zijn en je pusht me om meer uit mezelf te halen dan ik wist dat erin zit. Trainen met jou is niet alleen fijn, het werkt zelfs inspirerend. ;-)

De nieuwste Vertrekthriller van Svea Ersson verschijnt in januari 2022:

ZIN IN ZILLERTAL

Een nieuwe Vertrekthriller die zich afspeelt op de piste in Oostenrijk!

De kinderen van Katja van Merwede zijn talentvolle skiërs. Om hen optimaal te laten trainen, verhuist Katja naar het Oostenrijkse Zillertal. Terwijl het leven van Myrthe en Rowan zich afspeelt op en rond de piste, probeert Katja een bestaan op te bouwen. Dan duikt er iemand op die haar dringend wil spreken. Het voert Katja terug naar de tijd toen ze zelf aan skiracen deed. Maar die periode uit haar leven wil ze het liefst vergeten…

Lees ook de andere Vertrekthrillers,
geschreven door Marelle Boersma:

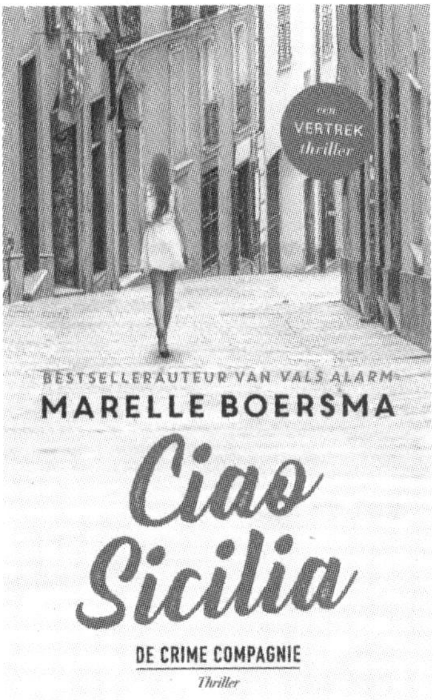

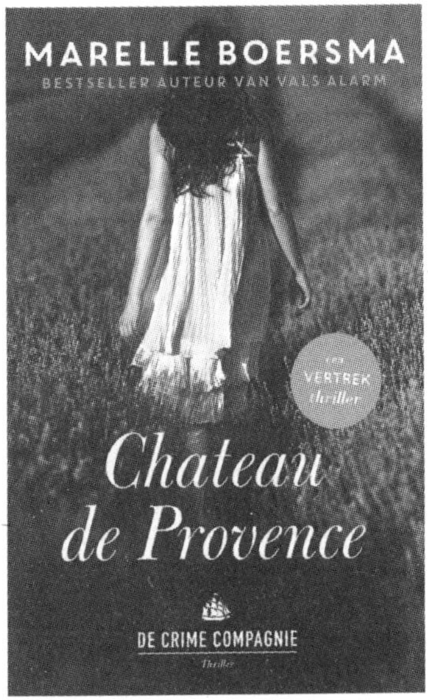

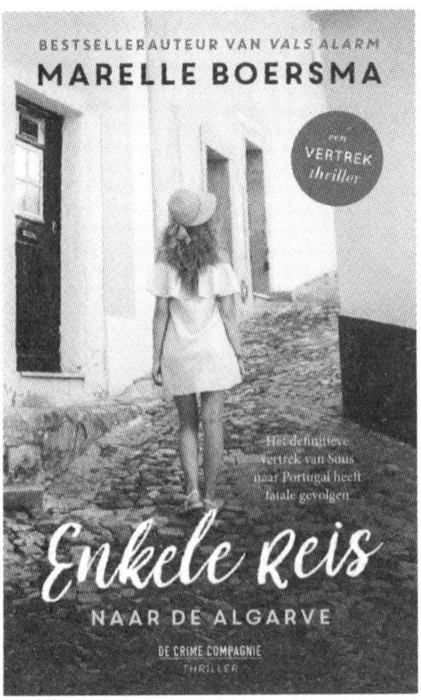

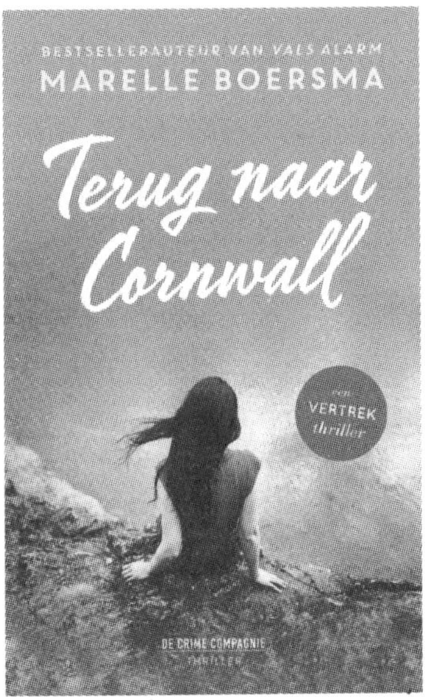

Ciao Sicilia

Op het moment dat Anne de envelop in een brievenbus laat vallen, weet ze dat ze nooit meer terug kan. Haar werk als chocolatier, haar echtgenoot Benny en haar vriendschap met Daan, alles moet ze achterlaten. Ze vertrekt naar het Italiaanse eiland Sicilië in de hoop dat ze daar niet gevonden wordt…

Chateau de Provence

Na een moeilijke periode in hun huwelijk willen Julia en haar man Luuc een nieuwe start maken. Als Luuc een Frans kasteel met een grote olijvenboomgaard kan kopen, vertrekken ze naar de Provence om daar beautyvakanties te organiseren. Dan wordt in het kasteel het lijk van een jonge vrouw ontdekt…

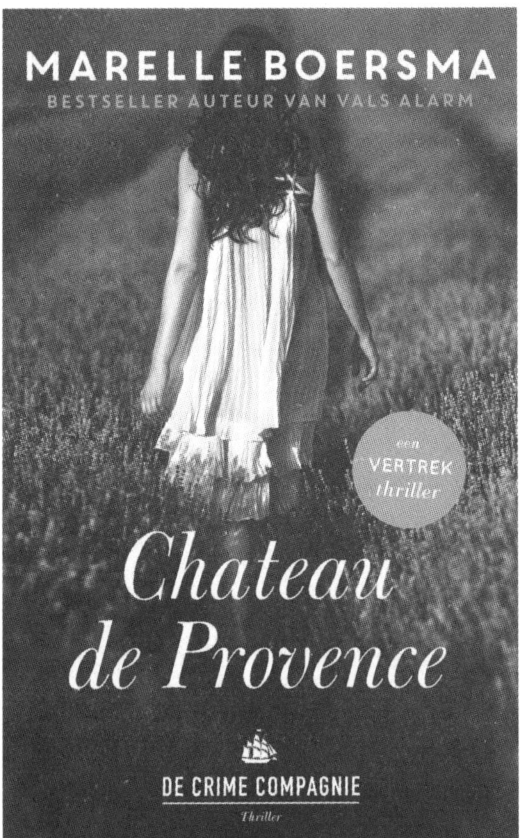

Terug naar Cornwall

Vlak na de dood van haar vader ontdekt Jill een raadselachtige notitie die hij voor haar achterliet. Ze vertrekt naar haar geboortegrond in Cornwall op zoek naar haar familie en afkomst. Daar blijkt dat haar hele leven gebaseerd is op leugens. Kan Jill op tijd ontdekken wat haar vader haar nu eigenlijk wilde vertellen?